靑春의 野望

第五部 上

人生, 오로지 前進만 있을뿐

目　次

序曲	4
밤의 이슬	20
쥐어 온다	36
相互 愛撫	52
女子 손님	68
繼續되는 酒宴	84
倉庫에서 들리는 소리	101
이불 속에서	117
팡 짱(賣春婦)	133
脫走兵	150
覺醒劑	165
MP와 보리밭	181
밤은 깊어만 가고	197

도가니····················· 213
혀의 장난·················· 229
女子의 意志 ················ 245
新宿區二町目··············· 261
女子가 많은 거리·········· 277
男子는 弱하다·············· 294
『新流』新企劃 ············· 309
이러저러한 사람들········· 326
불놀이····················· 343
愛撫의 손·················· 359
세 사람의 裸像············ 375
處女와의 情事·············· 391
願　望····················· 407
附　錄····················· 423

序 曲

자그마한 개울이다. 爽快한 소리를 내면서 흐르고 있다. 료헤이(良平)와 오사또(小里)는 나지막한 堤防에 나란히 앉아있다.

언제인가의 밤과는 달리, 달은 中天에 떠 있고, 구름 한 점 없이 맑아있다. 滿月에 가까운 달이다. 蒼白함을 띄우고 있는 달이다. 낮에는 바람이 불었다.

空氣가 너무 맑아 있다.

달이 밝아있기 때문에, 멀리 서 있는 나무의 작은 가지까지도 確實하게 보일 程度다. 밭에 심어져 있는 野菜의 種類도, 確實하게 區別 할 수가 있다.

길 쪽에서 본다면, 사람이 이렇게 나란히 앉아 있는 것을 알아볼 수 있겠다. 그래도 若干 멀다. 한 사람인지 두 사람 인지는 區別이 안 될는지도 모르겠다. 작은 몸놀림까지는 알 수가 없겠지.

료헤이(良平)는 그 点을 計算에 넣고 있다.

이쪽에서는 다리(橋)는 검은 物體로 밖에 보이지 않는

다. 滿月이고 아무리 空氣가 맑아있다 해도, 대낮처럼 밝은 달이라는 表現은, 어디까지나 誇張에 不過하다.
小說을 쓸 때에는, 이러한 거짓말은 쓸 수가 없겠다. 료헤이(良平)는 슬쩍 그것을 생각해 보기도 했다.
나란히 앉아서, 三十分 程度가 흘러갔다. 많은 이야기를 주고받았다. 몇 番이고 입술을 포개어 가면서.
또한 료헤이(良平)의 손은, 오사또(小里)의 左右乳房을 문질러주면서, 끄집어내어서, 번갈아가면서 빨아 주었다. 오늘밤, 오사또(小里)는 口實을 만들어서 나왔기 때문에 時間은 充分히 있다. 急하게 서두를 必要가 없는 것이다.
한 발짝 더 나아가서 오사또(小里)의 秘境을 確認하는 것이 오늘 밤 료헤이(良平)의 目標이었다.
말없는 속에서 오사또(小里)는 그것을 認定하리라는 것은 틀림없을 것이다. 以前부터, 료헤이(良平)는 그 暗示를 주고 있었다.
이렇게 해서 여기로 꾀어 올 때에도, 若干 露骨的으로 그 可能性을 속삭였었다.
오사또(小里)는 료헤이(良平)의 그런 意志를 알면서도, 率直하게 따라 나왔다. 天眞스런 그 모습을 보면, 期待感을 느낄 수가 없었다.

그러나 女子는, 期待를 하면서도 그것을 表面에 나타내지 않고, 가슴속에 숨기고 있는 것이다.
純眞한 女子일수록, 더욱 그렇다.
료헤이(良平)는 그 点을 잘 알고 있다.
손이 下半身 쪽으로 내려갔다. 그것은 료헤이(良平)로서는 簡單明瞭한 것이다. 拒絶 當할 可能性도 있다. 拒絶 當할 境遇, 拒絶을 하면서도 오사또(小里)는 뿌리치고 가버리지는 않을 것이다.
료헤이(良平)에게 마이너스의 感情은 품지 않을 것이다. 只今까지의 交際를 通해서, 그 点은 確實해 있다. 벌써부터 되풀이해서 료헤이(良平)는 오사또(小里)에게 豫備知識을 주어 왔던 것이다. 그것이 두 사람을 보다 더 親密하게 하는 必然的인 길이라는 것을, 오사또(小里)는 이미 判別하고 있음에 틀림없다.
只今까지 료헤이(良平)는 簡單하게 女子들을 안아왔다. 에리꼬나 도모에, 유우꼬(裕子)나 후미꼬(文子)도 그렇다. 요시꼬(美子)와의 關係 以外는 프로그램 그대로 進行 되었다. 아무런 망설임도 없이 女體속에 담그고서, 餘裕를 풍기면서 그 따스함을 맛 볼 수 있었다. 손으로 確認하는 것 等, 그 體驗을 생각해보면, 그렇게 어려운 일도 아니었다.

그런데도 不拘하고 료헤이(良平)가 躊躇하고 있는것은,
(이 애에게 그렇게 한다면, 只今까지의 女子들과는 다르게 된다. 重大한 事件이 일어날 可能性이 짙다.)
이러한 豫感 때문이었다. 요시꼬(美子)가 알게 모르게 恒常 自身속에 存在하고 있기 때문이다.
몸뚱이가 두個가 아닌 以上, 그 어느 한쪽을 選擇하지 않으면 안 된다.
오사또(小里)를 귀엽다고 생각하면서도, 그러면서도 료헤이(良平)는 요시꼬(美子)를 깊이깊이 사랑하고 있는 것이다. 矛盾에 괴로워하게 될 것이다.
但只 한때의 놀이나 實驗에 지나지 않았던 女子들과는, 心理的인 狀況이 다른 것이다. 료헤이(良平)가 생각하고 있는 것에 對한 實行은,
(이 애를, 나 스스로 보다 깊게 사랑해버리는 結果를 가져오게 된다.)
는 것이 틀림없다. 欲望만의 行動으로 끝나지 않는다. 그 点이 무겁게 느껴지고 있다.
달은 조용히 西쪽으로 기우려져 가고 있다. 아무렇지도 않는 듯한 얼굴을 하면서도, 료헤이(良平)는 망설이고 있다.
最後로 료헤이(良平)가 行動을 決意했을 때에는, 두 사

람은 堤防의 傾斜面에 누워 있었다.
오사또(小里)의 등을 堤坊의 잔디위에 눕히고, 그 하얀 얼굴은 보라色 하늘을 向하고 있었다.
료헤이(良平)는 오른 팔꿈치를 세워서 머리와 어깨를 안고서, 그 눈을 내려다보고 있다. 왼손은 오사또(小里)의 오른쪽 乳房을 누르고 있다.
료헤이(良平)의 손에 依해서 밖으로 튀어나온 乳房은, 蒼白한 달빛을 받아 더 한층 사랑스러워 보인다. 맨 가운데의 젖꼭지가 예쁘기 짝이 없다. 그 젖꼭지가, 료헤이(良平)를 꼬드기고 있다.
(이렇게 해서, 가슴을 드러내어놓는 것을 拒絕하지 않고, 나의 愛撫에 송두리 채 맡겨버리고 있다. 이렇다면, 下半身에의 愛撫에 손을 뻗친다 해도 같은 意味인것 아닐까. 이미 벌써부터 이 애와 나 사이에는 始作이 되고 있는 것이다. 이것은 自然스런 흐름으로서, 누구도 막을 수가 없는 것이다.)
(只今 이 程度에서 끝내어버린다면, 이것도 저것도 아닌 엉거주춤한 狀態로서, 이 애를 爲해서도 좋지 않아. 헤어져버린다면, 結局 이 애는 누군가와 戀愛를 하게 될 것이다. 그거야말로 나의 本意가 아니다.)
아까의 맨 처음 입술을 交歡할 때에, 이미 사이코로(주사위)는 던져졌던 것이다. 마음 깊숙이에서 強하게 그렇게 생각되었다.
(이런 때를 맞아 躊躇할 必要가 없는 것 아닌가. 人生, 오로지 前進만 있을 뿐이다.)
료헤이(良平)는 얼굴을 가까이 대었다. 오사또(小里)의 얼굴을 비춰주고 있는 달빛을 료헤이(良平)의 머리가 가려버렸다.
입술이 포개어진다.
오사또(小里)의 팔이 료헤이(良平)의 등을 안는다.
오사또(小里)도 같이 빨아주고 있다.
료헤이(良平)의 왼쪽 손은 乳房을 떠나서, 그 가슴을 어루만지면서 아래쪽으로 미끄러져 갔다. 오사또(小里)는 繼續 빨아 오고 있다.
료헤이(良平)의 손은 오사또(小里)의 팽팽한 허벅다리 위에 얹혀졌다. 살짝 만져준다. 만져주면서 이번에는 위로 거슬러 올라오면서 兩다리가 갈라진 언저리에 닿았다.
스커-트 위로 下腹部를 누르면서 停止했다.
오사또(小里)는 료헤이(良平)의 손을 沮止하려는 움직임을 보이지 않았다. 가만히 누워있다. 오로지, 료헤이(良平)의 입술을 세게 빨아 주고만 있다.

료헤이(良平)의 손을 意識하고 있음에 틀림없다.
료헤이(良平)는 손에 힘을 주었다. 네 個의 손가락을 合쳤다. 그곳은 델타(Delta-삼각)地帶이다. 불룩함이 느껴져 왔다. 따스함도 傳해져왔다. 稀微하게나마 오사또(小里)는 兩다리를 오므라뜨린다.
료헤이(良平)는 손가락 끝을 움직였다. 溪谷上流의 부드러운 皮膚가 確實하게 느껴졌다.
오사또(小里)는 눈을 감고 있다. 그런대도 拒否하는 움직임은 보이지 않는다. 료헤이(良平)의 몸은 아까부터 興奮狀態로 되어서 저려오고 있다. 손가락의 感觸으로 因하여 그 興奮狀態는 더더욱 높아져갔고, 사타구니 全體가 뜨겁게 달아오르고 있다.
료헤이(良平)는 손가락 끝을 살짝 구부려 누르면서 비벼 주었다.
이미 이것은 偶然이 아니라는 것은 明確한 事實이다.
오사또(小里)도, 미처 생각지도 못했다는 듯한 態度는 보일 수가 없다. 그래서 인지는 모르겠지만 오사또(小里)는 拒否하지를 않는다.
(安心이다.)
期待한 그대로다. 女子의 態度를 잘못짚어서, 醜態를 보인적은 아직 한 번도 없었다.

(이 애의 境遇에는, 난 좀 더 愼重을 期했었다. 틀림없이, 이애도 期待하고 있는 것이다.)

女子의 無知를 許諾이라고 錯覺하고서 進行했다가 생각지도 못한 拒絶을 當한 男子가 많이 있다. 그렇지는 않을 것이라는 것을 료헤이(良平)는 確認했다. 結局 여기까지 온 以上, 모른척하고 進行하는 것은 卑怯한 行動이다. 료헤이(良平)는 입술을 떼고서, 뺨에 뺨을 비볐다. 오른쪽 팔에 힘을 넣었다. 오사또(小里)의 머리가 아래위로 흔들린다.

료헤이(良平)의 팔이 팔베개를 하고 있기 때문에, 팔의 筋肉이 울퉁불퉁한 때문이다.

료헤이(良平)는 속삭였다.

「여기.」

어디를 말하는가하면, 왼손의 세 가닥 손가락으로 세게 누르고 있는 곳을 나타내어 보였다.

「따스해.」

暫間사이를 두고서, 오사또(小里)는 잠기어 들어가는 목소리로,

「여기서, 저를 가지려는 거 에요.?」

이것은 료헤이(良平)의 오늘밤의 目標를 넘는 質問 이었다.

(그렇구나. 純眞한 이애는, 極点을 생각하고 있구나.)
「싫으니.?」
료헤이(良平)가 그렇게 反問한 것은, 오사또(小里)의 意志를 알고 싶어서였다. 료헤이(良平)로서는, 오사또(小里)가 許諾만 해 준다면, 어디까지라도 進行하고 싶다. 벌써 며칠째, 女體를 接하지못했다.
勿論 사랑뿐만이 아니라, 欲望도 넘치고 있는 것이다.
오사또(小里)가 눈을 뜨자, 료헤이(良平)는 뺨을 떼고서 그 눈을 바라보았다. 머리를 들어 올리자, 달은 오사또(小里)의 얼굴이나 눈과 뺨의 위쪽을 다시 비추어 준다. 입언저리는 료헤이(良平)의 머리 그림자가 가리고 있다.
오사또(小里)는 눈을 크게 뜨고서, 살며시 끄덕였다.
「이런 곳에서는 싫어.」
료헤이(良平)의 가슴에 즐거움이 줄달음친다. 말하자면 그것은, 두 사람이 맺어지는데 適當한 場所라면, 하는 意志의 告白이기 때문이다.
료헤이(良平)는 오사또(小里)의 뺨에 소리가 날 程度로 입을 맞추었다.
「알겠다. 오늘밤에는 거기까지는 하지 않을 게.」
安心했다는 모습으로, 오사또(小里)는 눈을 감았다.

료헤이(良平)는 그 귀에 입을 대고서, 소근 거렸다.
「그 代身에, 確認하고 싶어.」
男子의 性의 欲望은, 女體속에 들어가서 快美感과 함께 射精하는 것이 窮極의 目的인 것이다. 確認하고 愛撫하는 것만으로는 欲望 만 더 높아져 갈 뿐, 그 目的을 達成할 수가 없다.
女體의 愛撫는 欲望의 成就에 關해서 생각한다면, 거기까지 가기爲한 手順에 시나지 않는 것이다. 말해서 前戲인 것이다.
그렇게 말한다면, 本 行爲의 豫定도 없는 愛撫는 無意味한 것이 아닌 가고 하겠지만, 꼭이 그렇지도 않다. 男子는 그 生理的 欲求만을 생각하면서 女子를 對하고만 있는 것이 아니기 때문이다.
愛撫에는, 前戲의 要素는 勿論이고, 未知의 花園에의 感動도 있는 것이다. 또한,
(이 애의 秘密의, 女子로서의 가장 女子인 部分을 만지고, 그곳에 自身이 積極的으로 行動함으로서 相對方도 이에 應하도록 한다.)
이러한 心情的인 즐거움도 덧붙어 있다.
그러한 사이가 되었다는 것에의 讚歌 이기도 하다.
그런 意味에서, 于先 相對를 確認하고 싶은 것, 이것 또

한 하나의 男子의 本能이기도 하다.
처음으로 료헤이(良平)는, 自身의 그런 希望을 오사또(小里)의 귀에 속삭여주었다. 손가락 끝을, 어림잡아서 꽃눈이 있으리라는 場所를 中心으로 이리저리 돌렸다.
「……………..」
오사또(小里)는 對答이 없다. 自身의 그곳을 감추려는 行動도 하지 않는다.
「이봐요.」
어디까지나 료헤이(良平)는, 行爲를 始作하기 前에 許可를 얻고 싶다. 合法的으로 進行하고 싶다. 오사또(小里)의 意志를 尊重함과 同時에, 그렇게 함으로 해서 커다란 意義가 있는 것이다.
「괜찮겠지.?」
오사또(小里)가 끄덕이는 것도 같고, 그러지 않는 것도 같다. 조그맣게 내뱉는 숨이, 떨림을 隨伴하고서 입에서 새어나왔다.
(理解하고있다. 그것을 分明히 表示하지않는 것은, 羞恥心때문이다.)
그렇게 結論을 내린 료헤이(良平)는, 스커-트의 델-타地帶 위에 손을 올려놓았다. 허벅지 쪽으로 미끄러져 내려간다. 스커-트의 끝에 到達하자, 손은 直接 허벅지를 쓰다듬어준다.

매우 主要한 瞬間이다. 자칫 잘못했다간, 低質的인 行動으로 되어 버린다. 말의 伴奏가 必要하다.

그래서, 많은 男子들이 女子 마음을 便安하게 누그러뜨리기 爲해서 소근 거리는 말로 속삭여 주듯이 료헤이(良平)도 소근 거려 준 다음, 료헤이(良平)의 손은 천천히 허벅지를 만져주면서 위로 올라와서, 스커-트의 안쪽으로 들어갔다.

스커-트가 必要 以上으로 치켜 올라가지 않도록 操心하면서, 다시 만져준다. 萬에 하나, 오사또(小里)가 그럴 생각만 가지고 있다면, 료헤이(良平)의 등을 안고 있는 손을 풀고 서, 들어오려는 손의 進入을 막을 수가 있다. 그 程度로 천천히 올라가는 것이다.

허벅지의 體溫은 조금씩 올라감에 따라 漸漸 따스해져 갔다. 오사또(小里)의 허벅지는, 그에 따라서 안쪽으로 오므라 들었다. 료헤이(良平)는 그 兩쪽 허벅지가 닫쳐지고 있는 것을 손으로 느꼈다.

그러나 료헤이(良平)의 그런 손을 拒否하려하는 氣色은 없다. 료헤이(良平)의 心臟의 鼓動은 크게 그리고 빨라져 왔다. 장난 끼로 女子의 그곳에 손을 밀어 넣었을 때에는 느끼지 못했던 現象 이었다.

(어쩌면 난 첫 經驗을 하고 있는 듯한 氣分이 되어버렸다.)

異常하기도 하다. 그러는 自身을 肯定하고 싶은 氣分이었다. 但只 進行하는것 만으로는, 너무나도 目標가 露骨的으로 되고 만다. 료헤이(良平)는 손을 빼었다. 허벅지를 아래위로 往復하면서 만져주는 形態로 바꾸었다. 만져주면서 조금 씩 조금씩 위쪽으로 移動한다. 그 때문에, 스커트 자락이 위로 치켜 올라간 것 같다.

그러나, 이것은 어쩔 수 없는 일이다. 대낮의 太陽의 빛이 아니고, 달빛아래 이다. 近處에 사람의 기척은 있을 턱이 없다.

다리를 건너는 저 멀리의 길에도 아까부터 사람의 通來가 없어 보인다. 郊外이므로 처음으로 할 수가 있었던 抱擁이기도 했다.

드디어 료헤이(良平)의 손가락은, 秘境을 감싸고 있는 얇은 천에 到達했다. 三角 팬티와는 달리 제법 널찍한 部分을 덮고 있다. 그러나 허벅지가 나온 아래쪽에도 고무 끈이 들어 있는 点은 똑같다.

男子 것은, 그 고무 끈은 허리 쪽에만 있다. 그것은 흘러내리는 것을 막는 데만 必要한 것으로, 고무가 不足했던 戰時 中에서부터 요즈음까지도 줄 끈으로 매는 境

遇가 많았다.
그런데 왜? 女子의 境遇에는 兩쪽아래에까지 고무줄이 들어있는 것일까. 以前부터 고개를 갸우뚱거리게 했다. 不意의 生理에 對備하는 것인지도 모르겠고, 그곳이 密室이기 때문에 惡魔의 侵入을 막아주는 呪文 인지도 모르겠다. 고무 끈을 對하고보니 후딱 그런 생각이 드는 것이다. 가슴이 빠르게 鼓動치고 있지만, 餘裕를 잃어버리지는 않고 있다. 료헤이(良平)의 손은 고무 끈을 지나서 아까 적에 스커트위에서 눌렀던 部分을 이번에는 얇은 천위에서 눌렀다. 손바닥 全體로 눌렀다.
「아-아-.」
오사또(小里)의 가느다란 목소리에는 놀라는 목소리도 겹쳐져 있다. 그것은 료헤이(良平)의 손이 너무 빨리 움직이었기 때문인 것 같다. 豫期는 하고 있었겠지만, 놀라고 있다. 흔히 있는 일이기도 하다. 제법 볼록하게 튀어 올라 있다.
천천히 눌러준다. 따스함이 손바닥 全體에 펴져온다.
「이봐요.」
오사또(小里)는 가볍게 료헤이(良平)의 등을 두드린다.
「음.」
「眞짜 確認하는것 뿐인가요.?」

「그럼, 盟誓해도 좋아.」
「그렇담, 걱정 안 해도 되겠네요.」
목소리가 잠기어 들어가고 있다.
「그렇다니까.」
오사또(小里)는 눈을 감는다. 눈썹이 아랫눈썹에 와 닿는다. 그곳에 가느다란 線이 생겨난다. 可憐한 얼굴모습이다. 료헤이(良平)는 그 손바닥 全體를 돌렸다. 스커트 위에서는 느끼지 못했던 秘毛가 鮮明하게 느껴졌다. 부드러운 털인 것 같다. 그렇게 짙지도 않고 그렇게 길지도 않다.
오사또(小里)는 그러는 료헤이(良平)의 손을 許諾하고 있다. 료헤이(良平)가 무엇을 感想하고 있는 것도, 알고 있는 듯이 보였다. 누른다. 彈力이 있다.
下腹部가 平平하기 때문에, 그곳의 불룩 함이 툭 튀어 올라와 있다. 료헤이(良平)가 속삭여준다.
「싫은데도, 참고 있는 거니.?」
그러자 얼른 오사또(小里)는,
「아 아니.」
對答의 말과 함께 고개를 兩옆으로 도리질한다. 눈을 감은 그대로다.
료헤이(良平)는 쓰다듬으면서, 깊숙이 손가락을 집어

넣었다. 確實하게 溪谷을 느낄 수 있다. 그 部分의 천이 따스하게 젖어있다. 손가락을 움직여 본다.
오사또(小里)의 숨소리가 떨려 나오면서, 兩다리를 오므라뜨린다.
「싫어, 싫어.」
매우 가느다란 목소리로 그렇게 말한다. 그 목소리에는 아양이 곁 드려져 있다. 그것은, 새로운 體驗에의 不安을 表現하는 말이기도 하다.
료헤이(良平)는 움직임을 멈추고, 손가락을 秘毛쪽으로 되돌아 온 다음, 입술에 입술을 겹쳤다.
오사또(小里)는 료헤이(良平)의 등을 只今까지 보다도 더 세게 끄러 안으면서, 료헤이(良平) 以上으로 세게 빨아주고 있다. 입을 맞추고 있으면서, 료헤이(良平)는 왼쪽 팔꿈치를 뒤로 빼면서, 손바닥 位置를 허리의 고무 끈 쪽으로 끌어 올렸다.
매끈매끈한 腹部에 손바닥을 直接 올려놓았다. 이곳은 秘境에 比해서 차갑게 느껴졌다. 그 腹部를 쓰다듬어 준 다음, 손바닥을 꼭 누르면서, 가운데손가락을 中心으로 해서 고무 끈 아래로 들어갔다.

밤의 이슬

처음으로 直接, 료헤이(良平)의 손가락은 오사또(小里)의 秘毛를 만질 수 있었다. 짧다. 곱슬곱슬 한 게 한결같다. 불현듯 료헤이(良平)의 가슴속에, 요시꼬(美子)의 그것이 새삼스레 鮮明하게 떠오른다.

(똑 같구나.)

異常한 그리움이 되살아난다. 괴로운 느낌도 곁들어온다. 이러한 狀況에서 요시꼬(美子)와의 일을 생각한다는 것은, 어느 쪽 女子에 對해서도, 罪가 깊어지는 것이다. 쓰다듬어 감에 따라 다르다는 것이 分明해지고, 어떤 安心感마저 드는 것이다.

나이 差가 있기 때문인가, 요시꼬(美子) 보다 드물게 느껴졌다. 이렇게 하고 있을 때에, 틈틈이 만나고 있었던 在京의 女子들이 아닌 요시꼬(美子)를 생각하게 되는 것은 亦是 그만큼 료헤이(良平)의 內部에는 요시꼬(美子)의 存在가 크게 자리하고 있기 때문일 게다.

요시꼬(美子)를 對하고 있는 똑같은 心理를 오사또 (小

里)에게도 품고 있기 때문인지도 모르겠다.
료헤이(良平)의 손은 只今도 繼續 천천히 움직이고 있다. 自身도 너무 느리다고 생각할 程度로 천천히 움직인다. 오사또(小里)에게 充分한 拒絶의 時間을 주기 爲해서이며, 全面的인 合議下에서, 그곳을 만지고 싶어서였다. 그렇게 하시 않는다면, 그것은 強制性을 띄게 되고 만져주는 意味가 半으로 줄어들고 말기 때문이다.
(이미, 이애는 期待하고 있다.)
얼굴이 달아오름을 봐서도 수方 알 수 있다. 생각한 그대로 오사또(小里)는 拒否하지를 않았다. 료헤이(良平)를 信賴하고, 모든 것을 맡겨 버리고 있는 姿勢를 取하고 있다.
입술을 떼고서, 료헤이(良平)는 속삭인다.
「여기, 너무 귀여워.」
欲望을 못 이겨 손을 進行시키는 것이 아니고, 愛情의 發露라는 것을 알려주고 싶어서 이다.
그 말에 對해서 오사또(小里)는,
「부끄러워.」
하고 말할 뿐이다.
료헤이(良平)는 愼重하게 行動하고 있다.
요 最近에 볼 수 없는 일이다.

요시꼬(美子)와의 最初보다도 더 愼重해 있다.
그만큼 餘裕가 있기 때문이다.
「부끄러워하지 않아도 돼. 우리 두 사람만의 秘密이니까.」
드디어 료헤이(良平)의 손가락은 溪谷의 源流에 걸쳐졌다. 草原이 끝나자, 따스함이 더해갔다.
촉촉함이 느껴져 왔다.
료헤이(良平)의 손가락은 곧, 작은 꽃눈을 더듬어서 찾아내었다. 그것은 사타구니를 꼭 닫고 있기 때문에, 움푹 파인 곳에 파묻혀 있는 것처럼 느껴졌다. 그 사타구니 兩側으로부터의 壓迫 때문에 료헤이(良平)의 손가락은 進路를 沮止當하고 말았다.
뺨과 뺨을 꼭 密着시키고서, 료헤이(良平)는 별들의 반짝임을 바라 보면서,
「죄끔 열어주겠니?」
하고 要請한다. 힘으로 强制로 열려고 한다면, 거친 暴力으로 될 念慮가 있다.
「……………..」
오사또(小里)는 숨소리가 떨려서 나올 뿐, 아무런 反應이 없다. 료헤이(良平)는 손바닥으로 그 왼쪽 허벅지를 살짝 밀었다.

조그맣게 살며시, 오사또(小里)의 허벅지가 움직이더니, 쬐끔 열려졌다. 그것이 료헤이(良平)의 손의 힘이 아니었다는 것을 료헤이(良平) 自身도 알 수 있었다.
奇特한 協力인 것이다. 료헤이(良平)는 自身의 몸을 움직이면서 다시, 오사또(小里)의 몸을 부드럽게 한 다음, 손가락을 깊숙이 進行 시켰다.
두개의 꽃잎은 그렇게 크지가 않다. 귀여운 느낌이었다. 꼭 합쳐져 있다. 검지손가락으로 그것을 부드럽게 열었다. 自然히 꽃잎이 두 쪽으로 갈라지고, 그만큼 세로로 손가락이 들어갔다.
그곳에는 따스한 湖水가 넘쳐흐르고 있고 료헤이(良平)의 손가락은 그 湖水속에 빠져 버렸다.
豫想 以上으로 젖어있었고, 부끄러워하면서도 오사또(小里)는 期待하고 있었다는 것을, 確實히 證明하고 있다. 료헤이(良平)에게 있어서는 매우 氣分 좋은 現象이기도 했다.
湖水의 기슭을 探險하기로 했다. 그러자, 얼른 그 中心을 알 수 있었다. 손가락이 그곳으로 빨려 들어가는 感覺을 느꼈다. 그러나, 넣어서는 안 된다. 操心하지 않으면 안 된다고 스스로 타이르면서, 료헤이(良平)는 꽃잎의 안쪽을 손끝으로 간질어 본다.

「아 - 아, 아 - 아.」
오사또(小里)의 목소리가 若干 높아져 갔다. 참을 수 없는 듯한 하소연을 품고 있는 목소리였다. 爽快한 氣分도 함께 울어나고 있는 게 틀림없다고 생각했다.
다른 한쪽의 꽃잎 안쪽으로 손끝을 反轉시켰다.
오사또(小里)는 똑같은 反應을 보이면서, 사타구니를 오므리려 한 다음, 다시 그런 動作을 멈추고 열어주면서, 같은 位置에서 몸이 굳어지고, 痙攣을 일으킨다.
료헤이(良平)가 속삭여준다.
「쬐끔은, 氣分좋지.?」
羞恥心때문에 正直하게 對答하지못할 것을 念慮해서, 秘密을 소근거리는 듯한 語調가 되도록 努力했다.
無言인채, 오사또(小里)는 고개를 끄덕이었고, 操心스러우면서도 確實한 그 態度는 료헤이(良平)로 하여금 너무도 氣分좋게 만들었다.
그리고, 불현 듯,
(女子는, 이렇게 氣分좋게 되는데도, 어째서 男子의 愛撫를 拒絶할 때가 많을까?)
親舊들이 이따금씩 提起하는 그런 疑問을 떠올려 본다.
女子에게는 사랑하지도 않는 男子의 愛撫를 拒絶하는 習性이있다.

그것이 本能的인 것인가, 몸을 지키기 爲한것인가, 解釋이 紛紛하다. 또한, 좋아하는 男子일지라도, 쉽사리 許諾하지 않는 때도 있다. 이것도 異常한 일이라고 고개를 갸웃거리는 男子도 있다.
「좋으니.?」
操心하면서, 부드러운 愛撫를 繼續했다. 하니까, 다시 오사또(小里)는 呻吟을 吐한다.
샘에서는 다시 사랑의 꿀물이 넘쳐흐른다.
男子의 愛撫를 嫌惡(혐오)하는 女子도 있다. 그렇게 느끼지 못하는 女子도 있다. 오사또(小里)는, 아마도 그런 類의 女子와는 體質的으로 다른 것 같고, 그래서 료헤이(良平)는 安心하고 있다.
손가락을 위로 올려, 湖水의 양쪽 海岸을 매만지면서, 아까 番에 確認해 두었던 꽃의 눈 위로 엄지손가락을 올려놓았다.
이곳은 特別히 操心하지 않으면 안 되는 곳이다.
처음에는 슬쩍, 조금 씩 조금씩 壓力을 넣으면서 눌러준다.
「아-!」
같은 母音이면서도, 그 音色깔이 다르다. 날카로움을 띠고 있다.

指壓을 가볍게 하고서 위쪽을 만져준다. 反射的으로 오사또(小里)의 사타구니는 세게 닫쳐지고, 료헤이(良平)의 손가락을 꼭 끼운채로, 四肢가 뻣뻣하게 更直되면서,
「웃,웃.」
하고 낮게 呻吟을 한다. 료헤이(良平)는 손가락의 힘을 풀었다.
(刺戟이 너무 强했구나. 여기, 相當히 敏感한 곳인데.)
꼿꼿이 서 있다는 것은 이미 充血되어 있다는 것이다. 오사또(小里)는 呻吟을 吐하고 있다.
그런 反應을 보면서, 다음에는 位置를 바꾸지 않은 채로 살며시 눌러 주었다. 손가락을 움직이었다.
오사또(小里)는 갑자기 흐트러지면서, 료헤이(良平)의 등을 꼭 껴안으면서, 숨을 가쁘게 쉬고 있다.
고개를 짧게 左右로 빠르게 흔든다.
참기에 힘든 感覺속으로 빠져 들어가고 있다. 그러면서도, 이것이 男子의 愛撫의 줄기라고 생각하면서 熱心히 참고 있는 것이다.
료헤이(良平)는 그것을 알아차리고서는, 오사또(小里)의 反應에서 『義務感』을 느꼈다.
손놀림을 멈추었다. 그런데도 오사또(小里)는 더더욱 료헤이(良平)를 끌어안으면서 가쁜 숨을 내쉬고 있다.

「괴로워서 그러니.?」
귀 언저리에서 그렇게 물으니까, 두번 세번 繼續해서 고개를 끄덕인다.
(처음으로 느껴보는 經驗이로구나.)
이렇게 純眞함을 나타내어 보이니까, 사랑스러움이 더 한층 용솟음 쳐 온다.
「但只 괴롭다는 것 뿐.?」
이 質問은 主要한 것이다. 對答 如何에 따라서, 愛撫의 焦点을 바꾸지 않으면 안 되기 때문이다.
「…………….」
「괴로움 뿐만은 아니지-?」
몇 秒가 지나서, 살며시 오사또(小里)는 고개를 끄덕인다.
「若干은 氣分도 좋지.?」
다시 고개를 끄덕인다.
그러나, 若干 强한 刺戟이었다는 것은 事實이었음으로, 료헤이(良平)는 그곳에서 손가락을 빼었다.
조그마한 世界이므로 散策하는 길은 限定되어 있다.
다시 꽃잎으로 되돌아가서, 이번에는 中央에서 若干 위쪽을 문질러 주었다.
여기서 물어보니까,

「氣分 좋아.」
처음으로, 分明하게 自己 意見을 表現 한다.
「여기 말이지.?」
「응, 거기, 거기.」
오사또(小里)는 아까부터 바다를 이루고 있다.
료헤이(良平)는 손바닥 全體로 花園 全體를 눌렀다. 脈搏이 콩닥콩닥 손바닥에 傳해져 온다. 꽃잎도 花園 全體의 感覺도, 요시꼬(美子)를 거의 닮아가는 느낌 이었다. 눈을 감고서, 그 脈搏과 따스함을 맛보고 있다.
(모두를 벗겨버리고 싶다.)
그러나, 그렇게 하면 오사또(小里)를 不安속으로 빠뜨릴 念慮가있다. 또한, 료헤이(良平) 自身의 欲望을 생각하더라도, 危險한 것이다.
「처음이니.?」
「에에.」
료헤이(良平)가 손가락 愛撫를 멈췄기 때문에, 오사또(小里)의 흐트러진 呼吸이 부드러워 졌다.
「언제쯤 내게 주겠니.?」
「요다음에.」
「오늘밤은 安心해도 좋아.」
고개를 끄덕인다.

손을 그대로 둔 채, 오사또(小里)의 입술에 입술을 포개고 세게 빨아 주었다. 오사또(小里)도 세게 빨아왔다.
(이젠, 그만둘 수 없어.)
(이렇게 하고 있다는 것은, 特히 이 애에게 있어서는 決定的인 일임에 틀림없다.)
女子에 따라서는, 體內에 男子를 받아드리지 않는 以上, 별것 아니라고 생각하는 性格들도 있다. 오사또(小里)는 그렇지 않다는 것을, 료헤이(良平)는 느끼고 있는 것이다. 긴긴 입맞춤 뒤에, 료헤이(良平)는 오사또(小里)의 귀에 속삭였다.
「이봐, 오사또(小里).」
「……………..」
료헤이(良平)의 다음 말을 기다리고 있다.
「自己도 내 것을 確認하고 싶지 않니.?」
아까부터 료헤이(良平)는 그것을 생각하고 있었다. 오사또(小里)가 그러한 願望을 품고 있는지, 오로지, 受身의 姿勢로 "받는다."는 것에만 關心이 있는지, 處女의 마음을 알 道理가 없다.
「……………..」
當然히, 오사또(小里)는 곧바로 對答은 하지 못할 것이다. 료헤이(良平)는 속삭임을 繼續했다.

「興味가 없니?」
純眞한 少女에 對해서는 너무도 殘酷한 質問인지도 모른다. 그러나, 료헤이(良平)로서는, 이런 類의 質問을 하는 것 만으로서도, 스릴을 띠는 愉悅感(유열감)이 넘쳐 오는 것이다.
「두려워.」
「두려울 게 없어.」
이렇게 함으로 因해서 이쪽이 異常한 興奮에 휘말려 約束을 깨트리고 서 덮치는 일은 결코 일어나지 않는다. 료헤이(良平)는 그것을 保證했다.
「그래도, 두렵니.?」
「두려워.」
오사또(小里)는 "두렵다." 라는 表現으로 避하려 한다. 興味가 없다고 한다면 료헤이(良平)의 情熱에 찬물을 끼얹는 것이 되는 셈이고, 興味가 있다는 말은 輕薄스럽게 함부로 해서는 안 될 말이다.
「두렵지 가 않아.」
료헤이(良平)는 그렇지 않다고 말한다. 두렵다 거나 두렵지 않다거나 는 이런 境遇에는 오직 오사또(小里)의 마음의 떨림을 나타내는 것이기 때문에, 그것을 료헤이(良平)가 否定한다는 것은 바보스러운 짓이다.

그러나, 조금이나마 오사또(小里)의 不安을 덜어줄 必要가 있다.
오사또(小里)는 暫時동안 아무 말이 없다가, 드디어,
「우리 요, 그만 돌아가요.」
哀願하는 목소리로 말했다.
「時間이 없어서 그러는 거니.?」
「……………..」
「時間은 있는 거지.?」
「에에, 그렇지만……」
「이렇게 하고 있는 거, 싫어.?」
이 말에 對해서 오사또(小里)는 몇 秒 後에,
「自身이 두려워서 그래요.」
하고 말한다.
료헤이(良平)는 그 귓불을 혀로 문질러 준다.
「두려워하지 마. 부딪쳐 보는 거야.」
「……………..」
료헤이(良平)는 오른팔로 오사또(小里)의 어깨를 세게 껴안고, 하얀 달을 쳐다보았다.
달의 位置는 西쪽으로 若干 기울어져 있다.
왼손의 愛撫를 다시 始作했다. 사랑의 샘물은, 벌써 꽃잎의 바깥쪽으로 까지 넘쳐흐르고 있다.

이것은 이미, 료헤이(良平)의 몸을 받아 드려도 좋다는 몸의 信號이기도 하다. 다만, 어디까지나 몸만의 信號로서, 오사또(小里) 自身의 마음의 決定은 아닌 것이다.
또다시 呻吟소리가 높아져 갔고, 허리를 비틀거나, 사타구니에 痙攣이 일어나거나 하면서, 오사또(小里)는 여러 가지 反應을 나타내어 보였다.
몸의 反應 自體도, 오사또(小里)로서는 부끄러운 일이다. 온 힘을 다해서 그 感情을 죽이려고 애쓰고 있는 모습 이었다.
(豫想 한대로 敏感한 애로구나.)
(이 애는 누구보다 빨리 性의 즐거움을 알게 될 것 같다.)
若干의 틈을 봐서, 료헤이(良平)는 그 花園으로부터 손을 거두고서,
팬티를 제자리로 끄러 올렸다. 천위에서 눌러주면서 離別을 告하고 스커-트에서 손을 빼었다.
오사또(小里)의 몸 全體가 부드럽게 되는 것을 確實히 알 수 있었다.
스커-트의 자락을 끌어 내렸다.
(이것으로 오늘밤의 나의, 이 귀여운 몸에 對한 儀式은 끝났다.)

끝나지 않은 것은 료헤이(良平)의 欲望만 이었다.
그렇지만 료헤이(良平)는, 自制하는 것은 그렇게 어려운 일이 아니라는 것을, 經驗에 비추어 自覺하고 있다.
료헤이(良平)는 다시 오사또(小里)에게 입을 맞추었다.
「이것으로, 半 程度, 우리들은 남남이 아니다.」
實感으로 느껴졌다. 이것이, 요 周邊의 不良 少女들이었다면, 료헤이(良平)의 心理로서도, 한때의 조그마한 놀이에 不過했다.
오사또(小里)는 료헤이(良平)의 등을 끄러 안으면서,
「半 以上이에요. 요다음 만나는 것이 부끄러워요.」
하고 말한다.
「그러니까,」
료헤이(良平)는 얼른 오사또(小里)의 말은 利用한다.
「너도, 나의 것을 確認해야 해. 그렇게 되면, 부끄러움은 저절로 없어져 버리는 거야.」
「…………….」
「이 보라 구, 그렇게 될 것 같지 않니.?」
「…………….」
「자, 팔을 풀어 봐.」
료헤이(良平)는 왼쪽어깨를 들어 올리면서 팔을 돌려 오사또(小里)의 팔을 붙잡고 自身의 어깨에서 끄러 내려, 펴게 한 다음 풀 위에 놓았다. 오사또(小里)는 하는 대로 내버려 두고 있다.

(처음부터 露出해 있는 것을 直接 만지게 한다면, 너무 놀라겠지.)

그래서, 처음에는 바지위에서 만지게 하 기로 했다. 그렇게 해서도 한결같은 拒否反應이 일어나면, 無理는 하지 않겠다.

팔을 내려서, 손목을 붙잡고, 다시 位置를 定한다음 손등을 쥐었다. 두개의 손을, 같은 方向으로 겹쳤다. 그 손을 이끌었다.

오사또(小里)는 거기에 反對하는 힘을 넣지 않았다. 그래서, 쉽게 료헤이(良平)는, 오사또(小里)의 손을 두 사람의 몸 사이로 끄러 넣을 수가 있었다.

오른팔에 힘을 넣어서, 오사또(小里)의 몸을 옆으로 뉘었다. 그렇게 해도 오사또(小里)는 抵抗을 하지 않았다. 이미 오사또(小里)는 료헤이(良平)의 意圖를 알고 있는 것이다.

(부끄럽기 때문에, 確實하게 O·K는 할 수 없겠지. 無言中에, 내가 希望하는대로 따르고 있다는 것을 나타내고 있는 것이다.)

료헤이(良平)의 몸은 왼쪽方向 이다. 우뚝 선채로 세차게 끄덕이고 있다. 强한 힘으로 튀어 나오고 싶어 한다.
료헤이(良平)는 속삭였다.
「男子의 몸이라는 거, 어떤 건지 알고 있니.?」
오사또(小里)는 고개를 젓는다.
「몰라요.」
「그러나, 大概의 知識쯤은 알고 있겠지.?」
「어렴풋이요.」
「그러면 됐어.」
료헤이(良平)는 오사또(小里)의 손등을 문지르면서 손을 펴게 한다.
自身의 몸 쪽으로 이끌려 고 한다.
처음으로, 오사또(小里)의 손에 그것을 反對하는 힘이 들어갔다. 이끌려가지 않으려고 한다.
료헤이(良平)는 다시 속삭여준다.
「이 손에 힘을 넣지 마.」
개천에 흐르는 물소리는, 아까부터 繼續 들려오고 있다.

쥐어온다

오사또(小里)는 떨리는 목소리로, 다시금,
「두려워.」
하고 말한다. 료헤이(良平)에게 하소연 하는 것만이 아니고, 自身에게도 들려주고 있는 것이다.
自身에게 對해서도, "拒否하라."고 命令하고 있는 목소리의 餘韻이기도 했다.
료헤이(良平)는 그 입을 입으로 막았다. 말을 막아버리는 것과 同時에, 親密感을 더해주기 爲함이었다. 입맞춤은, 純眞한 處女에게 있어서는, 精神을 가라앉혀 便安하게 해 줄 뿐만 아니라, 心情的인 意識이기도 하다.
오사또(小里)는 積極的으로 빨아왔다. 입맞춤이라면 安心이 된다는 거겠지. 입맞춤을 하면서, 드디어 료헤이(良平)는 오사또(小里)의 손을 이끄는 動作을 再開했다. 그런 動作이 欲望보다는 사랑에 依한것이라는 印象을 남기기 爲한 입맞춤 이었다.
더 以上 오사또(小里)의 팔에는 그것에 反對하는 힘은

남아 있지 않았다.
료헤이(良平)는, 自身의 손과 오사또(小里)의 손이 自由롭게 움직일 수 있도록, 허리를 뒤로 빼어서, 두 사람의 몸 間隔만큼의 空間을 만들었다.
그곳으로 오사또(小里)의 손을 이끌었다.
료헤이(良平)의 손은 옆쪽에서 오사또(小里)의 손등을 쥐는 形態가 되었다.
처음 료헤이(良平)는, 오사또(小里)의 손을 自身의 허벅지 위에 올려놓았다. 살짝 눌러준다.
오사또(小里)는 손을 빼려고 하지 않는다.
입술을 떼고서, 귀 언저리에서 속삭인다.
「自己는 눈을 감고 가만히 있으면 돼.」
處女는, 戀人에게 안기거나 입맞춤을 하거나 하는 것은 바라고 있지만, 몸의 一部에 對해서는 憧憬한다거나 그립다거나 하지는 않는다.
그렇지만, 오사또(小里)는 亦是 女子인 以上, 未知의 것에 對한 神秘로움과 憧憬이 있음에 틀림없겠다.
따스하게 젖어 있는 몸이 그것을 證明하고도 남는다.
더 以上 어린애가 아니다. 오사또(小里)는 對答이 없다. 對答이 없는 것으로서 消極的인 合意를 나타내고 있는 것이다. 료헤이(良平)는 그렇게 判斷 하 기로 했다.

손을 움직여, 오사또(小里)의 손바닥으로 바지를 문지르게 한다. 그곳이 어데 인가를 알려주기 爲함 이었다.
조금씩 場所를 移動하면서, 中心으로 다가간다. 오사또(小里)의 呼吸의 變化를 測定해 가면서……
그때에 료헤이(良平)는, 欲望보다는 反對로, 사랑스러움에 充滿해있다.
머릿속 한 구석에서는,
(난 只今 殘酷한 일을 하려하고 있다.)
고 하는 反省이 슬쩍 스쳐간다. 그러나 료헤이(良平)는, 過去에 只今의 오사또(小里)보다도 年下의 女子를 안은 經驗이 있다.
오른손으로 오사또(小里)의 어깨를 꼭 껴안고, 오사또(小里)의 손목을 고쳐 잡고서, 앞으로 이끌었다.
오사또(小里)의 손이, 바지를 치받고 솟아있는 료헤이(良平)의 몸에 부딪쳤다. 다시 고쳐 잡고서 손등을 누르면서, 위로부터 손가락을 동그랗게 했다.
재빠르고 强하게 손을 빼리라는 것도, 료헤이(良平)는 豫想하고 있었다. 그럴 境遇에는 失敗를 認定치 않을 수 없다.
끈질기게 끌어 들이지는 않겠다고 마음먹고 있었다.
오사또(小里)의 팔에는 힘이 들어있지 않았다.

료헤이(良平)가 이끄는 대로, 손가락을 동그랗게 하고, 다섯 손가락으로 위로부터 바지의 불룩 튀어나온 곳을 누른 채 가만히 있다.

료헤이(良平)의 그곳은 오사또(小里)의 손바닥을 느끼고 있다. 快感이 일어나고, 욱신거림이 줄어 들었다.

男子의 몸이란 欲望이 꽉 차여지면, 보다 더 커지려고 하지만 容積關係로 더 커지지는 못하고 그 때문에 욱신거려 오는 것이다. 外部에서, 더 커지려고 하는 그 힘을 눌러주면, 욱신거림이 弱하게 되는 것이다.

「알겠니.?」

「……………」

「이것이 나의………」

「……………」

「너를 갖고 싶어서 이렇게 되어 있단다.」

왜?, 說明을 하는 걸까? 료헤이(良平)의 計算上으로는, 對話가 必要한 것이다. 自身이 野獸化 되어 있지 않다는 것을 알려 주고 싶었다.

이 애를 不安스럽게 해서는 안 된다.

「이봐, 쬐끔 힘을 줘 봐.」

몇 秒가 되어도, 오사또(小里)는 反應을 보이지 않았다. 처음 느껴보는 體驗이기 때문에 너무 混亂스러워서 료헤이(良平)가 속삭이는 內容을 理解하지를 못했는지도 모르겠다. 그렇게 생각하고 있는데, 오사또(小里)의 손가락에 힘이 들어갔다. 確實하게 느껴지는 힘이었다. 오사또(小里)가 自己 스스로 쥐었다는 것을 느낄 수 있다. 몸에 기쁨이 솟구친다. 그런 感覺과 함께, 心理的인 滿足感도 일어났다.
(成功이다.)
(이애는 自身의 意志로 이렇게 하고 있다.)
貴重한 反應이었다. 료헤이(良平)는 그 손등을 쓰다듬어 주었다.
「알겠니?」
오사또(小里)는 고개를 끄덕이면서, 呼吸이 떨려 나왔다. 료헤이(良平)의 그곳에 애처롭게 매달려있는 느낌이었다. 거의 一分 余동안 그렇게 하고 있었다. 어깨를 안고 있는 오른팔이, 오사또(小里)의 몸에 배어있는 땀을 느낄 수 있다. 드디어 료헤이(良平)는, 오사또(小里)의 손목을 잡고서 그곳에서 떨어졌다. 그 손을 허리위에 놓았다. 主要한 場面이다.
오사또(小里)의 손을 놓았다. 그 손은 료헤이(良平)의 허리위에 올려 놓여 있는 채 그대로 있다.
電車가 달리는 소리가 멀리서 들려온다. 이 개울의 上

流에 자그마한 鐵橋가있다. 電車는 그곳을 지나가면서 이따금씩 높은 摩擦音을 내고 있다. 몇 輛씩 달고 다니는 車輛의 등불이, 더없이 시골냄새를 풍기고 있다.
電車가 지나가고, 周圍는 다시 靜淑으로 바뀌었을 때, 료헤이(良平)는 바지의 단추를 끄르고, 팽팽하게 살아있는 自身을 끄집어내었다.
뜨겁게 달아 오른 그것은, 밤의 서늘한 바깥 空氣를 쐬고 있다. 다시 오사또(小里)의 손목을 붙잡았다. 료헤이(良平)가 무엇을 하려는 지를, 눈치로서 오사또(小里)는 알고 있을는지도 모른다. 아니 모를는지도 모른다. 그렇지만, 이미 바지 위에서라고는 하지만, 一旦은 만져보았었고, 豫告도 해 두었거니와, 아까부터 료헤이(良平)의 손은 오사또(小里)의 몸을 愛撫해 주고 있었다.
쇼킹하고 너무 甚한 놀라움은 받지 않을 거라고, 료헤이(良平)는 斟酌(짐작)하고 있다. 두 사람이 보다 더 親密해지기 爲해서는 避해서는 안 되는 險難한 고갯길이었다. 료헤이(良平)의 그러한 推理가 틀리지 않았다. 直接 료헤이(良平)의 그 몸을 손가락을 오므려서 감싸쥔 오사또(小里)는, 숨을 멈춘 채, 몸이 굳어져 왔을 뿐이었다. 료헤이(良平)는 다시, 잡고있는 손을 操作시켜, 오사또(小里)의 네 손가락을 둥글게 하고 엄지손가락은

反對方向으로 돌리게 해서, 기둥을 꼭 붙잡게 했다
거기서도 오사또(小里)는 拒絕하지를 않았다.
그렇게 해서 쥐고 있는 오사또(小里)의 손가락 위로, 료헤이(良平)의 손이 부드럽게 눌러왔다.
「아아, 氣分이 너무 좋아.」
그것은, 오사또(小里)가 그런 狀況을 外面해버릴까 하는 念慮에서 나온 말이기도 했다.
가득 남고 있던 숨을 오사또(小里)는 내 뿜었다. 그것은 只今까지 보다 더 以上으로 떨려 나왔다.
그곳에서 료헤이(良平)는 다시 오사또(小里)에게 입을 맞추었다. 깊숙이 빨아주었다. 오사또(小里)는, 아마도 그런 餘裕를 찾지 못한 때문인지, 빨아오지 않았다. 입술을 떼고서, 귓불을 가볍게 깨문다.
「알겠니.?」
「……………」
무엇을 묻고 있는지, 료헤이(良平) 自身도 分明하지가 않다.
바지위에서 만져 줄때보다는 氣分이 훨씬 좋기는 하다. 료헤이(良平)의 只今의 狀況은 처음으로 느껴보는 오사또(小里)의 손이다. 그런 意識이, 感覺을 新鮮하게 했다. 오사또(小里)는 避하지 않았다. 손은 更直되어있는 느낌이다. 붙잡고 있는 게 고작 이었다.
그 손바닥에다 료헤이(良平)는 脈搏을 傳해주고 있다.
그 餘韻을 오사또(小里)는 느끼고 있음에 틀림없다.
요시꼬(美子)에게 처음으로 確認시켜줄때에, 요시꼬(美子)는,
「다른 살아있는 物件같애.」
하고 말한 것을 記憶하고 있다.
(이 애는 어떤 感想을 말 할 것인지!)
들어보고 싶다. 그것은 오사또(小里)의 性的 成熟度와 그 方向을 暗示하는 것이기 때문이다.
그래서, 료헤이(良平)는 오사또(小里)의 손등에서 손을 빼었다. 自己 혼자서 붙잡고 있다는 狀況을 認識시켜주는 意味도 있는 것이다.
오사또(小里)의 손은, 避하지 않았다. 그대로 쥐고 있다. 이것은 形式的이건 어떻든 료헤이(良平)가 强制로 시킨 것이 아닌 걸로 되었다. 오사또(小里)의 意志로 그렇게 하고 있는 것이다.
료헤이(良平)의 손은, 다시 스커-트 아래로 들어간다. 사타구니를 만져주면서, 귀에 입김을 불어준다.
「感想을 듣고 싶어.」
다이렉트로 希望을 말했다. 오사또(小里)는 참을 수 없

는 듯한 한숨만 내어 쉴 뿐이다. 료헤이(良平)는 똑같은 말을 되풀이해서 말했다.

하자, 조금 지나서, 오사또(小里)의 손이 느슨해졌다. 그리고선 다시 쥐어온다. 印象을 確認하기 爲해서, 바꾸어 다시 쥐어본 것이다.

그것은, 적어도 오사또(小里)의 처음으로의 自主的인 行動이었고, 積極的인 協力이기도 했다. 쥐는 程度는 그렇게 强하지는 않았다. 낮은 목소리로 오사또(小里)는 중얼거리듯이 말했다.

너무 낮기 때문에 잘 들리지가 않는다.

「뭐라고 말했는데.?」

「…………..」

「…………..?」

「이봐요.」

혀가 굳어 있는 듯한 느낌 이었다.

「응.」

「이렇게, 너무 커서.」

想像하지도 못했다고 하는 말은, 뒤를 잇지 도 못했다. 료헤이(良平)로서는 處女의 不安을 解消시켜 주어야만 했다.

「너의 것에 꼭 맞게끔 되어 있단다.」

그렇게 속삭여 주고, 다시 손을 뻗어서, 이번에는 아까 보다도 더 재빠르게 팬티의 고무 끈을 들쳤다.
손바닥 全體로, 花園을 눌러준다. 따스하게 젖어있다. 이젠 오사또(小里)는, 젖어있다는 것을 부끄러워 할 必要가 없다.
「그리고.?」
다음의 感想을 기다린 것은, 아마도 複雜하게 느끼고 있는 그 心境을 조금이라도 더 確認하고 싶어서이다. 그곳에서 오사또(小里)는, 마음속으로 료헤이(良平)가 기다리고 있었던 말을 중얼거리듯 속삭인다.
「살아있는 物件같애.」
지난날의 요시꼬(美子)의 말이다. 女子와는 달리 몸 밖으로 突出해있는 그것은, 獨立해 있는 存在를 主張이라도 하고 있다고 생각하고 있는 것이다.
「그럼, 살아 있는 거야.」
두 사람은 다시 입술을 合쳤다. 그러는 中에 료헤이(良平)는, 아까 와는 다르게 바깥쪽으로 돌아서 날개를 꼭 접고 있는 꽃잎을 가르고, 손가락을 안으로 밀어 넣으면서 愛撫를 始作했다.
입술을 떼고 나서도 愛撫를 繼續했다.
形態로 말하자면 相互愛撫를 하고 있는 것이다. 그러나,

오사또(小里)의 손은 조금도 움직이지 않는다. 다만, 義理로서 쥐고 있기 때문에 움직이지 않는다는 것이 아니라는 것은 오사또(小里) 몸 全體에서 發散되고 있는 냄새로서 確實히 알 수 있다. 熱心히 이 狀況을 吟味하고 있는 것이다.

오사또(小里)의 손의 움직임을 료헤이(良平)는 期待하지 않았다. 이렇게 하고 있는 것만으로도 오사또(小里)에 있어서는 대단한 體驗으로시, 이것을 認識하는 깃만으로도 너무도 벅 찬 것이다.

손을 빼지 않는 것만으로도 료헤이(良平)의 希望은 達成 되었다고 볼 수 있다. 그 以上을 바라는 것은 요다음에 하기 로 하지. 그렇게 생각했다.

료헤이(良平)의 손가락은 愛撫를 繼續하고 있다. 어느 쪽이 좀 더 氣分좋게 느껴지고 있는지, 오사또(小里)의 反應을 注意해 보면서, 試行錯誤를 거듭하는 것이다.

結局, 아마도, 꽃의 눈보다도 약간 아래, 中心에서 若干 위쪽 近方이 부드럽고 즐겁게 느껴지는 것 같다.

그곳을 문질러주면서, 確認하는 意味에서,

「좋으니.?」

「에에.」

이번에는 아주 稀微하기는 하지만 確實한 對答이 되돌

아왔다.
료헤이(良平)는 다른 손가락으로 꽃잎을 벌리고, 그곳에다 愛撫의 손길을 集中시켰다. 때때로 오사또(小里)는 궁둥이를 들어 올리거나 허리를 떨거나 했다. 이것은 分明한 感覺을 쫓고 있는 反應이었다.
感覺의 흐름은 繼續되고 있다.
이것이 어디까지 繼續될것인지, 아니면, 漸漸 上昇해서 하나의 頂上을 달릴 것인지, 료헤이(良平)로서는 알 수 없는 일이다.
萬一 頂上을 맞이하려 한다면 그렇게 해 주고 싶다. 愛撫를 繼續 하면서, 료헤이(良平)는 두개의 可能性을 생각해보았다.
只今은 自身에게 일어나는 感覺보다는, 오사또(小里)의 官能쪽이 더 貴重한 것이다.
하자, 오사또(小里)는 허벅지를 세게 오므리면서, 료헤이(良平)의 부드러운 손가락의 愛撫를 멈추게 했다.
「좀 기다려 줘요.」
上氣된 목소리다.
「응.」
료헤이(良平)는 점잖게 그 要請을 받아드리고서, 손가락의 律動을 멈추었다.

「왜 그러는데.?」

「나요.」

말을 暫間 끊었다가, 오사또(小里)는 빠른 말씨로 말했다.

「난, 어떡하면 되는 거 에요.?」

료헤이(良平)의 가슴에 기쁨이 넘쳐흐른다.

이것은, 오사또(小里)가 全面的으로 自主的으로 료헤이(良平)속의 『男子』의 欲求에 따라가 주려고 하는 意向의 表現이었기 때문이다.

료헤이(良平)는 오사또(小里)를 愛撫하고 있다.

오사또(小里)는 그냥 쥐고만 있다.

같은 立場에 서기 爲해서는 오사또(小里)도 亦是 료헤이(良平)의 몸을 愛撫하지 않으면 안 된다. 그 方法을 모르는 것이다. 그래서 료헤이(良平)에게 가르쳐 달라고 하는 것이다.

可當찮은 勇氣라고도 볼 수 있다.

(아니야, 그대로도 좋아.)

그렇게 對答하고 싶었다. 男子의 몸에 익숙해 있는 女子의 흉내를 내게 한다는 것은 너무 殘酷하다는 생각이 들었다.

그렇지만 료헤이(良平) 自身, 亦是 愛撫해 주기를 바라고 있다. 한 발자국 더 進步한 狀況이 되어서, 두 사람의 사이를 確定的인 걸로 해 두고 싶다. 只今까지에는, 여러 가지 障害가 있어서, 只今과 같은 狀況이 되는 것이 늦었었다. 료헤이(良平)는 속삭여 주었다.
「그렇게 잡고있는 그대로, 손을 아래위로 움직여 봐.」
오사또(小里)는 료헤이(良平)가 일러 준대로 서투른 손놀림으로 손을 움직였다.
하니까, 새끼손가락이 둥근 部分을 쓸어준다. 새로운 感覺이 료헤이(良平)에게 일어났다.
「아아, 너무 좋다.」
그것은, 男子의 몸에 익숙해있는 女子의 매끄럽고 부드러운 愛撫와는 달리, 삐꺼덕 거리는 듯한 느낌 이었다. 힘을 넣는 法과 빼는 法이 제멋대로이고, 리듬이 없다. 그 点이 反對로 新鮮하게 느껴지고, 心理的으로는 서투름이 즐겁게 느껴진다.
료헤이(良平)도 愛撫를 繼續한다. 結局, 內容으로 봐서도 相互愛撫를 하고 있는 것이다.
손에다 너무 힘을 넣었기 때문이겠다. 오사또(小里)의 손은 다시 제멋대로 움직이더니만, 疲勞한 氣色을 보인다. 료헤이(良平)의 要請이기 때문에 無理를 하고 있다. 그쯤에서 료헤이(良平)는 속삭였다.

「이제 그만 됐어.」

「잘못한 거 에요?」

「아니, 그렇지 않아. 只今 한 것이 한 가지 方法으로서, 또 다른 것은 잡은 그대로 가만히 있으면서, 손바닥의 壓力을 세게 했다가 弱하게 했다가 하는거다.」

「……………..」

오사또(小里)는 말없이 료헤이(良平)가 시키는 대로 했다.

「그래, 그것으로 좋아. 무어라 말 할 수 없는 氣分이란다.」

「너무 땅땅해.」

「좀 더 세게 쥐어도 괜찮아.」

「……………..」

「좀 더.」

「두려워.」

「괜찮아.」

男子의 몸을 알지 못하는 女子는, 어떻게 해서도 힘을 넣으려고 하지를 않는다. 그곳은 대단히 重要한 場所로서, 痛症에 對해서도 敏感한 곳이다. 本能的으로 그렇게 생각하고 있는 것이다.

事實은, 處女들이 생각하고 있는 것만큼, 그곳은 그렇게

弱한 곳이 아니다. 료헤이(良平)의 친구들 中에는, 床위에 올려놓고서, 쇠막대로 두드리면서 鍛鍊시키는 豪傑도 있다고 했다.

相互愛撫

不安스러운듯한 表情을 지으면서도, 오사또(小里)의 손에 힘이 들어갔다. 그것과 比例해서 료헤이(良平)의 그곳은 性感이 더욱 高潮되었다.
조금씩 조금씩 익숙해지는 것 같다.
다만, 오사또(小里)가 그것에 好感을 가지고서 하는 건지, 하는 수 없기 때문에 그러고 있는 건지, 속마음을 알 道理가 없다.
神經을 손에 集中시키기 爲해서, 료헤이(良平)는 愛撫의 손가락을 빼고서, 가만히 눌러주고만 있다.
오사또(小里)의 손가락 하나하나가 느껴지고 있다. 그것만큼 오사또(小里)의 緊張感에 依한 손가락의 딱딱함이 풀어지고 있다는 證據겠다.
료헤이(良平)가 속삭여준다.
「그래도 집으로 가고 싶은 거니.?」
오사또(小里)는 고개를 도리질하고서, 그런 行動을 契機로, 료헤이(良平)를 놓았다가, 다시 뿌리 近處를 붙잡는다. 료헤이(良平)의 몸은 새로운 脈搏을 오사또(小里)의 손바닥에 傳해주고 있다. 어깨를 안고 있는 팔에 힘을 주면서, 입술을 合쳐준다.

새로운 段階로 들어 갈 때에는 언제나 입맞춤을 함으로서, 두 사람의 사이의 基礎가 되고 있는 것은 愛情이라는 것을 알려주지 않으면 안 되기 때문이다.

한쪽 손으로 부드러운 秘毛를 쓰다듬어 준다.

오사또(小里)는 료헤이(良平)가 가르쳐 준 대로 쥐는 힘을 세게도 弱하게도 바꾸어 가면서 하고 있다.

그 리듬에 액센트가 일어난다. 꼭 쥐어 올 때에는 천천히 하다가 재빠르게 놓아준다. 感觸을 確認해 보는 움직임이다.

爽快함이 료헤이(良平)의 全身에 펼쳐져 온다. 오사또(小里)는 그것을 所重히 다루고 있다는 것도 느낄 수 있다. 그 어떤 餘裕가 생겨났는지도 모르겠다.

「그럼, 이렇게 하고 있는 게, 좋으니.?」

分明히 오사또(小里)는 고개를 끄덕이면서 首肯한다. 그 얼굴은 뜨겁게 달아올라 있다. 대낮이었다면, 발갛게 물 드려져 있음에 틀림 없겠다.

(이애는 分明한 處女다.)

(이 以上의 것을 시키면 안 돼.)

오늘밤에는 그 속에 넣어서 純潔을 뺏는 일은 하지 않겠다고 約束 했었다. 그러나, 입으로 愛撫해 달라고 付託 할 수는 있다.

료헤이(良平)로서는 그것을 바라고 있다. 勿論, 그때에는 료헤이(良平)도 똑같이 해 주게 된다.

(付託한다면 놀라겠지.)

(생각지도 못한 일임에 틀림없을 테니까.)

(너무 飛躍해서 생각하는 것은 안 돼. 그것까지 進行하는 것은, 맺어지고 난 後의 일이다.)

다시, 료헤이(良平)의 손가락은 두개의 꽃잎을 가르고 들어갔다. 그곳은 아까보다도 더 湖水가 넘쳐흐르고, 本來의 모습을 確認 할 수 없을 程度로 되어 있다.

(이렇게 되어 있으면서도,)

그런데도 료헤이(良平)를 받아드릴 마음은 아니다. 處女 마음의 異常스러움을 느끼지 않을 수 없다.

료헤이(良平)는 뺨에 뺨을 密着 시켰다. 가운데손가락을 律動시키면서,

「이렇게 되어 있단다.」

오사또(小里) 自身의 狀態를 認識시켜주는 말을 속삭였다.

오사또(小里)는 엉덩이를 살짝 비키면서,

「부끄러워요.」
그렇게 중얼거린다.
「어째서 이렇게 되어 있는지 알겠니?」
「몰라요.」
「나의 境遇는, 너를 갖고 싶어서 그러는 거다.」
「에에.」
「너의 이것은, 나의 것을 받아드려도 좋다는 信號인거야.」

初步的인 것을 일일이 입에 올리는 것은, 다음 機會의 布石인 것이다. 相對가 미찌에(道江)였다면, 새삼스레 무슨 말이냐고 苦笑를 禁치 못할 것이다. 보다 더 年上의 女人이라면, 오히려 료헤이(良平)의 幼稚함을 알아보고서 기뻐할는지도 모른다.
(내가 속이고 있다고 한다면, 只今 이 말은 우스꽝스럽기 짝이 없는 것이다.)
그렇지 않다는 것은 明若觀火한 事實이다.
오사또(小里)는 고개를 끄덕인다.
「册에 그렇게 쓰여 있더군요.」
「册을 읽어보았니?」
「『完全한 結婚』」
반·데·베르데의 그 册이 베스트·셀러-가 되었었다는 것은, 료헤이(良平)가 中學校 二 學年일 때였다.
많은 少年들이 그 册을 읽고서 知識을 익혔던 한편으로는 興奮해서, 스스로 處理를 하곤 했다. 特히 료헤이(良平)도, 『街』의 同僚들도, 高校時節의 親舊들도, 그 册을 卒業 했었다.

「사서 본거니.?」
「아 아니, 親舊에게서 빌려 보았어요.」
「읽어보니까, 어떻든.?」
「머리가 멍해져 오더군요.」

오사또(小里)에게는 女學生 때의 모습이 엿보인다. 그 理由 中의 하나로서,

(亦是, 이런 点에 있는 거구나.)

가슴속으로 료헤이(良平)는 首肯해본다. 료헤이(良平)가 이렇게 愼重하게 進行하고 있는 것도, 그 때문 이었다. 處女에게 不安을 심어 줘서는 안 된다. 只今 이 狀態만으로도, 오사또(小里)에 있어서는 대단한 것이다.

男子는, 때때로 自身의 體驗을 基準으로해서 行動하고, 생각지도 못한 곳에서 純眞한 女子의 가슴에 傷處를 입히는 때가 있다. 그런 일로 해서, 女子의 性生活의 一生에 重大한 障害를 남길 念慮가 있다고들 말하고 있다. 이야기를 하는 것도, 女子의 體驗에 맞추어 가며 하지

않으면 안 된다.
「그때에 可能한한 빨리 體驗해 보고 싶다고 생각하지는 않았었니?」
「생각했어요. 좋게만 쓰여 있던걸요.」
「그렇게 생각했었다면, 이젠 體驗해 보아도 좋은 때라고 생각하는데.」
「…………….」
「後悔하지 않도록 해 줄 테다.」
「只今?」
「아니, 오늘밤에는 아니야. 요다음에.」
「에에.」
그때에 오사또(小里)의 손이 헐거워지면서, 손가락을 동그랗게 한 다음 뿌리에서 끝에까지 사알 짝 쓰다듬어 준다. 처음으로 全體를 쓰다듬어주는 行動을 한 것이다.
「그렇지만.」
두번 세번 되풀이 하면서 好奇心에 차 있다는 것을 表現하는 것이다.
「이것이 저의 몸속으로 들어온다는 거죠?」
어떤 것을 이야기하고 있는지를 確認하는 말이다. 普通이라면 알고 있는 事實을 曖昧한 말로서 이야기를 하는 程度일 것이다.

「그럼.」
「믿을 수가 없어.」
「未經驗인 女子들은, 누구든 그렇게 생각 한단다.」
다시 오사또(小里)는 全體를 쓰다듬는다. 이젠 이 行動은, 完全히 自主的인 行動이다. 숨이 떨리면서 흘러나온다.
「이봐요.」
「응.」
「요시꼬(美子)氏는 그렇게 하고 있었나요.?」
「그럼.」
「괴로워하지 않던가요.?」
「그 反對란다.」
료헤이(良平)는 그쯤에서 愛撫를 더 더욱 濃密하게 하자, 오사또(小里)는 부르짖기 始作했다.
一旦 成果를 올린 會話는 끊어지고, 오사또(小里)는 료헤이(良平)를 꼭 쥐고만 있다. 이번에는 感覺的으로 쓰다듬어 줄 餘裕가 없어져버린 것 같다.

‥‥‥‥‥‥‥‥‥‥‥‥‥‥‥‥‥‥‥‥‥‥

結局 료헤이(良平)는 손으로 오사또(小里)를 頂上으로 이끌어 주는 것을 멈추고, 自制心을 일으켜, 두 사람은 떨어졌다.

上體를 일으키고서, 옷매무새를 고쳤다.

오사또(小里)는 이제 살았구나 하는 모습이다. 처음으로 느껴 보는 體驗을 마음껏 받아드렸다는 表情이 옆얼굴에 鮮明하게 나타나있다.

두 사람을 자리에서 일어섰다.

이 잔디위에 앉을 때에 比해서, 달은 훨씬 西쪽으로 기울고 있었고, 흐르는 냇물 소리도 더욱 搖亂스러웠다.

논둑길을 人家의 등불이 켜져 있는 쪽으로 向했다.

(이렇게 해서 興奮狀態 그대로 헤어지는 것이다. 이애는 自制하고 있는 내게 同情의 말 한마디도 없다. 아직도 男子의 生理를 모르고 있는 것으로, 殘酷하기 짝이 없구나.)

료헤이(良平)는 그런 것까지 생각 하였으나, 勿論 그것은 男子의 제멋대로의 생각 일 뿐, 오사또(小里)로서는 그런 想像力을 일으킬 턱이 없는 것이다.

그런데도 오사또(小里)는, 료헤이(良平)에게 어깨를 껴안겨서 밤길을 걸어가면서, 몇 番이고 짧은 입맞춤을 하는 사이에, 躊躇 躊躇하면서,

「아직도 아까처럼 하고 있는가요.?」

하고 물어본다.

「만져 봐.」

료헤이(良平)는 멈춰 서서, 오사또(小里)의 손을 이끌었다.
오사또(小里)는 료헤이(良平)의 몸이 그대로 있는 것을 確認하고서,
「어떡하면 좋아요.?」
不安스러운 목소리다.
「困難한데.」
「싫어, 困難하면 싫어요.」
어깨를 움츠리면서 고개를 흔든다. 自身은 모르는 일로서 어른들이 괴로워하고 있는 옆에 다가서있는 어린애처럼 天眞스런 表情이다.
료헤이(良平)는 그 뺨에다 입을 맞추어 준다.
「거짓말이다. 오사또(小里)와 헤어져서, 집에 가면 普通으로 되돌아온단다. 房으로 돌아가면, 꼭 읽어두어야만 할 册이 있어 그것을 읽는 중에 本 姿勢로 되돌아 온단다.」
「요시꼬(美子)氏를 만나고 싶겠죠?」
「아니, 너와 繼續 있고 싶어.」
앞쪽에서 自轉車가 달려온다. 그 불빛이 가까이 다가온다. 오사또(小里)의 집 近處의 사람인지도 모른다.
「좀 떨어지지 그래.?」

「아니, 相關없어요.」
自轉車와 서로 비켜 지나갔다. 타고 있는 것은 女子로서, 무언가 急한 일이라도 있는 것 같다. 숨소리가 가쁘게 들린다. 이쪽으로는 눈도 돌리지 않는다.
「저런 모습을 보니까. 急患으로 醫師를 부르러 가는지도 모르겠다.」
「그렇게 생각이 드네요.」
오사또(小里)의 집 近處에서, 두 사람은 길옆으로 비켜나서 別離의 입맞춤을 했다.
「工夫時間을 뺏어서 未安해요.」
오사또(小里)는 그렇게 말한다.
달을 쳐다보며 걸으면서, 그런 말을 하는 心情을 생각해 보았다.
(그女도, 오늘의 나의 行爲를 기쁘게 생각하고 있는 것 같다.)
집으로 돌아오자 사까다·가쓰나리(酒田一成)가 나와서 맞는다. 맞으려 나온 것이 아니고, 마침 化粧室에 가는 中이었다.
「때 맞춰 잘 돌아왔다. 옷 바꿔입고, 내 房으로 와라.」
그 얼굴이 새빨개져 있고, 若干 비틀거리고 있다.
「마시고 있는 中이냐?」

「손님이 와 있다. 紹介시켜 줄께.」
눈을 아래로 디딤돌을 보니까, 하이·힐이 두 켤레 모양도 예쁘게 나란히 놓여있다. 요즈음 女學生은 뒷ㅅ굽이 높은 구두는 신지를 않는다.
「그렇구나.」
사까다(酒田)가 다가와서 료헤이(良平)의 귀에 입을 모았다.
「다른 房 子息들, 只今껏 아무노 돌아오지 않았단다. 女子는 둘이다. 너, 아주 運 좋은 놈이야.」
「어떤 女子들인데.?」
「글쎄다. 술은 充分 해. 손님들이 가지고 왔단다.」
이번에는 사까다(酒田)는 료헤이(良平)의 어깨를 끌어 안으면서, 목소리를 낮추었다.
「인마!, 파란色 카-디칸은 내 파-트너-니까 손대지 말어. 넌 핑크色과 사이좋게 지내 거라.」
「뭐가 뭔지, 도무지 알다가도 모르겠군.」
「오-뎅 집에서 만났단다. 자고 갈는지 어떤지는 半半 이다.」
료헤이(良平)는 自身의 房으로 들어가서, 짙은 色깔의 平常服으로 바꿔 입고, 册床앞에 앉았다.
册을 읽고 있자니 도어를 노-크 한다. 처음에 應接室로

꾸미었던 房이므로 료헤이(良平) 房만 도어로 되어있다.
「오오.」
도어가 열리고, 사까다(酒田)가 얼굴을 들이민다.
「오지 않고 뭐하고 있는 거냐?」
료헤이(良平)는 일어섰다. 술은 마시고 싶었다.
「너 말대로 바로 들어갔다가는 뻔뻔스러울 것 같아서.」
「廉恥 차리고 있네.」
사까다(酒田)의 석장반짜리 房에 와있는 손님은, 分明히 료헤이(良平)들보다는 두서너 살 위로 보이는 女子들 이었다. 정말 그렇군, 한 사람은 파란色 카-디칸 이고, 또 한 사람은 핑크色의 부라우스를 입고 있다.
(會社에 다니고 있는 女子들 이로군.)
册床이 食卓 代用으로 房가운데 놓여 있고, 簡單한 안주꺼리가 놓여 져 있다.
房의 구석 쪽에 電氣 煖爐가 놓여있고, 煖爐위에 酒煎子를 올려놓고 술병이 넣어져 있다. 술을 데우고 있는 것이다. 勿論 술병이나 술잔들은 一般 大衆술집에서 슬쩍해온 것들이다. 하나씩 하나씩 여러 술집에서 집어온 것이므로 모양도 色깔도 가지 各色이다. 술집에 따라서는 容量도 다르다.

「紹介하겠습니다.」

료헤이(良平)가 자리에 앉는 것을 기다려, 사까다(酒田)가 말했다.

「이 親舊가 아까부터 말했던 와까스기·료헤이(若杉良平)입니다. 사토꼬(惠子)氏에게 眞짜 紹介하고 싶었던 男子입죠. 이쪽은 하라·사토꼬(原惠子)氏.」

그것이 핑크色의 女子였다. 하얀 얼굴에, 동그스름한 얼굴모습이다. 눈이 가늘다. 몸매는 둥글둥글 若干 뚱뚱한 편이다. 살짝 웃는다.

웃으니까 보조개가 움푹 들 나보인다. 보조개를 보여주기 爲한 웃음인지도 모르겠다.

「付託합니다.」

차례로 사까다(酒田)는 파란색 카-디칸을 紹介했다. 얼굴이 갸름한 美人이다.

「이쪽이 무라야마·아쓰꼬(村山厚子)氏. 이分이 사토꼬(惠子)氏를 기다리면서 麥酒를 마시고 있었는데, 그 麥酒를 한盞 두盞 내가 얻어 마시고 있는 사이에 意氣投合해 졌다는 거다. 이 사람에게는 손가락도 까딱하지 말거라. 벌써 내가 반해버렸단다.」

사토꼬(惠子)가 새로운 盞을 료헤이(良平)에게 勸한다.

술병을 기울인다.

「야아, 고맙습니다.」

이렇게 되어서 료헤이(良平)는 술座席에 合流하게 되었고, 사까다(酒田)와 女子들은 벌써 제법 마신 것 같다. 이야기가 부드럽게 되어 갔다. 놀랍게도, 아마도 료헤이(良平)가 돌아오기以前부터 사까다(酒田)는 女子들에게 마르키시즘을 떠벌리고 있었는 것 같았고, 그리고 다시 演說에 熱을 올리고 있다.

> ※【Marxism＝마르크스主義＝마르크스와 엥겔스에 依하여 基礎를 이룬 辨證法的 唯物論史的 唯物論·마르크스 經濟學等이 有機的으로 結合한 包括的 思想 體系.】

「그래서 말입니다, 그 生産手段의 國有化가……」

알고서 하는 겐지 모르고서 하는 겐지, 女子들은 맞장구를 쳐가면서 듣고 있다. 特히 사토꼬(惠子)는 熱心히 듣고 있다. 젊은 靑年이 熱心히 理論을 이야기하고 있는 것이 微笑를 띄우게끔 하고 있는지도 모르겠다.

들으면서 사토꼬(惠子)는 료헤이(良平)의 盞에 술을 따른다.

「사까다(酒田)가 떠들고 있는 것에, 興味가 있습니까?」

「組合에서 하는 말보다 알아 듣기 쉬운 데요.」
「두 分, 같은 職場인가요.?」
「아니요. 女學校 時節의 同級生으로, 只今은 같은 아파트에 살고는 있어요. 아쓰꼬(原子)氏는 데-파트, 데-파트래도 賣場이아니고, 經理를 보고 있어요. 난 데-파트에 物件을 納品하는 會社.」
「무슨 物件을요.?」
「캬라멜.」
「호오.」
女學校를 卒業했다고 하면, 工場은 아니겠다.
「亦是 經理쪽 입니까.?」
「아니요, 전 計算에는 白紙와 같아요. 別로 쓸모가 없으니까. 그냥 雜일을 보고 있죠.」
하자, 사까다(酒田)의 이야기를 듣고 있던 아쓰꼬(原子)가,
「사토꼬(惠子)氏는 社長 秘書에요.」
하고 말한다.
「헤에, 그렇습니까.?」
아마도, 이것은 사까다(酒田)도 처음 듣는 말인 것같다.
「그렇담, 敵의 心臟部에 陣을치고 있는 셈이로군.」
「어머, 敵이 아니에요. 캬-라멜會社는, 쬐그마한 企業

으로서, 社長은 그곳의 主人으로 勞動者와 다를 바 없어요.」

「그래도 亦是, 搾取(착취) 階級이죠. 勞動者의 勞動에 依해서…….」

사까다(酒田)기 女子들을 데리고 온 目的은, 이디끼지나 그女들의 肉體와 交歡하기 爲해서 이다. 그렇지만 마시고 있는 中에 그 本來의 目的보다는 自身의 떠벌리는 것에 忠實해있다. 흔히 있을 수 있는 일이다.

「그보다도, 아파-트에 살고 있는걸 보니, 故鄕이 따로 있겠군요. 어느 쪽이죠?」

「어이, 이 分들 나가사끼(長崎)란다. 같은 큐우슈(九州) 出身 이야. 그래서, 사이도 좋게 함께 마시기로 했던 거다.」

네 사람은 그곳에서 다시 乾杯를 했다.

只今쯤, 오사또(小里)는 沐浴湯에 들어가 있겠지. 하고 료헤이(良平)는 생각했다.

女子 손님

료헤이(良平)가 좀 더 强力하게 이끌었다면, 오사또(小里)는 拒絶하지는 않았을 것이다. 료헤이(良平)를 받아드려도 좋다는 素地는 오사또(小里)의 內部에서는 벌써 일어나고 있었다. 本能的으로 료헤이(良平)는 그렇게 느끼고 있었다.

그럼에도 不拘하고, 한 段階 더 進行된 것만으로서, 말하자면 最後의 線을 넘지 않았다는 것은, 오사또(小里)의 숫處女의 純眞함을 重要視 했기 때문이다. 마음의 交流와 함께 進行하고 싶었지만, 오사또(小里)도 료헤이(良平)를 內心 바라고 있으면서도, 結局에는 료헤이(良平)의 自制를 바라고 있었기 때문이다.

그렇지만, 欲望은 存在한다. 充足되지못한 不滿이, 몸속에 넘치고 있다. 相互愛撫가 刺戟이 되었었다.

(오늘밤, 어쩌면 夢精을 할는지도 모르겠는데.)

이러한 豫感마져 드는 것이다. 그것을 막기爲해서는, 혼자서 스스로 自慰하는 道理밖에 없겠다. 이것은 좀 더 천천히 생각해 보자, 멍멍하게 그렇게 생각하면서, 집으로 돌아왔던 것이다.

생각지도 못했는데 사까다(酒田) 房에 女子들이 와 있었다. 그나마도 둘씩이나. 아마도 사까다(酒田)는 그 中 한 사람과 사이 좋게 지내려고 꿍꿍이를 하고 있는 것 같고, 다른 한 사람을 료헤이(良平)에게 붙여 주려하고 있다.

사토꼬(惠子)나 아쓰꼬(原子)는, 밤거리의 나비가 아니다. 그렇다고, 危險한 不良 少女도 아니다. 正體가 分明한 사람들이다.

아마도, 아반츄-을 憧憬하고 있는 아가씨들 인 것 같다. 어느 만큼의 아반츄-을 바라고 있는가, 그것을 알아내기가 어렵다.

女子는, 흔히 決定的인 瞬間에 몸을 도사리고 逃亡쳐 버리는 境遇가 많다. 스릴을 滿喫(만끽)하고, 自身이 男子에게 있어서 아직도 魅力있는 存在라는 것을 確認하고서 自己滿足을 하고 싶어 하는 것이다.

個中에는, 그곳까지의 危險한 冒險은 하지 않고 그냥 男子들과 사이좋게 이야기를 나눈다던지 마시거나하면서 즐기는 女子도 있다. 어느 程度까지의 接近은 許諾

되지만, 그 어느 程度라는 것이 어려운 것이다. 그 推定을 잘못 짚어서, 男子들은 이따금씩 亡身을 當하고, 事件發生의 原因이 되기도 한다.

사까다(酒田)의 꿍꿍이를, 男子인 료헤이(良平)로서는 能히 斟酌하고도 남는다. 아쓰꼬(原子)가 어느 만 큼 그것을 理解하고 있는지, 그게 疑心스럽다. 또한, 理解는 하고 있지만 應해주려는 것이 아니고, 誘惑 當하는 즐거움을 기다리고 있는지도 모르는 것이다. 아니라면 아쓰꼬(原子)쪽에서도 그것을 바라고 있는지도 모른다. 핑크色의 사토꼬(惠子)를 사까다(酒田)는 제멋대로 료헤이(良平)에게 밀어붙인다.

사토꼬(惠子)의 心理도 勿論 료헤이(良平)는 알 턱이 없다. 아쓰꼬(原子)와 같을는지도 모르고, 다를는지도 모른다. 료헤이(良平)를 좋게 생각할는지는, 只今부터의 일이다. 두 사람의 男子가 同時에 두 사람의 女子를 만나고, 서로의 相對가 定해진다. 狀況이 進行되어 가면서, 最後에는 따로따로 別個의 行動으로 들어간다. 그때에, 한 사람의 女子는 모든 것을 許諾하는데도 不拘하고, 다른 女子는 逃亡쳐 버린다. 이것은 흔히 있는 일이다. 男子가 親한 親舊이면서도 다르듯이, 女子들도 親舊이면서도, 情事에의 姿勢가 다를 수 있는 것이다.

(或是 이 女子는,)

若干은 코켓트리-(Coquetterie＝妖艷한)한 사토꼬(惠子)의 모습에서 女子의 色끼를 느끼면서, 료헤이(良平)는 생각해 보았다.

(잘만 끄드기면, 오늘밤 내 房으로 따라 올는지도 모른다.)

처음 만난 그날 밤 사이에 交歡하는 例는, 普通 世上이 생각하고 있는 것 보다 훨씬 많은 것이다.

(萬一 그런 女子라면, 그렇다면, 이것을 어떻게 處理하면 좋다지.?)

問題인 것이다.

조금 前까지만 해도, 이께다·오사또(池田小里)와 心身을 불태우면서 뜨거운 狀況에로까지 가 있었다. 滿足하지 못했던 欲望이 뒤엉켜 굳어 있는 한편으로,

(오늘 밤은 오늘 밤이다. 다른 女子에게 손을 뻗치는 것은 背信行爲가 아닐까.?)

료헤이(良平)의 倫理感이 反撥을 일으키고 있다.

요시꼬(美子)가 번듯하게 存在하고 있는데도 오사또(小里)와도 깊은 사이가 되려고 하는 것도, 當然히 뒤가 켕기는 일이라고 느끼고 있다. 그러면서도, 료헤이(良平)는 進行하고 있다. 그것도 背信行爲에 틀림없지만,

그런데도 그쪽에는 눈을 질끈 감고 있다. 矛盾된 心境이다. 다만, 오늘밤의 오사또(小里)의 可憐함을 생각했을 때, 亦是 료헤이(良平)는, 오늘 밤에는 젊잖게 자는 것이 훌륭하다고 생각되었다.
(女子를 안으려면 오사또(小里)를 안는 것이 倫理的이 아닌가?)
(그 애가, 只今의 이런 狀態와 나의 心理를 알았다면 어떻게 생각할까.?)
그러나, 사또꼬(惠子)의 心理도 알 수가 없다. 어떤 方向으로 흐를는지가 不 分明 하다.
(글쎄다, 只今 이곳에서 結論을 내릴 必要가 없지않나.)
사또꼬(惠子)가 承諾만 한다면, 房으로 데리고 가서 나란히 누워서, 그 時點에서 생각해도 늦지 않다.
(何如든 間에, 只今은 마음 놓고 즐겁게 마시거나 이야기 하거나하면 되는 거다.)
료헤이(良平)는 아쓰꼬(原子)에게 물어 본다.
「데파-트의 賣場에는 예쁜 사람도 있고, 그렇지 않는 사람도 있죠. 當身은 매우 예쁜 얼굴인데, 어째서 賣場이 아니고 經理를 본단 말입니까?」
하니까 아쓰꼬(原子)는 기쁜 듯한 모습으로 웃는다.
「賣場에 나가도 좋을 程度로, 會社에서는 생각하지 않

는 것 같아요.」
「어머, 아니에요.」
正確한 事實을 사토꼬(惠子)가 말한다.
「이 사람은 計算에 밝아서 事務能力을 認定받고 있어요. 그래서 賣場으로 내보내기에는 아까운 거죠. 처음부터 事務職으로 入社한 거에요.」
그리고선 사토꼬(惠子)는, 女學校 時節에 아쓰꼬(原子)가 얼마나 才女였는가를 數字를 列擧하면서 說明한다.
「그런데,」
아마도 그女들은 新制高校가아닌 舊 女學校를 卒業했다는 것을 推理해보고서, 료헤이(良平)는 率直하게 質問을 했다.
「當身들, 몇 年度애 태어났죠?」
하자 女子들은 얼굴을 마주한다.
「얼마로 보이나요?」
료헤이(良平)의 느낌으로는 아마도 료헤이(良平)들 보다는 年上인 것 같다. 그런 얼굴 모습 이었고, 그런 雰圍氣로 보였다.
沈着해 있는 点도, 社會人과 學生과의 差異点 뿐만은 아닐 거라고 느껴져 왔다. 그러나, 이런 나이쯤의 女子들의 推定 나이를 말하는 것은 어렵다. 年上이라고 말해 주면 좋아하는 境遇도 있고, 氣分을 잡쳐 주는 境遇도 있다. 어른이 되고난 直後의 微妙한 年齡인 것이다. 그것이 若干 위쪽이라면 낮게 말한다. 그리고 若干 낮은 쪽이면 살짝 높 혀 주는 것도 좋다.

료헤이(良平)는 사까다(酒田)를 돌아다본다.

「몇 살이나 되어 보이니?」

사까다(酒田)는 료헤이(良平)처럼 이것저것 생각이 미치지 못하고 있다.

「한살 程度 위쪽인가. 그 程度겠지.」

確實하게 말해버린다.

「어머나, 바로 맞췄네.」

아쓰꼬(原子)가 놀랍다는 語調로 말했다.

「그래요. 當身들보다 한살 위인 누나에요. 그것만큼 人生經驗도 많다는 걸 알아두세요.」

「나는요.」

사토꼬(惠子)가 말한다.

「빨리 태어났으니까, 한살 더 위죠. 아줌마처럼 보이죠?」

「아닙니다.」

사까다(酒田)가 正色을 하며 對答 한다.

「아줌마라니요. 千萬에 말씀. 저희들에게는 보다 더 魅

力的인 年齡입니다. 한살 위 程度. 멋지지 않나요, 그렇지 않니, 와까스기(若杉).」

「응, 틀림없어.」

료헤이(良平)는 首肯했다. 年上이라면, 女學校를 卒業하고 제법 나이를 먹은 거다.

「허면, 그 人生 經驗中에는, 男性 經驗도 包含되어 있는 건가요.?」

打診해 보는 것이다.

「글쎄요.」

아쓰꼬(原子)가 고개를 갸웃거린다.

「어떨까나? 그것은 말하지 않는 것이 正答이겠죠. 후-, 후,후,후.」

료헤이(良平)가 上京한 直後, 아직도 도쿄(東京)에는 空襲에 불탄 자국이 많았다.

先輩들이 자주, 데파-트·걸(Department·Girl)에 對해서 이야기 해 주었다.

賣場을 돌아다닌다. 陳列되어 있는 商品을 보려는 것이 아니라, 저쪽에 서 있는 女店員을 보려는 것이다.

女店員은 制服의 앞가슴에 番號와 名札을 달고 있다. 그 標札과 얼굴을 살펴본다. 마음에 드는 女子를 찾으면 데파-트를 나간다. 데파-트 앞에는 구두닦이 할머니

들이 많이 있다.

그 할머니에게 구두를 닦게 하고 賣場과 가슴의 名札을 말한다. 하면, 할머니는 기다리는 場所를 아르 켜 준다. 그 場所에서 기다리고 있자면, 閉店 몇分 後에 그女가 나타난다.

이야기는 戀愛의 雰圍氣가 아니고 장사속의 흥정이 進行되고, 成立되면 溫泉마-크의 旅館으로 直行하는 것이다. 이런 이야기는 료헤이(良平)들이 와세다(早稻田)에 入學하고나서 얼마 後에는, 그런 말 하는 사람이 없었다. 그런 짓을 하는 店員이 없어졌다는 건지, 좀 더 巧妙한 手段으로 하는 건지, 만들어 낸 이야기인지, 體驗해 보지 않은 료헤이(良平)들로서는 알 수가 없는 일이다. 그러나 事實처럼 들렸다. 萬一 아쓰꼬(原子)가 卒業하자마자 上京했다고 한다면, 그런 所聞이 藉藉한 데파-트에 勤務했다는 셈이 된다. 그러나, 經理 쪽이었다면 全然 相關이 없는 것이다. 그렇지만 료헤이(良平)는 一旦 確認해 보고자 하는 意味에서,

「卒業하자마자 上京해서 勤務했나요.?」

두 사람의 女子들에게 물어보았다.

「에에, 그럼요.」

아쓰꼬(原子)가 대답했다.

「故鄕에는 別로 재미도 없고, 여러 事情도 있고 해서, 둘이서 함께 上京 했었어요. 대단한 계집애들 이죠.」
大學에 進學하기 爲해서 上京한 것이 아니다.
나가사끼(長崎)에서 도쿄(東京)는 멀다. 틀림없이 대단한 冒險 임에는 틀림없다. 內性的인 女子들에게는 엄두도 내지 못하는 일이다.
「여러 가지 事情이라 했나요.?」
사까다(酒田)도 興味를 불러 일으켰다.
「여러 가지.」
두 女子는 웃고만 있으면서, 具體的인 이야기는 하려고 하지도 않는다.
女子의 履歷을 묻는 일은, 相對의 反應을 보아가면서 하지 않으면 안 된다.
「부모님들께서 잘도 許諾하셨군요.?」
「그것도 여러 가지.」
다시, 女子들은 웃는다. 그러나, 一旦은 틀림없는 職場에 다니고 있는 以上, 적어도 危險한 女子들은 아니라는 것은 分明하다.
表情에도 어두운 그림자라고는 찾아 볼 수도 없고, 말씀씀이도 普通이다. 아마도 사까다(酒田)도 그렇게 判斷하고서 데리고 온 것 같다.

사까다(酒田)는 벌써 료헤이(良平)가 作家志望의 文學靑年이라는것을 女子들에게 말 했는 것 같다. 사토꼬(惠子)가 文學에 對해서 료헤이(良平)에게 물어본다.
사토꼬(惠子)나 아쓰꼬(原子)도, 文學作品은 別로 읽지 않은 것 같다. 그러나, 女學校를 卒業한 女性으로서의 若干의 知識은 몸에 지니고 있기 때문에, 質問의 要点은 나쁘지가 않았다.
또한, 제법이나마 興味를 나타내어 보이기도 했다.
료헤이(良平)는 自身의 房에서 『街』를 가지고 왔다.
사까다(酒田)가 同人雜誌의 시스템에 對해서 說明을 해주자, 사토꼬(惠子)가,
「사겠어요.」
그렇게 말하면서 定價를 보고서는 돈을 꺼내었다.
雜誌의 販賣 代金은 全部 會計係에 提出해서, 次期號 發行의 主要한 資金이된다. 同人雜誌라고는 하지만, 學內, 學外의 大學街 書店에서 팔리고 있고, 아는 얼굴을 만나면 强制的으로도 팔고 있기 때문에, 相當한 金額이 된다. 『街』는 와세다(早稻田)의 열손가락 안에 드는 雜誌中에서도 第一 많이 팔리는 雜誌다.
아까하네·후미오(丹羽文雄), 히노·요시히라(火野葦平)等 文壇의 現役의 巨物들이 만들었던 雜誌였기 때문이다.

료헤이(良平)가 아까하네·후미오(丹羽文雄)先生님에게서 『街』라는 이름을 膳賜(선사) 받았다는 것은, 經濟的으로도 큰 恩惠를 입은 것과 진배없다.

勿論, 그 賣上 額도, 次期號를 내는 費用의 三分의一밖에 되지 않는다. 다른 同人과 均等하게 負擔하고 있는 것이다.

다른 雜誌의 大部分은, 會費와 發表料의 두 가지 方法으로 運用하고있다.

發表하는 作品의 枚數에따라서 돈을 내는 것이다.

『街』는 그런 시스템을 하지 않고, 따라서 編集會議에서 自身의 作品이 選擇되는 것은 크나큰 즐거움 이다.

그 當時 그러한 가난한 學生生活속에서, 피를 팔거나 해서 돈을 만들어서 同人雜誌에 揭載되는 自身의 作品의 費用을 支拂하거나 했던 사람들이, 結局 歲月이 흐른 다음 作家로서 艱辛(간신)히 收入을 얻게 되는 것이다. 그 確率은 몇 萬分의 一 程度라고 말해 오고 있다.

作家가 된 사람 집에, 後年의 文學靑年들이 電話나 便紙로,

「몇 十枚의 小說을 썼습니다. 여기저기 雜誌에 紹介해 주십시오. 原稿料는 이렇게 저렇게 해도 相關 없습니다.」

그러면서 連絡해 오는 것이 많다고 한다. 료헤이(良平)들의 學生時代에는, 그러한 無知한 男子는 한사람도 없었을까, 保證이 없다. 그는 그렇다 치고, 사토꼬(惠子)가 내민 돈은 얼마 되지는 않지만, 료헤이(良平)의 돈이 아니다. 어디까지나『街』의 돈이다. 료헤이(良平)는 感謝하게 받았다. 하자 아쓰꼬(原子)가,

「나도 살래요.」

그렇게 말하면서 亦是 지갑을 열었다.

「함께 살고 계시다면 한 卷으로 足하겠죠.」

료헤이(良平)가 고개를 흔들자, 사까다(酒田)의 說明을 들었던 아쓰꼬(原子)가,

「아니요, 칸파(Kampaniya)에 參加하고 싶어요. 그런데요 이 雜誌, 萬一 當身이 有明해지면, 틀림없이 대단한 價値가 있을 거 에요.」

　　※【Kampaniya = (러)大衆에 呼訴하여 모우는 運動
　　　　　　　資金】

료헤이(良平)로서는 듣기 좋은 말을 한다.

사까다(酒田)도 곁에서,

「辭讓할것 없다야. 이 사람들은 우리들처럼 父母님 옆구리나 간질이는 그런 사람들이 아니라, 어엿한 社會人이란다. 自身이 있으면 칸파를 받아 드려.」

료헤이(良平)를 꼬드기고 있다.

「더군다나, 여기에 실려 있는 너의 小說은 읽기에는 참을 수가 없지만, 將來에의 自身만큼은 틀림없으니까.」

료헤이(良平)가 다시 册을 가질려 房으로 가려고 廊下를 나왔다.

하자, 玄關에 가메다·에이이찌로(龜田英一郞)가 서서 팔짱을 끼고 바깥을 노려보고 있다.

「야, 언제 돌아 왔었니.?」

「음.」

반짝이는 눈빛으로 료헤이(良平)를 바라본다.

「이 구두 누구 꺼니.?」

하이·힐을 발끝으로 툭 건드린다.

「사까다(酒田)의 손님 꺼다.」

「두 사람 다.?」

「그렇단다.」

「빌어먹을. 잘들 놀고 있구먼. 두 사람 뿐이니.?」

「그럼, 음. 네가 參加하게되면, 엉망이 되어버릴 念慮가 있다. 넌 사까다(酒田)의 企劃을 妨害할 게 틀림없거든. 씁쓸하겠지만, 참아 두 거라.」

「알고 있어. 빨리 돌아오는 게 아니었는데. 저런 妖艶

한 웃음소리가 들리는데 工夫가 될 턱이 있나.」

「周圍에 神經을 끄고, 工夫 해 봐라. 그것도 人生 修業 中의 하나란다.」

누군가가 自身의 房으로 女子를 데리고 오면, 親舊의 計劃을 妨害하지 않도록 操心해 주는 것이 仁義이다. 가메다(龜田)는 이따금씩 그 룰(Rule)을 깨뜨리고 있다. 自身에게 希望이 없는데도, 다른 사람이 幸福하게 되는 게 싫은 것이다.

「그래서, 넌, 사까다(酒田) 꺼 말고 나머지 한 사람과 사이좋게 되려한다 이말 이가.?」

「그건 나도 몰라.」

「그럼, 내게 讓步해라.」

「알겠으니 점잖게 있기나 해. 사까다(酒田)가 主人公이다.」

료헤이(良平)가 房으로 들어가서,『街』를 들고 廊下로 나왔을 때에, 벌써 가메다(龜田)의 자취는 사라지고 없었다.

(이제부터는 차 례 차례로 모두가 돌아 올 거다.)

맹맹한 얼굴로 돌아오는 者는, 억울해 하지만 룰-은 지킨다. 自身이 相對方 立場에 서서 생각하기 때문이다. 그러나 한 盞 걸치고 거나해서 돌아오는 親舊는, 辭讓

하지 않는다. 더구나, 어떤 말을 떠벌릴는지, 무슨 일을 일으킬는지, 保證이 되지 않는다.
한 지붕아래에 여러 사람이 살고 있는 不便이 바로 여기에 있다.
(사까다(酒田)는, 누군가가 燒酒라도 걸치고 돌아오기 前에 무언가 이야기를 끝내어야만 할 텐데.)
료헤이(良平)는 사까다(酒田)의 房으로 들어갔다.
사까다(酒田)가 고개를 들어 술盞을 입으로 옮긴 다음,
「누가 돌아 왔었니.?」
하고 묻는다.

繼續되는 酒宴

료헤이(良平)는 本來자리로 돌아가서 兩班다리를 틀고 앉은 다음, 『街』를 아쓰꼬(原子)에게 건네주고, 準備하고 있었던 책값을 받으면서,

「칸파, 感謝하게 받겠습니다.」

하고 머리를 숙여 人事를 한 다음, 사까다(酒田)쪽을 돌아다보았다.

「돌아 온 것은 가메다(龜田) 혼자인데, 써야 할 레포-트가 있는 것 같더라. 여기로는 오지 않을 거야.」

사까다(酒田)는 고개를 젓는다.

「그 子息은 오지 않는 게 좋아. 이 分들에게 어떤 失禮를 犯할지도 모른다니까.」

아쓰꼬(原子)쪽을 돌아 다 본다.

「마음에 둘것 없어요. 아까도 말했지만, 여기는 나의 牙城이구요, 같은 집이니까, 交流는 있다 해도, 서로

서로는 獨立해 있는 겁니다.」
斷乎한 語調로 말한다.
(흐-음, 오늘밤에는 熱이 올라 있구나.)
아쓰꼬(原子)의 옆얼굴을 보고 있자니, 그 理由를 알 것만 같다. 그런 아쓰꼬(原子)는, 데우고 있는 술병을 나긋나긋한 손으로 끄집어내어서, 새끼손가락을 넣어본다.
「자아, 適當히 데워졌어요.」
료헤이(良平)에게 내어민다. 료헤이(良平)는 술잔을 들었다. 사까다(酒田)는 비어있는 술병에 술을 부어넣는다. 그러면서, 사토꼬(惠子)에게,
「當身도 한盞 들어요.」
하고 말한다. 그쯤에서 女子들끼리 若干의 말씨름이 오고갔다.
「나 이젠 그만 할래. 얼굴이 불덩이 같다. 애. 이 以上 마시면 큰 일 나.」
「어머, 여느 때보다는 아직 멀었 잖니? 꽁무니 빼지 말어, 애. 그냥 꿀꺽 꿀꺽 마시라 구.」
「그럴 순 없어. 只今, 여느 때보다 倍 程度는 마셨다니까.」
「何如튼, 盞 비워. 난 아직도 멀었으니까.」

「이젠, 슬슬 돌아가야만 해.」
「그런 거, 마음 둘 거 없다니까. 아직 일러.」
結局 그 사토꼬(惠子)는 술 盞을 비우고 새로운 盞을 받았다.
아쓰꼬(原子)는 사까다(酒田)의 盞에도 따르자, 사까다(酒田)는 아쓰꼬(原子)의 盞을 채웠다.
「좋으시다면, 자고 가도 相關없어요.」
석어도 료헤이(良平)가 알고 있는 한에는, 最初의 打診이었다.
아쓰꼬(原子)는 사토꼬(惠子)를 바라본다.
「자고 갈거나.?」
사토꼬(惠子)는 고개를 젓는다.
「아니야, 돌아가야지.」
「혼자서 돌아가려고.?」
「너, 자고 갈려고.?」
「그럴까 부다.」
사까다(酒田)를 바라보는 눈빛에 色끼가 完然하다.
「괜찮겠어요.?」
「그럼요, 그럼요.」
「누군가에게 미움 받지 않나요.?」
「그런 사람, 없어요. 보시다시피 男子 홀氏만의 살림입니다.」
사토꼬(惠子)는 턱을 끌어 들인다.
「아쓰꼬(原子), 醉했구나. 너무 늦기 前에 돌아가자꾸나.」
사까다(酒田)가 료헤이(良平)에게 信號를 보낸다.
이럴 때에는, 親舊의 企劃에 協力해 주는 것이 義理라 했던가.
료헤이(良平)는 사토꼬(惠子) 곁으로 바싹 다가가서는,
「사토꼬(惠子)氏. 그렇게 急히 서두르지 않아도 좋지 않으십니까. 돌아가실 때에는 제가 驛까지 바래다 드립죠. 아쓰꼬(原子)氏에게 집 생각이 나지 않도록 해 주세요. 아직 時間은 일러요. 마십시다.」
盞을 비우도록 勸한다. 하자, 사토꼬(惠子)의 態度가 부드러워지면서, 술 盞을 입으로 옮긴다. 료헤이(良平)의 술 盞을 받는다.
若干 醉해오는 료헤이(良平)의 눈에 사토꼬(惠子)의 모습은 사랑스럽게 비춰지고 있다.
(음, 나도 이 女子에게 野心을 품고 있는 거 아닌가.)
사랑하는 女子가 있다 해도, 눈앞의 欲望을 解消하기 爲해서 귀여운 애를 擇할 수가 있다. 그것은 靑年의 特權이기도 하다. 罪責感을 느낄 必要가 없다고, 自身에게

强調해 본다.

男女 間의 差別에 反對하는 깃발을 휘두르고 있는 女子들이 이点을 어떻게 생각 할 것인가, 료헤이(良平)는 以前부터 그런 本心을 듣고 싶다고 생각 했었다. 男子란 一般的으로, 女子와 달라서, 性慾을 自制하는데도 限界가 있는 것이다.

그때에, 아쓰꼬(原子)가 사까다(酒田)에게 꼭 붙어 앉으면서,

「와까스기(若杉)氏는, 사토꼬(惠子)에게 자고가라고 말할 수 없을까요.?」

그렇게 낮지도 않는 목소리로 소근 거리는 말이 들렸다. 分明히, 료헤이(良平)나 사토꼬(惠子)가 들으라는 목소리다.

「응, 그렇구만.」

사까다(酒田)는 고개를 끄덕거리고는, 똑같은 말을 료헤이(良平)를 向하여 되풀이한다. 사토꼬(惠子)의 表情에 微妙한 그림자가 스쳐 지나가는 것을, 료헤이(良平)는 느꼈다.

「말 할 수 없어.」

료헤이(良平)는 躊躇하지 않았다.

「拒絶 當하는 羞恥를 받고 싶지는 않으니까. 그러나,

이 房에 두 사람이 주무시고, 사까다(酒田)가 내 房
에서 자는 것은 좋아. 응, 그게 좋겠구먼. 사토꼬(惠
子)氏, 그렇게해요. 그러니까, 걱정마시고 마십시다.」
사까다(酒田)는 一瞬間 妙한 얼굴을 했지만,
「응, 그게 좋겠구나. 그렇게 되면 아쓰꼬(原子)氏도 安
心하고 주무시게 되겠지. 아니, 료헤이(良平)의 房이
좋겠다. 도어로 되어 있으니까, 누구도 侵入할 수가
없거든. 와까스기(若杉)房에서 주무시도록 해요. 이
子息은 여기서 자면 되니까요.」
그 말을 듣고서 아쓰꼬(原子)와 사토꼬(惠子)는 相議를
始作했다.
료헤이(良平)로서는, 사까다(酒田)의 企劃에 協力을 한
것인지, 깨어 버렸는지 알 道理가 없다. 亦是 繼續해서
사토꼬(惠子)는 돌아 갈 것을 主張했지만, 조금 지나자,
망설이기 始作하더니만, 結局, 아쓰꼬(原子)의 說得에
졌다는 式으로,
「그럼, 자고 가게 해 주실래요.?」
하는 것이다. 그런 決定이 끝나자마자, 곤도·준히로(近
藤俊弘)와 후지이·하루오(藤井春雄)가 舊制高校의 寄宿
舍 노래를 부르면서 돌아온다. 노랫소리는 집에서 百미
터 程度에서 멈춰졌고, 조용하게 玄關으로 들어오는 것

이다. 이 곤도(近藤)와 후지이(藤井)와 또 한 사람 마쓰노·쿄지로(松野淸次郎)가 같은 여섯 장짜리 房에 세 사람이서 寄居하고 있다.

가메다·에이이찌로(龜田英一郞)는 高校時節의 크라스·메이트인 쓰루가와(鶴川)와 함께 살고 있다. 한 사람이 房 하나를 쓰고 있는 것은 료헤이(良平)와 사까다(酒田) 둘 뿐이다.

「서 노래 소리를 듣고 보니 醉한것 같지는 않은 것 같은데.」

「음, 忠實하게 講義를 듣고, 곧 바로 돌아오는 것 같다.」

사까다(酒田)는 아쓰꼬(原子)에게,

「어떤 作者들인지 얼굴이 보고 싶지 않으세요? 불러 올까요?」

意向을 打診해 본다.

「勿論, 전 우리 네 사람이 있는 게 더 좋아요.」

하고 덧 부쳐 말한다.

아쓰꼬(原子)는 고개를 젓는다.

「우리들도 이대로가 좋아요. 그렇지, 사토꼬(惠子).」

사토꼬(惠子)는 말없이 고개만 끄덕 인다

「알겠어요. 그럼, 부르는 거 그만 두죠. 술도 그 子息

들이 마셔버리면 不足하니까요. 둘 다 술고래들이거든요.」

재빠르게, 가메다(龜田)가 곤도(近藤)들의 房으로 들어간 것 같다.

이 房에 女子 손님들이 와 있다는 것을 알린 것 같다.

그러나 곤도(近藤)는 나타나지 않았다. 룰-에 따라서, 부르지 않는 以上 오지 않는 것이다. 더군다나, 어쨌든 간에 낮에 아르바이트를 하고 그런 後에 밤의 講義를 받고 왔기 때문에 배가 고팠음에 틀림없다. 네 사람은 새로운 氣分으로 마시기 始作했고, 사까다(酒田)는 繼續해서 經濟學이나 美·蘇 關係를 論하면서 醉氣를 더해갔다.

료헤이(良平)는 女子들이 묻는 대로, 아까하네·후미오(丹羽文雄)先生님이 主宰하는 『新作家』와 그 人脈에 對해서 說明해 주었다.

「무엇보다, 當身들 말이요.」

사까다(酒田)가 료헤이(良平)를 치켜세운다.

「『新作家』는 틀림없이 同人雜誌이긴 해도, 대단한 權威가 있습니다. 그것에 作品을 發表한다는 것은, 대단히 어려워요. 嚴格한 審査委員의 審査에 合格해야만하는 것이니까요.」

모든 것은 료헤이(良平)로부터 들은 이야기 이지만, 료헤이(良平)가 스스로 말하지 않은 것 까지도 잘도 조잘댄다. 더군다나 제법 熱까지 올려가면서.

「每月, 數百篇의 原稿가 投稿 됩니다. 그 속에서 골라서 揭載되는 것은, 고작 다섯篇 程度밖에 되지 않아요. 學生의 몸으로 雜誌에 揭載 될 수 있는 水準의 作品을 쓴다는 것은 도저히 不可能에 가깝죠.」

요는 사까다(酒田)가, 료헤이(良平) 代身에 사토꼬(惠子)를 向하여 이야기를 하고 있는 것에 對해서 注目해야 한다.

「그 『新作家』에 이 親舊는 作品을 發表하고 있는 겁니다. 때문에, 비싼 會費를 支拂하면서까지 『街』를 낼 必要는 없지만, 亦是, 그것은 그것, 이것은 이것, 남아있는 同僚들이 있으니까요.」

사까다(酒田)는 다시, 一般的으로는, 『新作家』보다는 有名한 『와세다(早稻田) 文學』에 對해서 말하면서,

「그것은 나오다가 쉬다가, 요즈음은 稀微한 存在로 轉落해 버렸지요. 와세다(早稻田)派를 代表하는 것은 只今은 바로 『新作家』입니다.」

都大體 女子들이 어느 程度 文學이나 文壇에 對해서 興味를 가지고 있건 말건, 사까다(酒田)는 自己가 하고

싶은 대로 하고 있다. 이것은 사까다(酒田)가 少年時代부터 가지고 있는 獨善 이었다.

사토꼬(惠子)가,

「그 新作家』가 보고 싶네요.」

하고 말한다.

「아니, 그것은 나중에 저의 房으로 가서 보여 드리죠. 어이 사까다(酒田), 나를 치켜세우는 거 그쯤 해 두고, 이분들이 上京한 理由를 들어보는 게 어때.?」

「응, 그렇구나. 그게 듣고 싶구면. 亦是 戀愛問題 이겠죠.?」

「후- 후- 후- 후-.」

아쓰꼬(原子)가 웃는다.

「그런 點이 있는 것도 같고, 그렇지 않는것도 같고. 다만, 只今에서사 생각해 보면, 別것도 아니었어요. 사토꼬(惠子)氏의 境遇는 若干 深刻한 便이었지만.」

「深刻하다는 것은.?」

료헤이(良平)는 사토꼬(惠子)의 눈을 드려다 본다. 벌써 그 눈이 젖어있고, 양쪽 볼과 눈언저리가 빨그스름하다.

「어머, 그렇지도 않아요. 아버지와 어머니와 若干의 트러블(Trouble)이 있었어요. 그렇지만 只今은, 백중날이나 설날에는 빠짐없이 膳物을 가지고 찾아뵙고 있구요, 父母님들도 나를 理解하고 계세요.」

아마도 두 사람 모두 處女는 아닐 게라고 료헤이(良平)는 推察해 본다. 그러나 그것만은 어디까지나 推測일 뿐 態度를 바꾸어서는 안 된다. 未婚인 아가씨들인 以上, 어디까지나 未經驗의 女子로 對하는 것이 옳은 것이다. 處女로 對하면서, 그렇지 않다는 것을 알았을 때에는 實例가 뇌지 않는다. 反對였다면, 侮辱을 주는 셈이 되어서 女子가 火를 내고 가버리는 境遇도 흔히 있는 일이다.

如何튼, 사까다(酒田)도 그런 点에 細心히 주의를 하고 있는 것 같고, 그래서 그女들의 戀愛經驗을 알고 싶어 했다. 헌데 敵도 만만찮다. 醉해 있으면서도 제법 입이 단단하다.

료헤이(良平)가 사토꼬(惠子)에게 나가사끼(長崎)의 海產物에 對해서 묻고 있을 때, 사토꼬(惠子)의 눈이 若干 옆으로 움직인다고 생각했는데,

「어머!」

낮게, 놀랍다는 목소리를 내는 것이다. 눈을 동그랗게 뜨고 있다.

그 視線을 따라가 보니, 이야기가 途中에 끊어졌다고

생각했던 사까다(酒田)와 아쓰꼬(原子)가 서로 부둥켜 안고 입을 맞추고 있다.
(처음이로구나.)
료헤이(良平)는 얼른 얼굴을 사토꼬(惠子)에로 돌리고, 입맞츰을 하고 있는 두 사람으로부터 등을 돌리면서,
「모른 척 해 둡시다.」
하고 소근 거렸다.
사토꼬(惠子)도 얼른 고개를 끄덕이면서 首肯하고, 若干 혀가 굳은 語調로 이야기를 繼續했다.
暫時 後, 사까다(酒田)가 무언가 아쓰꼬(原子)에게 소곤거리는 소리가 들렸다.
아쓰꼬(原子)도 그 말에 應하고 있다.
이야기 內容은 알 수가 없다.
(입맞춤은 끝났구나.)
사까다(酒田)에 있어서는 一段階를 成功시킨 셈이다.
祝福해주면서, 돌아다보았다. 입술을 서로 떨어져 있지만, 꼭 보듬어 안고 있는 것이다. 머리와 머리를 맞대고 무언가를 속삭이고 있다.
료헤이(良平)는 사토꼬(惠子)에게 말한다.
「우리 바깥의 찬 空氣를 쐬러 가지 않을래요.?」
자리를 비켜 機會를 만들어 주자는 意味다. 얼른 사토

꼬(惠子)도 應해 주었다.

두 사람은 同時에 일어나서, 료헤이(良平)가 사까다(酒田)에게,

「散策 좀 하고 오겠다.」

하고 말했다.

「아아, 천천히 다녀와라. 좀 늦어도 괜찮아.」

사까다(酒田)는 氣分이 좋은 듯이, 고개도 들지 않은 채 對答한다.

료헤이(良平)는 사토꼬(惠子)를 데리고 집을 나섰다. 오사또(小里)와 散策하던 때보다 달의 位置는 훨씬 西쪽으로 기울어져 있다. 알-콜로 달아있는 뺨에, 밤의 찬 空氣가 氣分이 너무 좋다.

縣道를 가로질러, 밭두렁 길로 접어 들었다. 료헤이(良平)는 사토꼬(惠子)의 어깨를 안았다.

「사까다(酒田)는 어쩌면 아쓰꼬(原子)氏를 좋아하고 있는 것 같아요.」

그렇게 말하자, 사토꼬(惠子)는 고개를 젓는다.

「그렇지는 않겠죠. 오늘밤 처음 만났는데 좋아질 理가 있겠어요.」

「그치는 熱血漢 이라 구요. 今方 타 오른 답니다.」

「그렇지만 그건 사랑이 아니고 불장난의 情熱이겠

죠.?」
「음, 그럴는지도 모르겠군.」
「아쓰꼬(原子)도 그럴는지 몰라요.」
「그女. 그런 사람입니까.?」
「저도 그럴는지도 모르구요.」
료헤이(良平)는 멈춰 섰다. 사토꼬(惠子)의 발걸음도 멈췄다.
료헤이(良平)는 사토꼬(惠子)의 앞으로 돌아가서, 다른 한쪽손도 어깨위에 올려놓았다.
사토꼬(惠子)는 료헤이(良平)를 올려다본다. 달빛을 받고있는 그녀의 얼굴은, 오사또(小里)가 아니다. 좀 前에 만났을 뿐인, 어떤 女子인지도 잘 모르는, 女人인 것이다. 그러나, 귀여운 얼굴을 하고 있다.
얼굴을 가까이 가져가니까,
「키스하려고 그러는 거 에요.?」
沈着한 質問이다.
「그렇습니다. 싫은가요.?」
「싫지는 않아요.」
그렇다면, 새삼스럽게 質問은 왜? 하는 거지? 異常한 感覺을 가진女子로군, 하고 생각했다. 아니라면, 自身은 醉하지않고 沈着해 있다는 것을 료헤이(良平)에게 보여

주기 爲함인지도 모르겠다.

相關하지 않고, 료헤이(良平)는 그女의 입술에 自身의 입술을 포개었다. 사토꼬(惠子)는 積極的으로 應해온다. 사토꼬(惠子)쪽에서, 료헤이(良平)의 입속으로 혀를 집어넣고서는 律動하기 始作했다.

팔은 료헤이(良平)의 등을 꼭 껴안는다. 얼굴과는 달리, 대단한 熟練者(숙련자)다. 人事程度의 입맞춤을 하려 했었다. 처음부터 그렇지를 못했다.

료헤이(良平)로서도 技巧를 부리지 않을 수가 없었다. 서툴다 고 생각하게 해서는 안 된다.

길고긴 입맞춤이 되었고, 하면서 사토꼬(惠子)는 엉덩이를 움직여, 사타구니를 료헤이(良平)의 사타구니 사이로 꼭 부쳐오는 것이다. 當然히, 료헤이(良平)의 사타구니의 物件은 입맞춤을 始作 하고서 부터, 서서히 興奮狀態로 되어져갔다. 사토꼬(惠子)의 사타구니는 的確하게 그것을 받아서 꾹 눌러 주는 것이다.

(處女가 아니로구나.)

그것은 確實해 졌다. 그것을 료헤이(良平)에게 알려 주어도 괜찮다는 前提下에서의 사토꼬(惠子)의 行爲인 것이다.

아까 적에 헤어졌던 오사또(小里)와는 너무나 對照的인

反應이었다.

(이 女子, 아까, 돌아가자고 한 것은 一種의 제스츄어-였단 말인가.?)

드디어 입술이 떨어졌다. 사토꼬(惠子)의 사타구니는 료헤이(良平)의 몸을 누르고 있는 그대로의 모습이다. 료헤이(良平)가 속삭여 준다.

「來日 몇 時까지 會社에 出勤하면 되는 건가요.?」

「正常的으로는 아홉 時까지. 하지만, 열 한時까지만 가면 相關없어요. 社長님은 只今 北海道에 旅行 中이세요.」

「어째서 함께 가지 않았나요.?」

「전 이쪽에 일이 있었구요, 社長님은 二號 夫人과 함께 에요. 콧대가 제법 높은 倨慢스런 女子에요.」

「社長, 나이가 얼만데.?」

「마흔다섯.」

이 사토꼬(惠子)가 그 社長에게서 肉體的으로 사랑을 받고 있을 可能性이 짙다. 료헤이(良平)의 가슴에 不安感이 일어난다.

女體를 다루는데 있어서 모든 것을 熟知하고 있는 中年 男子에게서 가르쳐 받았다고 한다면, 로헤이(良平)는 嘲弄감이 될는지도 모르기 때문이다. 아니라면, 그런 女

子일수록 責任感이 없어서 좋다고도 생각해 본다. 그런 셈이 되는 것이다.
두 사람은 다시 입술을 포개었다.

倉庫에서 들리는 소리

散策에서 돌아오니까, 집 마당에 사까다(酒田)가 혼자 서있다.

료헤이(良平)가 모습을 確認하고 다가갔다.

「술床은 말끔히 치웠다.」

「이 以上 마시지 않는 게 좋아. 그래, 잘했군. 그만 자 자꾸나.」

「그게 말이다. 아쓰꼬(原子)氏는 내 房에서 자기로 했다. 只今 자고 있을 걸.」

「자고 있다고.?」

「아아.」

달빛을 받으면서 사까다(酒田)는 웃고 있다. 윙크를 해온다.

「너무 過飮을 해서 자고 있는 거다. 이젠 너의 房으로 옮기는 것도 귀찮게 여기는 程度다.」

료헤이(良平)는 그것만으로도 事態의 흐름을 斟酌하고

도 남는다.

사까다(酒田)와 아쓰꼬(原子)는 合意를 끝냈던 것이다. 그래서, 아쓰꼬(原子)가 醉해서 쓰러져 있다는 걸로 하기로 했던 것이다. 그대로 자버린다고 한다면, 료헤이(良平)의 房으로 갈 必要가 없게 된다.

료헤이(良平)들이 房을 나설 때에, 아쓰꼬(原子)는 멀쩡해 있었다.

급작스레 녹초가 되었다는 것은, 믿기지가 않는다.

能히 理解가 되면서도, 空然히 心術이 일어나는 것이다.

「그렇담, 네가 내 房으로 와야겠구나. 그래서 밖으로 나와서 기다리고 있었구나, 가여운 지고..」

사토꼬(惠子)에 對한 모양새도 되는 것이다. 료헤이(良平)와 사토꼬(惠子)는 장난적인 입맞춤에 지나지 않았고, 아무런 約束도 하지 않은 채 돌아온 것이다. 사토꼬(惠子)의 사타구니가 료헤이(良平)의 몸을 누르고 있었는 것은 偶然의 一致라고 여기고 있다. 사토꼬(惠子)는 그것을 意識하지 못했다는 듯한 얼굴을 하고 있다.

「아니야, 그렇지가 않다니깐.」

사까다(酒田)는 사토꼬(惠子)쪽으로 고개를 돌렸다.

「난 나의 房에 남아서 아쓰꼬(原子)氏를 돌보겠다. 괜찮을게야. 아쓰꼬(原子)氏도 그래주기를 바라고 있고.

내일 勤務해야 하는 當身에게 돌봐달라고 는 할 수 없잖아요. 사토꼬(惠子)氏는 와까스기(若杉) 房으로 가서 천천히 주무세요. 그렇습니다, 이 親舊 紳士입니다. 아무 일 없을 거 에요. 그렇지 와까스기(若杉).? 너, 紳士답게 잘 수 있겠지.?」

「그야 그렇지만,」

료헤이(良平)는 사토꼬(惠子)쪽으로 돌아다본다.

「저의 房으로 가시겠습니까.?」

「그래도 相關 없지만,」

사토꼬(惠子)는 微妙한 表情을 짓는다.

「나, 아쓰꼬(原子)氏의 容態를 보고 오겠어요.」

사토꼬(惠子)는 사까다(酒田) 옆을 비켜 집안으로 들어갔다.

그를 따라가려는 료헤이(良平)를, 사까다(酒田)는 팔을 붙든다.

사토꼬(惠子)가 집안으로 들어가자, 사까다(酒田)는 료헤이(良平)의 귀에다 입을 모아,

「어떻게 해서라도 그女를 네 房으로 데리고 가라.」

「아쓰꼬(原子)氏는,」

료헤이(良平)가 물어본다.

「O·K 했단 말이니.?」

「勿論이지. "只수, 얼른 이불을 펴고 자버리자 구요", 하고 말한 것은 그女 쪽이란다.」
「대단한 女子로군.」
「처음부터 그럴 心算으로 술을 사 가지고 온 거란다. 인마!, 協力 하라우.」
「이쪽 女子는 돌아간다고 할는지도 모르는 거야.」
「너, 이야기를 끝내지 못했었냐.?」
「난 女子 꼬시는 네는 젬병 아니냐. 더군다나 그女는 좀 다른 데가 있단 말이다.」
「칠칠맞지 못하군. 何如튼 그쪽은 돌아가더라도 이쪽은 돌아가지 않아.」
「아니지. 親舊가 돌아간다고 하면, 그쪽도 돌아가지 않으면 안 될걸. 女子들은 그런 族屬들이란 말이야.」
「어이, 付託한다. 그렇게 되면 困難해. 어떻게 좀 해 봐라.」
「사토꼬(惠子)氏를 내 房에 재우고 난 곤도(近藤)房으로 가서 잘거나. 그렇게 해 주면 그女도 돌아갈 理由가 없을테니까.」
「그래도 되겠니.? 何如튼 그女를 네 房에 자도록 해 줘라.」
「너희들 옆에 재워도 안 되겠냐.? 그女도 제법 마셨으니까, 얼른 골아 떨어 질 거다.」

「아니야, 그건 재미없다, 야.」

「『휘파람새의 溪谷넘나들이』도 할 수있고 말이야.」

「그럴 程度로 大膽한 女子들은 못 돼. 何如間에, 協力해라. 안 그러면, 오사또(小里)의 일을 누나에게 일러 바칠 거야.」

「알겠다.」

두 사람은 집안으로 들어가서, 사까다(酒田)의 房으로 들어갔다.

그렇구나, 석장짜리 房全體에 이불을 펴놓고 아쓰꼬(原子)는 그 속에 누워있다. 사토꼬(惠子)는 핸드·백을 무릎위에 올려놓고, 그 베갯머리에 正坐해 있다.

사까다(酒田)는 房으로 들어가서,

「사토꼬(惠子)氏, 이 分은 오늘밤에는 일어나지 못 할 겁니다.」

하고 말한다. 사토꼬(惠子)는 困惑스런 表情으로 사까다(酒田)를 올려다보고서, 그 눈을 료헤이(良平)에게 보낸다.

「이제까지 이런 일 없었는데, 어떻게 된 일이죠?」

「몸이 안 좋은가 보죠.」

료헤이(良平)도 房안으로 들어갔다.

「그럼, 사토꼬(惠子)氏, 갑시다.」
아쓰꼬(原子)는 옆으로 들어 누워서, 얼굴까지 이불을 푹 둘러쓰고 있다. 뺨이 若干 보일 뿐이다.
(자는 체 하고 있군.)
눈을 질끈 감고 있으면서, 가슴속에서는 사토꼬(惠子)가 얼른 사라져 주기를 苦待하고 있음에 틀림없다.
「에에, 허지만 이 애, 괜찮을까요.?」
고개를 갸웃거리는 모습은, 아쓰꼬(原子)의 意圖를 꿰뚫고 있는 듯이 보이지는 않는다. 재빠르게 女子들끼리, 이야기를 끝낸 것도 아닌 것 같다.
「걱정마세요. 내게 맡겨 둬요.」
「그럼.」
사토꼬(惠子)는 아쓰꼬(原子)의 어깨에 손을 얹고서는, 한쪽 손으로 이불을 흔들었다.
「아쓰꼬(原子), 나 저쪽 房으로 간다. 괜찮겠지.?」
거기에서 처음으로 아쓰꼬(原子)는 이불속에서 對答한다.
「응, 저쪽 房으로 가서 천천히 자. 未安 해.」
確實한 語調로서, 醉해서 쓰러져있는 목소리가 아니다. 그것까지에는 演技를 하지 않는다.
「眞짜.」

그렇게 중얼거리면서 사토꼬(惠子)는 자리에서 일어섰다. 房을 나가면서 료헤이(良平)에게로 다가온다.
사까다(酒田)는,
「그럼, 잘 자라.」
하고 말하고선, 료헤이(良平)들의 코가 빠져 나가자마자 門을 재빨리도 닫아 건다. 화끈한 行動이다.
료헤이(良平)는 사토꼬(惠子)를 自身의 房으로 데리고 왔다. 電燈을 켜고, 房 全體를 사토꼬(惠子)에게 보여준다. 넉장 반짜리다. 그러나, 洋式으로 꾸며진 房이지만 다다미가 깔려있는 것은 석장밖에 되지 않는다. 壁欌도 없고, 그外 道具들도 雜多하게 나란히 놓여있고, 窓門의 깨진 유리 代身에 나무 板子로 막아 놓거나 종이로 발라져 있거나 했다.
료헤이(良平)는,
「이 다다미는 내가 近處의 農家에서 버려진 것을 그냥 주서가지고 온 겁니다. 窓門도 스스로 修理해야 하구요. 이 집主人은 말입니다, 貰들어 있는 사람들이 나가주기를 바라고 있어요. 넓은 土地가 딸려있거든요. 팔고 싶어 안달입니다.」
그렇게 說明한 다음, 이불을 펴기 始作 했다. 사토꼬(惠子)는 房구석쪽으로 물러서서 그것을 가만히 보고만 있다. 거들어줄까 어쩔까 망설이고 있는 것 같다.
잠자리를 만든 료헤이(良平)는 사토꼬(惠子)에게로 다가가서, 어깨를 껴안는다. 사토꼬(惠子)는 들고 있던 핸드·백을 베갯머리에 떨어뜨리고서 료헤이(良平)의 行動에 應한다.
입술이 合쳐진다. 散策할때보다 더 찐한 입맞춤이 되었고, 사토꼬(惠子)의 動作이나 숨소리가 료헤이(良平)의 欲情을 불러일으키고 있다.
입술을 떼고 나서 뺨과 뺨을 密着시키면서, 료헤이(良平)가 물어본다.
「아쓰꼬(原子)氏는, 眞짜로 醉해서 쓰러져있던가요.?」
그렇지 않다는 것을 사까다(酒田)로부터 듣고 료헤이(良平)는 이미 알고 있다. 사토꼬(惠子)가 어떤 對答을 할까 興味가 있기 때문이었다.
「거짓인 것 같아요.」
確實한 對答이었다.
「그女, 오늘밤 사까다(酒田)氏를 誘惑하려고 한 것 같아요.」
「알고 있으면서 이쪽으로 온 겁니까.?」
「하는 수 없잖아요. 協力해 주는 거죠.」
「그럼, 난 어떻게 하면 되는 거죠.? 只今부터, 다른 親

舊房으로 자러가도 돼요. 그렇게 하면 當身은 安心하고 便安하게 잘 수 가있습니다.」
「잠이 오세요.?」
「아니요, 아직은 그렇지 않아요.」
「그럼, 小說 이야기나 해 줘요. 저도 잠이 안와요.」
「함께 이불속으로 들어가서.?」
「强制的인 行動은 하지 않겠다고 約束해 주신다면요.」
「勿論, 約束 하구말구요.」
「저요, 얼굴과 손을 씻고 싶어요.」

료헤이(良平)는 洗面 대야에 수건과 비누를 담아서, 사토꼬(惠子)를 우물가로 案內했다. 우물은 一旦 玄關을 나서서 마당을 돌아간다.

그곳에 倉庫가 있고, 倉庫와 같은 지붕아래 우물이 있다. 電燈도 없다. 倉庫는 改造되어서 그곳에는 近方의 鍍金工場에 勤務하는 夫婦가 살고 있다. 그들 夫婦는 精神的으로 若干 뒤져있는 사람들이다.

우물물을 깃기爲해서 펌프질을 하려다가, 료헤이(良平)는 어떤 소리를 들었다. 손 動作을 멈추고, 사토꼬(惠子)의 손을 잡아끌었다.

목소리는, 夫婦가 살고 있는 倉庫 房안에서 였다.

(이 女子가 男子를 알고 있는지 어떤지 알 수 있는 絶好의 찬-스다.)
귀에다 소곤 거렸다.
「조용히.」
「……………」
사토꼬(惠子)가 異常하다는 듯한 얼굴을 하고 있는 것을, 캄캄한 어둠속에서도 알 수가 있었다.
료헤이(良平)는 다시 얼굴을 가끼이대고, 귀 언저리에 입을 모았다.
「나요, 요다음에, 이 周邊의 사람들을 小說로 써보려고 생각하고 있어요. 젊을 때에는, 自身에 對해서 쓰려고 하면, 어떻게 하더라도 센치멘탈(Sentimental＝感情的인)하게 되어버리거나 主觀的으로 돼 버리거나, 쓸데 없는 것까지를 쓰거나 해버릴 것 같아요.」
얼굴을 씻으려고 나왔는데 瞥眼間에 異常한 말을 하고 있기 때문에, 사토꼬(惠子)는 어리둥절해 있는지도 모르겠다.
「亦是 只今의 전, 自身과는 떨어져 있는 世界나 自身이 觀察해 온 사람들의 現實을 客觀的으로 描寫하는 게 좋겠죠. 普遍性이 있으니까요. 아까하네·후미오(丹羽文雄)氏에게는 思想이 없다고 一部의 評論家는 말하고 있고, 와세다(早稻田)의 文學學生들 사이에서도 그렇게들 생각하고 있습니다. 그러나, 전, 그렇게 생각하지 않아요. 그 現實을 選擇하는 것, 및 그 斷面에서 作家의 獨特한 눈과 個性이 있는 겁니다. 新聞記事와는 다른 겁니다.」

그곳에서 말을 끊고 귀를 세운다. 倉庫 안에서 男女의 소리가 繼續 들려온다. 女子 혼자만이 아니고, 男子의 목소리도 들려온다.

「들립니까? 저쪽 倉庫에는, 젊은 夫婦가 살고 있습니다. 좀 더 다가가 볼까요.」

발소리를 죽이면서 倉庫의 양철 판으로 막아놓은 壁으로 다가갔다. 목소리가 確實하게 들린다.

亦是나 夫婦行爲의 크라이막스(Climax＝性的 興奮의 絶頂, 오르가즘)에 이르기 前의 목소리였다. 漸漸 上昇하고 있는 途中의 목소리 이다.

말없이 귀를 바싹대고 듣고 있던 사토꼬(惠子)가, 瞥眼間에 꼭 껴안아 오면서 료헤이(良平)의 귀에 입을 갖다 대었다.

「하고 있네요.」

豫想 以上으로 確實한 語調다. 上氣된 목소리다. 아니면, 새침 떼기 흉내를 내고 있는 것은 아닌가하고 생각

하고 있던 료헤이(良平)는, 그 正直性에 感心하고 말았다. 고개를 끄덕인다.
女子가 一瞬 날카롭고 明瞭한 목소리로,
「아아, 너무 좋아. 아빠, 아빠의 珍寶(진뽀=男子의性器), 너무 좋아.」
너무나 陶醉에 빠진 목소리로 그렇게 말한다. 료헤이(良平)를 꼭 껴안고 있는 그대로, 사토꼬(惠子)는 몸을 부르르 떨면서,
「宏莊하네요.」
하고 말한다. 료헤이(良平)는 그 귀에다 속삭이면서,
「以前부터, 이들 夫婦가 騷亂스럽게 즐기고 있다는 것은 들어 알고 있었어요. 直接 들은 것은 오늘 밤이 처음 입니다.」
「마마.」
男子가 女子의 말에 對答한다.
「나, 그만 나오려고 해. 마마 物件이 너무 좋으니까, 쏴버릴 것 같애.」
女子의 陶醉에 젖어있는 목소리와는 달리, 只今에라도 울 것 같은 목소리다.
「안 돼요. 아빠. 아이, 제발, 좀 더 요, 아이.」
그런 다음, 짧은 單語의 應答이 오갔고, 거친 숨소리마

저도 確實하게 들려왔다.
「이봐요, 그냥 돌아가요.」
사토꼬(惠子)가 떨리는 목소리로 속삭였고, 숨어서 엿듣는 것이 마음에 걸리는지, 듣기에 참을 수가 없어서 그러는 것일까.
「쬐끔만 더요.」
結局, 두 사람은 그대로의 姿勢로 夫婦의 크라이막스의 목소리를 들었다. 그 소리는 본채에 있더라도 能히 들을 수 있을 程度로 큰소리 였고, 더군다나 오래오래 끌었다.
사토꼬(惠子)는 아까부터 兩팔로 료헤이(良平)를 끌어안은 채, 그 손가락이 료헤이(良平)의 등을 파고 들 程度로 힘이 들어 있고, 몸 全體가 후들후들 떨리고 있다.
「자, 물을 길읍시다.」
하고 료헤이(良平)가 말했다.
「괜찮겠어요.?」
「相關없어요. 只今 막 온 것처럼 하면 되니까요.」
료헤이(良平)가 펌프질을 하자, 물은 세차게 흘러나왔다. 사토꼬(惠子)는 비누를 묻히고 손부터 씻기 始作했다.
(틀림없이 이 女子는 男子를 알고 있구나. 相當한 刺戟

을 받은 것 같은데.)

그 偶然이 얼마만큼이나 다가올 일에 影響을 미칠 것인지는 모르는 일이다. 손과 얼굴을 씻은 사토꼬(惠子)가 일어서더니, 낮은 목소리로 료헤이(良平)에게 말한다.

「이봐요, 잠깐 저쪽으로 가 있을래요. 이쪽으로 돌아다 보면 안 돼요.」

「알겠어요.」

「가버리면 안 돼요.」

아양이 가득한 목소리다.

「무서우니까 요.」

周圍에는 아무도 없다. 우물은 지붕아래에 있고, 倉庫가 壁으로되어 있어서, 캄캄하다. 료헤이(良平)는 앞으로 걸어 나가서 길 方向으로 가서 멈추었다. 생나무 울타리가 사토꼬(惠子)의 몸을 가려줄 뿐만 아니라 사토꼬(惠子)쪽을 보지 않고 있다는 것을 確認시켜 주기 爲해서 이다. 사토꼬(惠子)自身도 발가벗지는 않을테지. 秘部를 淸潔히 씻고 있음에 틀림없다. 그것은 료헤이(良平)에게 몸을 許諾할 境遇를 생각하고서 몸을 淸潔히 하고 있다고 생각 되었다.

물의 작은 흐름소리가 들려왔다. 펌프의 소리, 물의 작은 소리, 假令 집안에서 사토꼬(惠子)의 뒷모습을 보고 있다 해도, 무엇을 하고 있는지 잘 알 수가 없다. 한 二分 程度 지났을까. 사토꼬(惠子)가 다가왔다.
「未安해요. 이젠 됐어요.」
「나도 손과 발을 씻어야겠어요.」
이번에는 사토꼬(惠子)가 펌프질을 했고, 료헤이(良平)는 씻었다.
倉庫안에서는 더 以上 다른 말이 들리지 않는다.
두 사람은 료헤이(良平)의 房으로 되돌아왔다.
도어에 걸쇠를 걸고, 개운한 氣分으로 사토꼬(惠子)를 안고서,
「깜짝 놀랬죠.」
「에에, 저런 곳에서 살고 있나요.?」
「우물 저쪽에 鍍金工場이 있죠. 그 工場에서 夫婦가 함께 일하고 있어요. 머리가 若干 모자라는 夫婦로, 操心이라는 것을 잘 모르는 것 같아요. 틀림없이 싸구려 賃金으로 일하고 있을 겁니다.」
「그런 行爲에 깜짝 놀랐지 뭐에요.」
「느낀 그대로를 天眞爛漫하게 그대로 말하는 겁니다. 純眞하기 짝이 없는 夫婦지요.」
「나요, 只今도 가슴이 덜커덩 덜커덩 뛰고 있어요.」
「그럼, 누웁시다. 電燈 어떻게 할까요.?」

「컨 대로 두어요. 안 그래요. 『新作家』에 실려 있는 當身의 作品을 읽어야 하니까요.」
사토꼬(惠子)는 記憶하고 있다.
「그럼 스탠드로 해도 괜찮겠죠?」
료헤이(良平)는 冊床위의 스탠드에 불을 켜고, 天井에서 내리뜨려져 있는 電燈을 껐다.
房안의 雰圍氣가 그것만으로도 一變되었고, 房안의 大部分은 빛의 그림자로 가리어졌다.

이불 속에서

료헤이(良平)는 『新作家』의 自身의 作品이 실려 있는 號를 꺼내어서 머리맡에 놓았다. 눈앞에서 自己作品이 읽혀지는 것이 부끄럽기 짝이 없다. 그러나, 生 原稿가 아닌, 活字化 된 것이다.

그것은 료헤이(良平)의 作品으로서는 『新作家』에 실린 두 번째 作品이다.

亦是, 나까무라·하찌로(中村八朗)氏의 强力한 推薦에 依한것으로, 처음 실린 것이 四十枚이었는 反面에, 두 번째에는 八十枚의 中篇 이었다. 四十枚이었다고 하더라도, 現役의 學生作品이 『新作家』에 실린 例는 없다. 료헤이(良平)가 처음인 것이다. 그러나 四十枚이라면 短篇으로서, 比較的 合格点이 厚했다고 解釋할 수 있다. 그렇게 페-지 數가 많은 同人雜誌도 아닌데, 八十枚이라면 主要 줄거리가 되는 셈이다. 揭載가 決定되었다는 消息을 들었을 때의 료헤이(良平)의 氣分은 말할 수도 없이 興奮 되었었다.

비꼬기 名手인 하야노·가쓰이께(早野一生)가,

「나까무라(中村)氏는 네가 學生이라는 것을 높게 評價해서 厚한 點數를 준 것 아닌가.?」

하고 말했었다.

「그 分이 點數를 厚하게 주어서 推薦하면, 다른 編輯委員들은 아무소리도 못하니깐 말이야. 보-스(Boss=우두머리)니깐. 아까하네·후미오(丹羽文雄)氏의 絶對的인 信任을 얻고 있으니깐 말이지.」

그 말에 대해서 溫厚한 다까야마·와가료(高山吾郞)가,

「그렇지는 않을 거야.」

도쿄(東京) 토박이 말씨로 反論을 했었다.

「나까무라(中村)氏에게는 數十名의 學生原稿가 쌓여있을 게다. 읽어달라고 하는 것은 와세다(早稻田)의 學生들 뿐만은 아닐 거야. 그 中에서, 와까스기(若杉) 것이 뽑혔다. 學生이기 때문이 아니야. 作品은, 作家의 年齡이나 身分으로 評價가 달라지는 게 아니다.

보다 客觀的인 批評家로 알려져 있는 나까무라(中村)氏가 그런 鐵則을 잊을 턱이 없잖니.」

그러나 료헤이(良平) 自身은,

(나까무라(中村)氏는 나의 끈질김에 歎服했는지도 모르

지.)

하고 생각해 보기도 했다.

돌이켜보면 료헤이(良平)는, 한 달에 한 作品은 반드시이고, 많을 때에는 二作, 三作씩, 시야쿠지이(石神井)公園의 나까무라·하찌로(中村八朗)氏의 집으로 原稿를 가지고 갔었다.

(그것을 읽는 것만으로도 대단한 괴로움을 주고 있다.)

언제나 罪悚스런 마음은 가지고 있지만, 亦是 作品이 完成되면, 읽어주기를 바라게 되는 것이다. 그래서 繼續해서 가지고 갔던 것이다.

나까무라·하찌로(中村八朗)氏는 鄭重하게 읽은 後에 반드시, 仔細하게 批評까지 해 준다. 基本的으로 稱讚하는 것은 빠뜨리지 않았고, 쓰는 쪽에서도 失望해 버리는 일이 없다. 指摘當한 缺點에 有意하면서 다음 作品을 쓸 意慾이 생기는 것이다.

數많은 作家 志望生이 나까무라·하찌로(中村八朗)氏에게 原稿를 批評받고 싶어 가지고가지만, 量的으로 보면 료헤이(良平)가 斷然 으뜸일 것 같다.

언제쯤인가, 나까무라·하찌로(中村八朗)氏가 웃으면서,

「그러나, 이만큼 쓰는 힘을 가진 것 만해도 대단한 일일세.」

하고 말씀하신 때가 있었다. 그 말 뒤쪽에는, 別 볼 것 없는 習作 뿐이라는 判斷이 숨어 있는 氣分이 들었지만, 人生, 自身에게 有利한 쪽으로만 생각하는 것을 超越 할 수는 없다.
료헤이(良平)는 分明하게 말해 준 內容만을 생각하기로 했다.
사토꼬(惠子)에게 보여준 『新作家』에는 그 두 번째 作品이 실려져 있다. 合評會에서는 平均的인 評價가 내려졌었고, 只今은 료헤이(良平)自身, 대단한 榮光으로까지는 생각하지 않고 있다. 사토꼬(惠子)는 윗옷도 벗지 않은 채 다다미위에 앉아서 雜誌를 손에 들었다.
료헤이(良平)는 相關않고 옷을 벗고, 잠옷도 입지 않은 채, 속옷 바람으로 이불속으로 들어갔다.
「자아, 이쪽으로 들어와서 누워요. 난 대개 누워서 册을 읽는 便입니다.」
「그렇네 요. 저도 若干 疲困하네요.」
『新作家』를 든 그대로 사토꼬(惠子)는 턱을 끌어들인다. 그 눈빛이 반짝거린다.
「어떻게 할 꺼나.」
고개를 갸우뚱하고 正色을하면서 그렇게 중얼거린다.
自問하고 있는 듯하다.

「무엇을요.?」
「이대로 누워도 괜찮을까 몰라.」
「그러면 꾸겨져버려요. 겉옷만큼은 벗어야죠.」
겉옷을 입은 채로서는, 옆에 누워 있는 료헤이(良平)도 氣分이 좋을 理가 없다. 野心이 없더라도 그런 것이다.
「그러네요. 그건 禮義가 아니죠.」
사토꼬(惠子)가 일어서더니 료헤이(良平)의 발쪽으로 가서 허리를 낮추었다. 벗고 있는 것 같다.
드디어,
「未安해요. 失禮하겠어요.」
옆에서 그렇게 말하고서 이불을 살짝 들치고서 미끄러지듯 들어왔다. 시미-즈 차림이다. 가슴의 불룩함과 목구비의 새 하얌이 눈에 비쳐져 온다. 얼른 사토꼬(惠子)는 배를 깔고 엎드려서 『新作家』를 손에 집어 들고선 페이지를 넘긴다.
「每月 이 程度의 雜誌를 낸다는 거 費用도 꽤나 되겠네요?」
「會費만으로는 턱없이 不足하죠. 全 費用을 아까하네(丹羽) 先生 님이 負擔하고 있어요.」
「그러면, 아까하네(丹羽)先生님에게는 어떤 惠澤이 있나요.?」

素朴한 質問이다.

「없어요. 아무것도 없어요. 後輩를 育成하고 있다는 自負心 밖에는 없습니다.」

「훌륭하게 되면, 그렇게 하지 않으면 안 되는 건가요.?」

「아니죠, 그렇지도 않아요. 大家가 되었다고 해도, 普通 小說家는 그런 일 하지 않습니다. 아 아니, 하지도 못합니다. 先生님께서는 利害打算을 하는 点에 있어서는, 너무나 超越하고 있는 것 같아요. 普通 사람의 잣대로서는 잴 수가 없지요. 드넓은 바다가 아닌가 생각 됩니다.」

「와세다(早稻田) 사람뿐만이 아닌 것 같던데요.?」

「그럼요. 一般的으로는 이 雜誌는 와세다(早稻田)派의 機關紙처럼 말하고들 있지만, 實은 그게 아니거든요.」

이런 것을 說明 할 때에는 亦是 情熱이 끌어 오른다. 오늘밤, 이 初對面인 女子와 어떻게 되는지는 于先 접어두고 료헤이(良平)는 이야기하기 始作 했다.

「와세다(早稻田) 以外의 사람이 젊은層에는 더 많아요. 이 目次를 보더라도 와세다(早稻田)는 나와 이 사람뿐입니다. 이 세도우치·하레요시(瀨戶內晴美)라는 사람도, 와세다(早稻田)가 아닙니다. 곤도·케따로(近藤啓太郎)도 그렇고, 요시이·데쓰로(吉井徹郎)도 와세다(早稻田)가 아니죠. 도오카에시·하지메(十返肇)도 그렇습니다.」

「女子들도 많이 있나요.?」

「있지요. 合評會라는 거 아주 華麗해요. 더군다나, 아줌마 무리들中에는, 쓰는 것보다도, 社交의 場으로서 즐거움을 重点으로 해서 參加하고 있는 사람도 있는 것 같고, 그런 点에서, 學生 身分인 저로서는 무언가 쌀롱(Salon=동아리모임)같은 氣分이 들어서 反撥을 느낄 때가 있어요.」

「當身, 會議場의 年上의 女人들에게서 人氣가 있으시죠.?」

료헤이(良平)는 苦笑를 禁치못하면서 고개를 저었다.

「어림도 없어요. 나 같은 때자국이 좔좔 흐르는 學生服인 어린애에게 눈길 한번 돌리지 않아요. 將軍夫人이 卒兵을 對하는 態度입니다. 當然, 先輩作家들에게 特別히 귀염을 받고 있는 女子는 있겠죠. 여러 가지 所聞이 떠돌고 있으니까요. 但, 내게 있어서는 江 건너 저쪽의 드라마일 뿐입니다. 同人이 되어 있다고는 하지만 末端에 不過하고, 發言權도 아무것도 없어요.

내가 아까하네(丹羽)邸宅으로 가서 作品에 對한 評價를 듣는 代身에 合評會에 出席할 뿐이거든요.」
「第一 젊지 않으세요?」
「그건 그래요. 新兵 입니다.」
「이제부터에요.」
「客觀的으로 判斷해서, 이 雜誌에 레귤러(Regular=정회원)로서 發表하고 있는 사람들의 段階(境地)에 到達하려면, 아 직 아직 많은 修業을 쌓아야 한다고 생각하고 있어요.」
「그렇지만, 그건 時間問題겠죠……」
사토꼬(惠子)는 료헤이(良平)쪽을 돌아다보면서 눈을 드려다 본다. 장난 끼 섞인 눈이다. 눈 깊숙이에 妖艶한 불꽃이 이글거리고 있는 듯한 느낌이 들기도 하는데, 잘 모르겠다.
「글쎄요, 우쭐하는 氣分도 없는 것은 아니지만, 自身으로서는 自身의 일을 알 수가 없으니까요.」
「그런데요, 왜 作家志望 이세요?」
「처음에는 小說 읽는 것이 좋았었고, 다음에는 쓰는 것도 좋아 지더군요. 좋아하는 小說을 써서, 名作이 되었으면 하는 바램도 있었구요, 그것이 職業으로 되었으면 더 바랄게 없지요. 그러니까 나에게는, 나의 몇몇 親舊들처럼『文學을 하고 있노라.』하는 自負心이 없어요. 어떨 때엔 文學을 한다는 것이, 내게는 納得이 가지 않을 때가 있거든요.」

알-콜이 이야기하는 情熱을 북돋우고 있다는 것을, 잘 意識하고 있다. 그렇지 않다면 文學少女도 아닌 사토꼬(惠子)에게 이런 長廣舌을 늘어놓을 턱이 없는 것이다. 알-콜이 羞恥心을 가려주고 있다.

「文學이란 "한다."는 게 아니죠. 쓰고 싶은 것이 生活 속에서 울어 나오고, 그것을 可能한한 完全하게 近接한 形態로 表現할수 있는 技術을 몸에 배이도록 工夫하고, 情熱을 쏟으면서 쓰는 것. 이것이 小說이고, 그런 小說을 나는 쓰려 하고 있는 것 뿐 입니다.」

「알겠어요.」

「深刻하게스리『文學을 한다.』고 敢히 말하는 사람들을 난 어느 意味에서 훌륭하다고 생각해요. 그中에는 말입니다.『文學을 한다.』를 爲해서 自身의 生活이나 健康이나 家族의 安寧도 모두 犧牲시켜도 좋다, 고 생각하는 文學靑年도 있습니다. 좀 더 深刻한 것은, 苦惱의 늪에 빠지지 않으면 文學을 했다고 할 수 없다고, 하는 생각을 품고 있는 겁니다. 나의 親舊들 中에도 그런 사람이 있어요. 말하자면, 그런 人間은 簡

單하게 사람을 背信하고, 背信한 自身이 近代的이라고 생각하고, 背信하기 爲한 苦惱를 쓰려고 해요. 난 도저히, 그런 文學靑年과는 生理的으로 맞지가 않아요.」

「저의 故鄕집 近處에, 文學을 좋아하는 사람이 있었는데, 모든 사람들로부터 戀人이라고 불리어지고 있었지만, 自殺해 버렸어요. 警察이 調査한 바로는, 本人은 언젠가 自殺할 생각이라고 말했다고 했어요. 그래서 手順대로 眞짜 自殺해 버렸다고 했어요.」

「그 分은『文學을 한다.』가 아니고, 文學作品의 모-델이 된 것 뿐입니다. 小說의 主人公으로서는 재미있는데요.」

「그렇지만, 小說을 쓰는 사람, 普通사람 보다는 感受性이 銳敏하고, 每事를 深刻하게 괴로워하는 거 아닌가요.?」

「글쎄올시다. 나 같은 사람은 只今 이 집에서 살고 있는 여러 親舊들과 하나도 다른 게 없거든요. 어떤 者는 政治가 좋고, 어떤者는 革命이 좋고, 난 小說이 좋은 거죠. 그런 分類가 있을 뿐입니다.」

「사까다(酒田)氏의 이야기를 듣고 있을 때에는, 普通사람과는 털色깔이 다른 深刻한 人間이라고 생각했는데, 듣고 있자니 別로 神通하지도 않네요.」

「그럼요, 別無神通이죠. 글쎄, 저를 文學靑年으로 보지 마세요. 但只, 小說을 좋아하기 때문에 그 工夫를 하고 있죠. 라디오 만지는 것을 좋아하는 男子가 라디오를 만지작거리는 것과 똑 같아요.」

「허지만, 라디오를 熱心히 工夫하면, 라디오 販賣商을 할 수가 있지 않으세요.」

意外로, 사토꼬(惠子)는 얼굴에 어울리지 않는 날카로운 質問을 한다.

「바로 그렇습니다. 小說의 境遇, 아무리 努力하더라도, 그런 效果가 있는지 없는지 조차도 모릅니다. 才能의 問題가 있는 겁니다. 그 方面에 才能이 있는지 없는지는 本人은 勿論, 아무도 모르는 거죠. 어느 사람이 作家가 되었다, 그 時點에서 처음으로, 그 사람에게는 才能이 있었다, 고 하는 것이 되는 거죠. 하나 더 내게 말하라고 한다면, 才能도 없는 주제에 偶然히 어떤 다른 作用에 依해서 잘못되어서 作家가 된 사람도 제법 있을게라 생각됩니다.」

「生活的인 面에서 그런 흐리멍덩한 길을 가려는 것을, 아버지께서는 잘도 許諾 하셨군요. 저의 親戚 中의 한 사람으로, 文學部에 들어가고 싶었는데 父母님이

絶對로 許諾하지 않아서 醫學部로 억지로 들어간 사람이 있어요.」

「어쩐 일인지, 醫學部의 무리들에게는 小說을 좋아하는 親舊들이 많은 것 같아요. 전 아버지가 안 계세요. 兄님이 保證人 입니다. 그래요, 兄님에게는 政徑部에 들어갔다고 속이고 入學金을 받았죠. 歸鄕해서 곧 實吐를 했지만, 다른 꾸중은 없었어요. 斷念해 버린 거겠죠. 그러나 글쎄올시다, 文學部를 卒業하고 作家가 되지 못하더라도, 어떻게 되겠죠. 敎師가 되기 爲한 敎職課程을 精誠드리 받고 있습니다.」

「이지사까·요지로(石坂洋之郞)氏 말이죠.」

「응, 그 分은 女學校 先生님이셨죠. 그 德澤에『젊은이』라는 作品이 誕生 되었지요.」

「얼른 名作을 써 봐요.」

「글쎄요. 겨우 山을 向하여 발걸음을 옮기려는 瞬間입니다.」

「저요, 이거 빌려가도 되겠어요? 모처럼의 밤인데, 언제라도 읽고 싶을 때 읽을 수 있는 것을 읽으려고 모처럼의 時間을 빼앗겨서야. 너무 아까워.」

「그러세요, 빌리는 것이 아니라, 가지세요. 난 編輯部에 付託해서 한 卷 더 얻으면 되니까요.」

「아니요, 빌리는 게 좋아요. 돌려 드리려 올수가 있으
  니까요.」
「어느 쪽이든 相關없어요.」
그쯤에서 사토꼬(惠子)는 몸마저 료헤이(良平)쪽으로
돌아 누우면서, 베개를 自身이 쓰도록 하고 류헤이(良
平)는 方席을 겹으로 접어서 타올로 감아 베개 代身으
로 베고 있는 것을 알았다.
「어머, 이런 줄 몰라서 未安해요. 그거, 내가 쓰겠어요.
  자, 이 베개를 베세요.」
若干의 이러 저러한 일이 있은 다음, 베개와 方席을 바
꾸어 베었다.
이미 두어 번 입맞춤이 있었다.
그러나, 이렇게 속옷차림으로 이불속으로 들어오고서
부터는, 意味가 若干 다르다. 異常한 狀況으로 바뀌어
졌다. 그 때문에, 료헤이(良平)는 사토꼬(惠子)를 껴안
는 것조차 躊躇하게 되었다.
망설이고 있었다.
오늘밤에는 約束대로 아무것도 要求하지않고 자는 것이
無難하다는 생각이 드는 것이다.
그러나, 亦是 무언가 不足하고 허전하다는 느낌이 드는
것은 어쩔 수 없었다. 曖昧模糊한 氣分으로 료헤이(良

平)도 사토꼬(惠子) 쪽으로 몸을 돌렸다. 두 사람의 얼굴이나 몸은 그 間隔이 거의 없다. 그런데도 서로 껴안지도 않고 있다.

이렇게 해서 누워서 눈 바로 앞의 그 얼굴을 正面으로 바라보니까, 파-마를 하고 있는 点도 있고 해서, 年上이라는 것이 實感으로 느껴져 왔다.

(그렇구나, 나와 같은 靑春 前期에 있는 人間과는 달리, 이 사람은 正確하게 結婚 適齡期 이다.)

(成熟해 있는 女人의 얼굴이다. 靑春의 맨 한가운데에 있는 느낌이 드는 구나.)

어렴풋한 恐怖感마져 든다. 本來, 이런 사토꼬(惠子) 程度의 나이라면 그 相對는 二十五, 六歲 程度가 適合하다.

(그러니까, 어찌 보면, 이 사람은 나를 年下의 同生처럼 생각하고 있는지도 모르는 거다.)

요시꼬(美子)도 따지고 보면 료헤이(良平)보다 한 살 年上이다. 그런 것을 그때의 료헤이(良平)는 잊고 있었다. 印象으로 본다면, 요시꼬(美子)는 아직도 純情스런 少女에 不過하고, 사토꼬(惠子)는 그보다도 훨씬 어른스럽게 보인다. 이것은 료헤이(良平)가 요시꼬(美子)를 少女期부터 알고 지내 왔기 때문인지도 모르겠다.

오사또(小里)와 比較해 본다면, 그 對比가 確實해져 온다. 少女와 女性인 것이다. 그런데도 그런 료헤이(良平)의 마음 저 밑바닥에는, 兩쪽 모두 女子라고 하는 認識이 들었다. 발가벗고 나면 女子임에 틀림없고, 료헤이(良平)가 年下이긴 하지만 男子임에는 틀림없는 事實이다.
갑자기 사토꼬(惠子)의 손이 뻗치더니, 료헤이(良平)의 턱을 어루만진다. 그것만큼 이불이 걷혀지고 하얀 팔과 가슴언저리가 들어나 보였다.
「小說家가 되려면, 經驗이 必要하겠네요.?」
「그런 것 같애요. 經驗없는 人間의 知識만에 依한 想像은 類型的으로서, 迫力도 없겠죠.」
「女性經驗은 必須條件 이에요. 女子가 나오지 않는 小說같은 건 답답해요. 女性讀者가 없으면, 生活的으로도 고달파져요. 只今부터는 戰後와는 달라서 女子들의 힘이 漸漸 퍼져나가고 있어요.」
「그렇겠죠.」
「女子를 描寫하려면 女子를 몰라서야……」
亦是 장난 끼 어린 눈매다.
(亦是, 나를 年下로 생각하고 있구나. 아까, 倉庫의 夫婦交歡의 목소리를 들었을 때에는 그렇게 떨고 있었는

데, 眞짜 女子라는 것은 알다가도 모르겠구나.)
그렇게 생각하는 한 便,
(건방지게 놀고 있구나. 文學作品에 對해서의 敎養이라고는 쥐뿔도 없는 주제에.)
反撥心도 일어난다.
한 便으로는,
(이것은 나를 誘惑하는 게 아닌가?)
하는 생각이 들어서, 료헤이(良平)는 複雜한 마음의 動搖 속에서 사토꼬(惠子)를 물끄러미 바라보고 있다.

팡 짱(賣春婦)

사토꼬(惠子)의 눈은 스탠드 불빛을 받아서 반짝이고, 울고 난 다음의 눈처럼 보였다. 젖어 있는 것이다.
그 손이, 턱에서 팔로 내려오면서 얼굴이 가까이 다가왔다.
「經驗 없는 거 아니죠.?」
이것은 普通으로 말해서 男子가 女子에게 물어보는 말이다.
亦是 사토꼬(惠子)에게는 年上의 餘裕가 엿보인다.
(아까의 키-스, 너무 幼稚했었나.)
료헤이(良平)는 사토꼬(惠子)의 눈을 다시 드려다 보면서, 가느다랗게 끄덕였다.
「쬐끔은 요.」
「쬐끔으로는 不足하지 않아요.?」
挑戰해오는 눈매이기도 하다.
「豊富한 體驗이 必要하겠죠.? 쓰기 爲해서는 요.」

「아까도 말했지만 전 體驗을 爲한 體驗은 하지 않습니다. 그렇군, 요 前번에 처음으로 冒險을 한 일이 있었군요.」

「어떤 건데요.?」

사토꼬(惠子)의 눈에 好奇心이 비춰져 왔다.

「體驗은 아니었어요.」

밤은 길다. 結論을 急하게 서두를 必要는 없다. 이야기하는 것만으로 이 밤을 새어도 좋은 것이다. 只今까지의 對話로 봐서, 平均보다는 若干 知的인 것을 몸에 지니고 있다는 것을 느꼈다.

「取材라고나 할까, 普通 一般人에게서는 보기 힘든 光景을 보았었죠. 보러 갔던 겁니다. 取材를 한다는 心情으로요.」

「헤에.」

료헤이(良平)는 엎드려 담배에 불을 부쳐 물었다.

마음 한구석에서는,

(이렇게 하고 있으면, 이 女子는 漸漸 冷情해지고, 結局에는 아무 일도 하지 못하고 만다.)

라는 警告가 繼續 울리고 있다. 그러나, 그래도 좋다는 나름대로의 氣分이 들기도 했다.

「어디로 갔었는데요.?」

「요 近方에 바라크로 지은 기다란 建物이 있는데요, 여러 家口가 함께 살고 있어요.」

「응.」

「그 中의 한집에, 가네야마(金山)라는 사람의 一家가 살고 있습니다.」

고개를 끄덕이면서 사토꼬(惠子)가 다시 다가온다. 손이 료헤이(良平)의 등을 어루만진다.

(내가 손을 뻗치지 않으니까, 저쪽에서 積極的으로 나오는구나, 誘惑하고 있는 거다.)

그렇게 느껴 본다. 그러나, 그렇지가 않고, 單純히 親密感을 보이기 爲해서 하는 건지도 모른다.

「이 近方에는 여러 類의 사람들이 살고 있어요. 도쿄都와 달라서, 房貰가 싸구요, 이곳저곳 떠돌면서 흘러오다 보니 自己들 나름대로 살기에 꼭 알맞거든요.」

「응.」

「가네야마(金山)氏는 日本人이 아니세요. 그렇군. 當身에게는 미처 말하지 않았군요. 나도 사까다(酒田)도 후꾸오까(福岡)縣 出身이라는 것 밖에 모르시죠.?」

「에에.」

「사까다(酒田)는 후꾸오까(福岡) 본토박이입니다. 도요마에(豊前) 사람이죠.」

「말씨로 알아요. 그런데, 當身은 標準語를 쓰고 있네요.」
「난 朝鮮(韓國)에서 태어났어요. 開拓移民의 子息입니다. 中學校 二學年때에 敗戰을 맞았고, 그래서 日本으로 쫓기어 오다시피 歸還 했어요.」
「어머나, 그랬었어 요.!」
사토꼬(惠子)는 눈을 휘둥그레 뜬다.
「歸還할때 苦生이 많으셨죠.?」
「歸還의 前後事情을 요다음 빠른 時日 內에 꼭 쓰려고 생각해요.」
「貴重하고 살아있는 體驗이군요. 그렇지만 當身의 얼굴, 苦生한 痕迹(흔적)이라곤 쬐끔도 보이지 않아요. 부잣집 도련님 같아.」
「苦生한 것은 父母님이나 兄님이시고, 전 조금도 苦生하지 않았지요. 글쎄요, 그건 요다음 機會가 있을 때 仔細히 들려 드리기로 하고, 제가 보고 온 이야기부터 들려 드리기로 하죠. 가네야마(金山)氏는 戰時中에 朝鮮에서 勞動力으로서 强制로 徵集되어 온 사람입니다.」
「그런 사람들, 많다고 들었어요.」
「表情이나 行動이 날쌔고 勇敢한 사람입니다. 夫人의

말을 빌리자면, 섹쓰도 宏莊한 것 같애요.」
「어머, 家庭집 夫人들도 露骨的으로 그런 말을 하나요.?」
「하구말구요. 이 近方의 夫人들, 내가 젊으니까, 즐거이 露骨的인 이야기를 들려주신다니까요.」
사토꼬(惠子)가 고개를 도리질 한다.
「그렇담 當身.」
등을 쓰러주고 있던 손을 멈추고, 한곳을 세게 찌른다.
「當身을 誘惑하고 있어요. 操心 하세요. 家庭婦人에게 誘惑當하면, 끝장이래요. 헤어나지를 못한다고 들었어요. 그 體驗만은 그만 두세요.」
「알고 있어요. 아 아니, 그女들은 나를 놀리고 있다니까요. 나를 誘惑(유혹)하려는 氣色은 없어요, 何如튼, 여러 類의 사람들이 있습니다. 만나는 것만으로도 社會工夫가 되고, 人間研究가 됩니다.」
「그 때문에 이곳에 살고 있나요.?」
「설마요. 房貰가 싸기 때문입니다. 이 집을 찾아 낸 것은, 아까 寮歌를 부르면서 돌아오던 곤도(近藤)라는 親舊입니다. 난, 한참 後에 그 親舊의 紹介로 왔을 뿐입니다.」
「그 가네야마(金山)氏가 어땠는 데요.?」

「夫人은 日本 사람으로, 夫婦 사이에는 개구쟁이 男子애가 하나 있고, 가네야마(金山)氏는 그 애를 무척이나 사랑하고 있어요.」

「그야 勿論이겠죠. 自己 子息인데.」

「夫人께서 가네야마(金山)氏와 함께 살게 된 것은 무슨 까닭으로 인지 알겠습니까.?」

「모르겠는데요.」

「가네야마(金山)氏의 性的 能力에 홀딱 빠져버린 겁니다. 完全히 홀린 거지요.」

「本人이 그렇게 말 하던가요.?」

「몇 번이고 들었어요. 住宅街의 음전한 夫人들과는 달리, 이 近方의 夫人네들은 正直하고 率直 하답니다.」

「性的 能力만으로 좋아질 수 있을까요.?」

「그게 바로 女性의 一面이기도 합니다. 그 夫人, 까-페의 女給을 하고 있었대요. 많은 男性을 알고 있고, 어느 날밤 가네야마(金山)氏에게 안기고 나서 헤어질 수가 없었대요. 이 周邊의 夫人들, 많은 男子를 알고 있을수록 더더욱 뽐내고 있습니다. 男便밖에 모르고 있는 사람은 얌전해요.」

「男子는 사람에 따라 어디가 틀리는 건가요.?」

「眞짜 모르세요.?」

료헤이(良平)의 質問에, 사토꼬(惠子)는 짓궂은 장난끼 어린 모습으로,

「모르니까요, 아르켜 줘요.」

하고 말한다. 若干은 알고 있지만, 좀 더 알고 싶다는 그런 表情이다.

「그건 요다음에 합시다. 問題는 가네야마(金山)氏의 職業 입니다. 覺醒劑의 密賣를 한 때도 있어요. 健壯하기 때문에, 肉體 勞動도 하구요. 正直하게 일하다가도 非合法的으로 돈을 벌기도 하고, 무슨 理由인지는 모르지만, 그 두 가지를 巧妙하게 바꾸어가면서 하고 있어요. 그 点이 재미있어요. 이따금씩은 自身의 子息를 爲해서 一念發起(佛=어떤 일을 成就하려고 決心함)를 하겠죠. 그 어떤 苦惱를 느꼈습니다.」

「그리고, 只今은.?」

료헤이(良平)는 담배 불을 재떨이에 비벼 끄고서, 몸 全體를 사토꼬(惠子) 쪽으로 돌렸다. 손을 뻗어 사토꼬(惠子)의 몸뚱이 위에 들어 얹었다. 두 사람은 사이를 두고 껴안고 있는 形態가 되었다.

이야기를 하면서 조금씩 조금씩 좁혀져 갔다.

「가네야마(金山)氏는 只今, 呼客꾼으로도 일하고 있어요.」

「呼客꾼.?」

亦是, 사토꼬(惠子)는 양갓집 아가씨이다. 呼客꾼이라는 말을 모르고 있다.

「『팡팡』이라는 말은 알고 있습니까.?」

最低質의 流行語다.『팡쓰케』라고도 한다. 이 周邊의 夫人네들은『팡짱』이라고 부른다.

街娼을 말하는 것이다.

「에에.」

「『팡짱』과 遊女와는 다른 겁니다.」

「어떤 点이요.?」

「遊女란 國家가 公認한 娼婦입니다. 요시하라(吉原), 다마노이(玉の井), 신쥬꾸(新宿) 二町目 등에는 遊女屋이 있지요. 戰前의 遊女는 人身賣買나 家政 形便上 팔려서 그곳으로 들어가는 女子들이 많았죠. 亦是 가네야마(金山)氏와 같은 바라크집의 옆집에 살고 있는 夫人은 다마노이(玉の井)의 遊女 出身입니다.

그 아주머니, 처음에는 부엌일을 하기 爲해서 遊女屋에 들어갔는데, 一年만에 스스로 自請해서 遊女가 되었다 고 했어요.」

「그런 사람도 있어요.?」

사토꼬(惠子)의 얼굴에 不安의 色彩가 스쳐 지나간다.

급작스럽게 애 띈 少女처럼 보인다.
「여러 類의 사람이 있어요. 主要한 것으로서, 먹는 것과 입는 것이, 遊女와 부엌 떼기와는 當然히 다르고, 生活水準도 틀리게 마련이죠.」
「그런 이야기를 듣고 보니, 工夫가 되네요.」
「每日밤 男子와 즐기는 것도 부러웠던 것 같았어요. 그래서 自請해서 遊女가 되었지만, 有夫女가 된 只今도 뽐내고 있다니깐요.」
「數많은 男子를 알고 있다는 것을 요.?」
「아니요, 自身이 스스로 遊女가 되었다는 것을 요. 그러니까 그만 두는 것도 簡單했다는 겁니다. 빚진 게 없으니까요.」
「호-음, 妙한 것을 가지고 뽐내고 있군요. 父母를 爲해 팔려서 遊女가 되었다면, 부끄럽지 가 않겠지요. 스스로 遊女가 된 것을 가지고 어떻게 뽐낼 수가 있나요? 뒤죽박죽이네요.」
「普通의 倫理觀으로서는 理解되지 않아요. 何如튼, 遊女와『팡짱』은 다른 겁니다.」
「理解가 되네요.」
그때에 도어를 두들기는 소리가 들렸다.
「어이, 와까스기(若杉), 무엇을 그렇게 조잘대고 있는 거야?」
곤도(近藤)의 목소리다.
「시끄럽단 말이다.」
「알겠다.」
하고 료헤이(良平)가 對答한다.
「목소리를 낮출 테니까 神經 끄고 조용히 자거라.」
그대로 곤도(近藤)는 사라져갔다.
료헤이(良平)와 사토꼬(惠子)는 가슴을 맞대었다.
료헤이(良平)는 사토꼬(惠子)의 등을 끌어안고, 그 뺨에 입을 맞추었다.
「저 子息, 부러워서, 어떻게 하고 있는 가 容態를 보러 왔던 겁니다.」
「들여 놓지 말아요.」
「알고 있어요.」
두 사람의 목소리는 아주 낮게 되었다.
「『팡짱』은 이 近方에 많이 살고 있어요.」
「어머나.」
「『팡짱』에게는 세 種類가 있습니다.」
「헤에.」
「첫째, 日本人 相對. 둘째, 아메리카軍의 白人相對, 나머지 하나는, 아메리카軍의 黑人 相對. 이 周邊에 살고 있는 사람은 第二, 第三으로, 그 中에서도 온리-라 불러지고 있는 部類입니다.」

「온리-(only).?」

「온리-도 모르세요.?」

「몰라요.」

「『팡짱』은 不特定 多數의 男子에게 몸을 팔겠죠. 그러는 사이에, 한 사람의 男子와 親하게 되고, 그 兵士의 온리-가 되는 겁니다. 그 男子 온리-(only)라는 意味죠. 한間 집을 빌려서 살게 되고, 兵士는 休日의 前夜, 그곳에서 자게 되죠. 金曜日 밤에 오는 수도 있구요. 말해서, 現地妻와 같은 겁니다. 實際로 結婚하는 境遇도 있어요, 美國으로 건너 간 온리-도 꽤 있어요. 『팡짱』의 大多數는, 좋은 兵士의 온리-가 되는 것이 素望입니다. 그女들의 꿈이기도 하구요. 이 近處의 밭에는, 온리들에게 빌려주고 있는 집이 몇 채 지어져 있습니다.」

「眞짜 여러 가지를 잘 알고 있네요. 이런 도련님 같은 얼굴을 하고 있으면서…. 나 어쩐지 두려워 졌어요.」

「知識으로 알고 있을 뿐입니다. 가네야마(金山)氏는 말입니다, 그 아메리카兵 相對의 『팡짱』의 呼客일을 하고 있습니다.」

「그러니까, 그 呼客이라는 것이 무엇이냐 구요.?」
「그쪽이야말로, 眞짜 아가씨로군요. 呼客꾼이란, 『팡짱』에게 아메리카兵을 손님으로 끌어다 주고 謝禮費를 받는 職業입니다.」
「그렇군요. 自身의 섹쓰는 쓰지를 않는군요.」
「설마요. 呼客꾼들에 있어서는, 女子는 商品이세요. 自身의 商品에는 絶對로 손을 대지 않지요. 가네야마(金山)氏는, 아메리카兵의 白人相對의 呼客꾼 입니다.」
「그럼, 英語를 하겠네요.?」
「英語單語 三十個 程度만 알고 있으면, 장사를 할수 있어요.」
「그런데, 當身은 어떤 것을 見學(取材)하였나요.?」
「어느 날 밤, 가네야마(金山)氏를 따라서 그의 事業場으로 갔었어요.」
「모여 있는 곳.?」
「아니요, 그렇지 않아요. 只今부터 이야기 하죠.」
료헤이(良平)는 왼손을 사토꼬(惠子)의 목과 베개사이에 넣고서, 그의 어깨를 끌어안았다. 사토꼬(惠子)의 왼손은 료헤이(良平)의 등을 안고 있다. 오른손은 두 사람의 사이에서 아래쪽으로 내려져 있다.

료헤이(良平)는 아직도 엉덩이를 빼고 있기 때문에, 그 손이 어디 메에 머물고 있는지 分明치가 않다. 만지지 않고 있기 때문이다.

(이 女子가 이 오른손을 움직여, 나의 몸을 만진다면, 相當한 體驗者다.)

료헤이(良平)에게는 그러는 것을 期待하는 部分이있다. 그렇게 해주는 것뿐이 아니라는 氣分도 드는 것이다. 그런데 그것과는 相關없이 몸은 興奮狀態를 持續하고 있다. 몸만이 료헤이(良平)의 마음에 相關없이, 사토꼬(惠子)를 탐내고 있는 것이다.

「여기에서 自轉車로 十五分 걸리는 곳에, 아메리카軍의 基地가 있습니다.」

「그렇게 가까운 곳에.?」

「그럼요, 캠프 A 입니다. 基地의 땅은 매우 넓고, 가시 鐵條網으로 둘러쳐져 있지요. 그 鐵條網 너머에 찝(Jeep)車가 다닐 수 있는 길이 만들어져 있고, 밤에는 거의 二分間隔으로 찝車가 지나갑니다. 캠프를 돌면서 警備를 하고 있는 거죠. 내가 간 곳은 그 가시鐵條網에서 若干 떨어져 있는 밭 가운데 입니다.」

「……………」

「밭 가운데쯤에 바라크式의 집이 크게 작게 몇 채 세

워져 있더군요. 到着한 것은 밤 여덟時 程度였지요.」

「온리-의 집.?」

「아니, 그렇지 않아요. 基地 바로 곁에는 온리-의 집은 없어요. 난 學生服을 벗고 作業服으로 바꾸어 입고, 신도 찌까다비(日本 勞動者의 作業靴=신발끝이 발가락이 들어갈 수 있도록 나뉘어져 있음.)로 바꿔 신고, 타올을 허리춤에 늘어뜨리고서 어느 한 집으로 갔었습니다.」

「무섭지 않던가요.?」

「쬐끔도 요. 好奇心만 가뜩 하던걸요. 萬一 잘 못될 境遇가 있으면 MP에게 붙잡혀요. 그러나, 몽키·하우스(Monkey·House=원숭이집=美軍 犯罪者를 가두는 拘置所의 別名)에까지는 갇혀지지 않고, 見學者라는 것이 금새 밝혀지고 풀려나겠지요. 가네야마(金山)氏는 그렇게 保證하였습니다.」

료헤이(良平)는 사토꼬(惠子)의 등을 어루만져 준다.

사토꼬(惠子)도 료헤이(良平)의 등을 쓰다듬 고 있다.

(사까다(酒田)는 벌써 즐기고 있을 꺼야. 一回戰은 끝났을 게고 二回戰을 始作했는지도 모르지.)

「普通 집과는 달라서 유리門이 아니고 板子·門 이었어요. 그 門을 여니까, 封堂이 있고, 다시 板子·門이 있어요. 그것을 여니까, 다다미 여덟장 程度의 房이 있더군요.」

「…………….」

「그곳에 다섯 名의 男子들이 있었어요. 나이는 二十代에서 四十代까지, 作業服에다, 눈초리가 매섭더군요. 두 사람은 화투놀이를 하고 있고, 한 사람은 팔뚝에 覺醒劑를 注射하고 있었구요, 나머지 두 사람은 燒酒를 마시고 있었어요.」

「山賊 巢窟(소굴) 같아 보이네요.」

「바로 보았어요. 난 가네야마(金山)氏가 시키는 대로 찌까다비를 벗고 房으로 올라가서 구석 쪽에 쭈그리고 앉았지요.」

「…………….」

「가네야마(金山)氏는 얼른 이야기를 하더군요. 내게는 通하지 않는 말이었어요. 英語가 아니었어요. 가네야마(金山)氏는 나를 누구에게도 紹介하지 않았어요. 누구도 내게 注意 조차 하지 안 았구요. 난 조용히 그네들을 觀察할 수가 있었어요. 아마도, 가네야마(金山)氏는 그네들의 보스(Boss)인 것 같았어요. 힘도 第一 쎈 것 같고, 그래서 安心하고 있었습니다. 가네야마(金山)氏는 멋있고 믿음직 스러운 好人物 이었습니다.」

「…………….」

아래쪽으로 쳐져 있는 사토꼬(惠子)의 손이 若干 움직이는 것 같다. 료헤이(良平)의 허리 쪽 部分이다. 그러나, 만져오지는 않는다. 偶然의 動作인것 같다.

「난 말이에요, 빠른 時日 內에 그날 밤의 體驗을 小說로 쓸 作定입니다. 小說 材料로서는 特異하거든요. 다음은 어떻게 쓸 것인가, 그것 뿐 입니다. 그 材料를 整理한다는 意味에서도 이야기 하고 싶네요.」

「듣고 있어요. 이야기 하세요.」

「드디어 뒤쪽 門으로 해서 두 사람의 女子가 들어오더군요. 놀라지 않을 수가 없었다니까요.? 두 사람 모두 세-라服 學生차림 이었어요.」

「어머나.」

「하얀 線이 두 줄 들어 있는 세-라服. 그런데도, 머리는 새빨갛게 染色을 했고, 化粧도 찐하게 하구서요.」

　　※세-라服 ＝원래는 海軍 水兵服. 日本의 女學生 服.

「女高生 인가요.?」

「그런 服裝이죠.」

얼굴을 바로하고 사토꼬(惠子)는 료헤이(良平)를 바라본다. 不安과 恐怖에 젖어 있는 눈매다.

(아 직 아직 이 女子는 純眞하기 짝이 없구나.)
료헤이(良平)는 그렇게 생각했다.

脫 走 兵

조금 後에 료헤이(良平)는 고개를 저었다.
「女學生의 服裝을 하고 있어도, 勿論 女學生이 아닙니다. 女學生 服裝으로 變裝했을 뿐이죠.」
「그러리라 생각했어요.」
사토꼬(惠子)는 安心했다는 목소리로 말했다.
「아무리 事情이 있다하더라도, 그런 異常한 사람들이 있는 場所에, 女學生이 간다는 거, 생각하기조차도 싫어요.」
「『팡짱』들입니다. 呼客꾼들은 自身들에게 돈을 벌게 해주는 女子들을, 그냥 이름을 부르지 않아요. 반드시 짱(일본이름뒤에 붙여서 親密感을 나타내는 接尾語)을 부쳐서 부르고, 尊敬하고 있는 겁니다. 기둥書房과는 全然 달라요. 對해주는 態度도 상냥 하구요. 오히려 女子들 쪽에서 威勢를 부리는 느낌이 들더군요.」
「흐-음, 어느 程度의 女子들.?」

「세-라服으로 감추고 있지만, 스무 살은 넘어요. 二十
 五, 六歲 程度는 될 거에요. 化粧을 짙게 하고, 루-즈
 도 至毒할 程度로 찐한 검붉은 色이었어요.」
너무도 또렷한 體驗 이었다. 敗戰國 日本의 縮小版이
그곳에 있었다.
사토꼬(惠子)에게 말한 그대로, 료헤이(良平)는 빠른
時日內에 그 體驗을 素材로하여 小說을 쓰리라 생각하
고 있다. 어떤式으로 小說化할까, 그것을 생각하고 있는
中이었다.
들어온 두 女子는, 앉자마자 팔을 걷어 올리고, 곁에 있
는 男子가 건네주는 하얀 가루를 더운물엔가 무언가에
녹여서, 注射器에 담는다. 끈으로 팔뚝을 동여매고서 靜
脈을 튀어나오게 한 다음, 自己 스스로 注射를 놓는다.
다른 사람에게 놓아달라고 付託하지도 않고 直接 놓는
것이다. 그러는 일 自體마저도 즐기고 있는 듯한 모습
이었다. 두 女人의 얼굴은, 예쁘지도 않았다. 짙은 化粧
을 했기 때문에 도깨비처럼 보였다. 그것과 세-라服과
는 完全한 언바란스(Un-Balance)였다.
男子 中 한 分이 女子들에게 물었다.
「오늘 밤에 몇 名이냐.?」
女子 中 한 사람이 對答한다.

「좀 있으면 세 名이 와요. 只今쯤, 美容院에 가 있을 거 에요.」

男子는 고개를 끄덕이고는, 낮은 목소리로 말했다.

「情報에 依하면, 來日, 移動이 있을 것 같애. 韓國戰線으로 가는 거 아닌지 몰라.」

「헤에, 그렇담, 떼거지 로 몰려오겠네요.」

「그렇게 생각 해. 그때에는 힘내 주게나.」

「맡겨 두시라니까.」

女子가 료헤이(良平)를 보았다. 고개를 갸우뚱 한다. 그렇다고 警戒하는 빛은 보이지 않는다. 但只 疑訝스럽다는 表情이다.

「이 도령도 한 편 인가요.?」

「그렇 구 말구.」

하고 가네야마(金山)氏가 對答한다.

「나의 弟子란다.」

「흐-음, 어울리지 않아요, 當身.」

注射器를 케-스에 넣어서 핸드·백에 넣으면서, 료헤이(良平)에게 말을 걸어온다.

「이런 놈팽이들과 어울려 봤댔자, 좋은 일이라곤 쥐뿔도 없어요. 틀림없는 일을 찾아 봐요. 아직 젊으니까요.」

하니까 燒酒를 마시고 있던 男子가,
「그런 말 하지 들 마. 우리들도, 精誠을 다해서 이 장사를 하고 있다네. 우리들이 없다면, 아메공(公)(아메리카 兵士들)들, 거리에서 무슨 나쁜 짓거리를 저지를지 모른난 말이거든.」
한 十余分 程度 지나서, 세 사람의 女子가 나타났다. 이쪽은 한눈에 봐서도 알 수 있을 것 같은 服裝을 하고 있다. 亦是 異常 야릇한 化粧을 하고 있지만, 나이는 젊어 보인다.
떠들썩하게 들어와서도 끊임없이 GI(Government Issue =美軍)사투리를 連發하고있다.
몇 個의 그룹으로 나뉘어서 男女는 화투놀이를 始作한다. 燒酒를 마시고 있던 男子도 그에 合勢한다. 時間이 흐른다.
(이렇게 해서 아메리카兵을 기다리고 있는 걸까? 呼客꾼은 손님을 찾는 게 장사가 아니던가.)
무리들의 모습들을 눈여겨 바라보면서, 료헤이(良平)는 册을 가지고 오지 않았다는 것을 後悔할 程度로 심심했다.
가네야마(金山)氏가 時計를 보고서,
「자아, 슬슬 가 볼거나.」

하고 말 한 것은 아홉 時가 조금 넘어서 이다. 화투를 얼른 거두고서 모두는 一齊히 일어섰다.
男子들은 검은色깔의 옷을 입는다. 모두 밖으로 나간다. 가네야마(金山)氏는 료헤이(良平)의 팔을 이끈다.
「많이 기다렸지. 只今부터다. 두 눈을 활짝 뜨고서 잘 보아두게나.」
「네에.」
집밖은 어두웠다. 女子들은 자리를 고쳐 앉아서, 이쪽으로는 눈길 한번 주지 않은 채, 女子들끼리의 수다를 떨기 始作했다.
밭둑길을 지나서, 基地 方向으로 向한다. 모두들 말없이 걷기만 한다.
드디어 先頭의 男子가 엎드린다. 그러자 모두는 一齊히 몸을 숨긴다. 가네야마(金山)는 료헤이(良平)에게,
「등을 낮게 구부리게나.」
하고 말한다. 료헤이(良平)도 엎드렸다. 以後, 行動은 모두 가네야마(金山)氏가 시키는 대로 하지 않으면 안 되었다. 一行은 엎드린 채로 앞으로 前進했다.
若干의 前方에, 아메리카軍의 基地가 있다. 基地構內는 높은 塔 위에서 電燈이 비춰지고 있고, 그곳만이 別世界인양 밝아 있다. 그곳을 向하여 나아가고 있다.

보리밭이 끝나는 地點에, 가시 鐵條網이 쳐져 있다. 基地는 그 鐵條網 건너편에 있다. 사람 키의 두배 程度의 높이의 鐵條網이다. 그냥 넘어 온다는 것은 不可能하다. 그곳으로 가까이 다가가서 놀라고 만 것은, 그 가시 鐵條網에 無數한 검은 그림자가 달라붙어 있는 것이다. 말해서, 검고 큰 나비들 이다.
一行은 그곳에서 뿔뿔이 흩어졌다. 벌써 착 달라붙어 있는 그림자 사이로 分散해서 같은 나비가 되었다.
료헤이(良平)는 가네야마(金山)氏의 왼쪽 켠에 있다. 가네야마(金山)氏를 놓치면 큰일이기 때문이다.
鐵條網의 바로 저쪽은 三메-터程度 낮게 되어 있다. MP가 巡察을 도는 道路인 것이다.
道路 저쪽은 다시 삼메-터 程度 높게 되어있다. 말하자면 基地의 大地와 이쪽은 같은 높이인 것이다. 일부러 땅을 파서 낮게 道路를 만든 셈이다.
저쪽 끝은 鐵條網이 아니고 하얀 담이다. 基地의 廣場은 담장 저쪽 켠에 펼쳐져 있어서, 풀이 茂盛해 있는 것 같다. 그 안쪽으로 兵營이 몇 채 나란히 세워져 있다. 廣場의 밝은 불빛 가운데를, 몇 名인가의 制服 차림의 男子들이 警棒을 들고 이리저리 돌아다니고 있다.
그러나, 빛이 비춰지지 않는 이쪽켠으로는 오지 안는다.

「저것은,」

하고 가네야마(金山)氏가 속삭인다.

「MP가 아니네. 日本人의 가-드·맨(Guard·Man＝警備員)이야. 가-드·맨에게는 우리 같은 사람들을 逮捕할 權利가 없다네. 저쪽도 우릴 무서워하니까 이쪽으로 일부러 오지 않는 거지. 저 親舊들은 무섭지 않아.」

鐵條網에 찰싹 붙어 있는 呼客꾼들은, 그런 警備員들에게 여러 가지 말을 한다.

「어이, 좀 더 저쪽으로 가란 말이야.」

「이쪽도 밥을 먹어야 살 것 아닌가.」

그러나, 그보다도 英語로 말하는 것이 더 많았다.

「캄 온, 찬스. 노-가-드. 허리-허리 엎.(이리로 오라구. 찬스야. 경비원 無, 빨랑빨랑 와)

(Come on, Chance, No guard. Hurry hurry up.」

「마이 후렌드, 캄 온. 쟈-스트 노 가-드.(친구들, 이쪽으로. 오라구. 眞짜 경비원 無.)

(My friend come on, just no guard.」

「오-마이 후렌드, 비우티풀 걸. 메니 메니 웨이트 유-.(어이 친구들, 예쁜 계집에들, 많이들 기다린다.)

(Oh my friend, beautiful girls. many many wait you.」

「오망고(女子의 性器), 메니메니(Many many.)」
電燈불빛이 닫지 않는 널찍한 마당 구석구석의 풀 더미 속에, 아메리카兵이 숨어 있으면서, 이쪽으로 달려올 챤-스를 노리고 있다.
이쪽에서는 보이지 않지만 呼客꾼들은 確信하고 있는 것이다.
숨어서 機會를 엿보고 있는 아메리카兵을 부르고 있는 것이다. 낮은 道路에 새로운 불빛이 달리고, 빛은 점점 밝아지면서 道路위를 비춘다. 지프車다. 지프車는 左右의 언덕을 비추면서 時速 二十킬로메-터 程度 느린 速度로 다가 왔다. 呼客꾼들은 沈默속에서 몸을 숨긴다.
지프車에는 몇 名인가 MP가 타고 있다. 처음으로 료헤이(良平)는 恐怖感을 느꼈다. 가네야마(金山)氏가 료헤이(良平)에게 속삭인다.
「자아, 始作 하자 구, 잘 봐 두라 구. 나와 어긋나면 재빨리 아까의 하우스(house)로 돌아가는 거야.」
료헤이(良平)는 알겠다는 시늉을 한다. 分明히,
(난 이 男子쪽에 있는 거다.)
하고 생각했다. 第三者로서 取材次 와 있다는 意識은 있지만, 똑같은 危險속에 몸을 던지고 있는 것이다.
지프차는 천천히 멀어져 갔고, 道路를 돌더니 보이지

않게 되었다. 男子들이 소리치기 始作 했다.

「찬-스, 찬-스」

「MP 엔드, 노-가-드.」

瞥眼間, 저쪽 풀밭 속에서 검은 그림자가 일어서더니 一直線으로 이쪽을 向하여 쏜살같이 달려온다.

呼客꾼들은 一齊히,

「캄 온, 캄 온, (Come on ,Come on,)」

하고 소리친다. 무리는 脫柵兵이 指摘하는 方向으로 移動한다. 第二의 脫柵兵이 다른 숲에서 일어선다. 第三, 第四의 그림자. 靜寂속에 파묻혀 있는 廣場의 풀 더미 속에는, 實로, 많은 아메리카 兵士들이 숨어있다. 呼客꾼들은 그것을 알고 있다.

그래서 아까부터 불러대고 있었던 것이다.

멀지 감치에 있던 가-드가,

「우왓.」

動物的인 부르짖음으로 소리치면서, 검은 그림자를 쫓는다.

호르라기 소리가 삐리 삐리 울리고 있다.

가-드는 다시,

「홋 홋.」

하고 외치면서, 그림자를 쫓는다. 그림자들은 하얀 壁

(벽)을 타고 넘어서, 단번에 絶壁을 내려온다. 차례차례로, 道路를 건넌다.

呼客꾼들은 가-드에게 욕을 퍼 부우면서, 威脅하고있다.

「야이, 이 새끼야, 妨害 할 테냐.」

「이쪽으로 오기만 해 봐라, 죽여 버릴 테니까.」

「日本人인 주제에 건방지기 짝이 없어.」

「잽(Jap＝日本人을 얕잡아 부르는 말)은 相關하지 말거라.」

그러고선 쫓기는 아메리카 兵士에게 聲援을 보내는 것이다.

「가-드 그 새끼들 두들겨 패버려. 유-녹 아웃 가-드. (You knock out guard.)」

「허리-허리 엎(Hurry, hurry＝빨랑 빨랑 오라구)」

료헤이(良平)는 어이가 없어 멍멍해져 버렸다. 여기에서는, 日本人 가-드가 警棒을 휘두르면서, 아메리카兵을 뒤쫓고 있다. 脫走兵들은 단번에 언덕을 기어올라 와서 鐵條網 바로 앞에 까지 와 있다. 完全한 아메리카 兵士의 몸차림을 하고 있다.

(이 鐵條網을 어떻게 넘으려고 하지?)

눈을 똑바로 뜨고 보고 있자니, 兵士는 비스듬히 옆으로 들어 눕는다. 길게 뻗는다. 몸을 업 드린다.

요 앞서 몰려갔던 呼客꾼들은 힘을 합쳐 鐵條網의 말뚝을 들어 올린다. 그것은 애초부터 빠지게끔 박혀져 있는 것이다. 많은 손이, 땅과 鐵條網과의 사이의 空間으로 뻗혀서 兵士의 머리건 팔이건 다리건 잡히는 대로 잡이 끈다. 가-드는 勇敢하게 쫓아왔다.
呼客꾼들을 殺氣를 내뿜으면서 가-드를 辱한다. 鐵條網 사이로 긴 막대를 내밀어 가-드를 겨냥하였고, 돌맹이를 던지는 者도 있다.
가-드는 躊躇 躊躇. 兵士는 完全히 빠져 나왔다. 이 곳 저곳에서 빠져 나왔다. 軍服이 鐵條網에 걸려서 찢어지는 소리도 들렸다. 兵士의 손을 잡고 일으키자마자, 한 사람이 안을 듯이 하면서 兵士를 데리고 달려간다. 그 뒤를 數名이 뒤따른다.
「뛰어.」
가네야마(金山)氏도 한 사람의 兵士를 同僚와 함께 끌어내어 일으켜 세우고서는, 료헤이(良平)에게 소리치면서 냅다 달린다.
료헤이(良平)는,
(이것이 가네야마(金山)氏의 장사란 말인가.)
(살았구나.)
그렇게 생각하면서, 아메리카兵의 등을 밀면서 달리고

있는 가네야마(金山)氏의 뒤를 따랐다. 료헤이(良平)의 左右에, 呼客꾼들도 달리고 있다.

鐵條網으로부터 멀리 떨어져서, 보리밭 안으로 兵士들을 숨긴다.

그들을 둘러쌓고, 呼客꾼들도 엎드린다. 여기저기에 몇個의 링(Ring)이 形成되었다.

어깨를 들썩거리면서 거친 숨을 鎭靜시키고 있는 하얀 얼굴의 아메리카兵에게, 가네야마(金山)氏가 脫柵(탈책)을 도와준 代價를 要求한다.

아메리카兵은 고개를 끄덕이고서는, 兵營쪽을 바라보면서, 바지주머니에서 딸러(Dollar=美貨)를 꺼낸다.

가네야마(金山)氏는 그것을 받아 얼른 안주머니에 집어넣고서, 周圍를 살펴본다.

그 아메리카兵을 둘러쌓고 있는 것은, 료헤이(良平)를 合쳐 여섯名이다. 다른 바지주머니에서, 가네야마(金山)氏는 日本돈을 꺼내더니 모두에게 나눠 준다.

료헤이(良平)에게도 내밀었다.

「아니요, 전.」

그러는 료헤이(良平)의 말은, 재빨리 沮止를 當했다.

「시끄러. 빨리 집어넣어.」

겁에 질려서, 료헤이(良平)는 그것을 받아서 주머니에

넣었다. 끝난 後에 모조리 가네야마(金山)氏에게 드리면 되는 거지.

呼客꾼들은 鐵條網쪽으로 다시 되돌아간다. 逃亡쳐 올 찬-스를 놓친 아메리카兵이 아직도 저쪽 풀밭 속에 틀림없이 있는 것이다. 다음의 지프車가 지나가고 난 다음의 찬스를 노리고 있는 것이다.

가네야마(金山)氏는 아메리카兵의 팔을 잡고 걸어갔다. 료헤이(良平)는 그를 따라 갔다.

아까의 집 앞에서 가네야마(金山)氏와 아메리카兵은 서로 마주섰다.

가네야마(金山)氏도 등치가 웬만한데, 아메리카兵은 그보다 훨씬 크다. 아마도, 二十代 前半쯤 되는 것 같다.

아메리카兵은 주머니에서 돈다발을 꺼내어,

「아이 라이크 치비.(I like 치비=어린애).」

하고 말한다. 치비라 하는 日本語를 쓰고 있다는 것을 理解하기까지, 료헤이(良平)는 몇 秒가 걸렸다.

(옳거니, 그래머-가아닌, 치비를 좋아하는 건가. 이 巨大한 男子, 진뽀(男子의 性器)도 巨創할텐데. 치비라면, 찢어져버릴 텐데.)

가네야마(金山)氏는 돈다발을 그대로 집어넣는다.

「OK. 치비 앤드 영. 하이스쿨 걸. (OK. 치비 and

young high school girl.」

그렇게 말한다. 아메리카兵은 크게 고개를 끄덕거린다.

가네야마(金山)는 료헤이(良平)를 돌아다본다.

「무언가 물어 볼게 있으면 물어 봐.」

료헤이(良平)는 앞으로 나서서, 엉터리 日本式 英語로,

「當身은 이렇게 해서 脫柵을 했는데 幸運이라 생각합 니까.?」

하고 質問했다.

그쯤에서 아메리카兵은 처음으로 웃었다.

「오-, 아임 러키-(Oh! I'm lucky.＝운이 좋았지.)」

가네야마(金山)는 아메리카兵을 데리고 집안으로 들어 갔다.

女子는 세 사람 남아있었다. 그 속에 세-라服이 한 사 람 있었다. 세 사람의 女子는 歡聲을 지르면서 아메리 카兵을 껴안는다.

가네야마(金山)氏가 女子들에게 말한다.

「이 子息, 많은 돈을 주더구나. 가지고 있는 돈 全部를 내어놓는 것 같다. 멋들어지게 서비스 해 줘라. 來日 韓國戰線으로 가는 거다. 죽을는지도 몰라.」

「어머나, 불쌍해라.」

세-라服이 아메리카兵의 正面에 서서, 목에 팔을 걸고

서, 입술을 合쳤다. 아메리카兵도 그女를 껴안는다.
거친 입맞춤이 끝나자, 女子가 말했다.
「불쌍해라, 아직도 젊은데. 아직 어린애 아닌가.」
틀림없이 그 兵士는 젊었었다. 二十歲를 若干 넘었을까. (戰爭에 敗한 우리들은, 兵士가 되지 않아서 좋다. 이긴 쪽 나라의 靑年은, 軍人이 되어서, 다시 새로운 戰場으로 가지 않으면 안 되는 것이다.)
그 아메리카兵은 세-라服을 相對로 選擇하였고, 다른 두 女人은 물러났다.
아메리카兵과 女人은 서로 껴안은 채로 左側의 작은房으로 들어갔다.
그곳에, 다시 두 사람의 아메리카 兵士가 呼客꾼을 따라 들어왔다. 두 사람 모두 白人이다.
(그렇구나. 이 집 女子들은 白人만 相對한다고 했지.)
한 사람에 한 사람씩, 이야기 할 것도 없이 相對를 定해서, 女人은 아메리카兵에게 안긴다.
그대로, 제 各各의 房으로 사라진다. 여덟 장짜리 房의 兩쪽에, 작은 房들이 여러 개 나란히 있는 것이다.

覺 醒 劑

료헤이(良平)와 가네야마(金山)氏는 잠깐 休息을 取하기로 했다. 房 안에서 담배를 피우고 있는데, 板子門의 저쪽 房에서 女子의 목소리가 들렸다.

「오, 유-, 킬·미-.(Oh! You, kill me.(＝아이구!, 나 죽는다.)」

切迫한 목소리다. 바로 옆 房에서 들려오고 있다. 날치기로 두드려 맞춘 板子 집이기 때문에, 집이 흔들거리고 있다. 기둥이 삐거덕 거린다.

女子의 목소리는 繼續 흘러나온다. 日本語도 섞여 있다.

「아-아-!, 너무 멋져, 으-음.」

가네야마(金山)氏는 료헤이(良平)를 돌아다보면서 윙크를 한다.

反對쪽에서 다른 女子의 목소리도 들려온다. 그쪽 켠의 板子門이 두들겨진다. 어디 엔가의 房에서 다시 다른 女子의 목소리가, 이것은 처음부터 울고 있는 듯한 소리로 高喊을 치고 있다.
(只今 막 들어갔는데.)

고개를 갸웃거리고 疑訝스러운 表情을 하고 있는 료헤이(良平)에게, 가네야마(金山)氏는 說明해 주는 것이다.
「저쪽은 한발 먼저 온 兵士다. 外出許可를 받고 나온 親舊겠지. 이 바라크에서는 脫走兵은 우리들이 데리고 온 사람들이 맨 먼저일 테니까.」

하자, 하나의 門이 소리를 내면서 열렸다. 이십센치 程度 열리고, 하얀 팔뚝이 이쪽 房으로 뻗어 왔다.

이것을 보자 가네야마(金山)氏는 食卓위에 놓여있는 注射器를 집어 들었다. 注射器는 몇 個인가 놓여 있고, 各各 注射液이 채워져 있다.

가네야마(金山)氏는 팔 쪽으로 다가가서 팔을 붙잡고, 消毒을 하고나서, 靜脈注射를 놓는다. 팔이 흔들리고 있기 때문에 팔꿈치로 팔을 누르고 있다. 료헤이(良平)도 얼른 일어나서, 가네야마(金山)氏의 등 뒤로 다가갔다. 다른 房에서의 목소리는 繼續 들려오고 있다.

팔을 내밀고 있는 女子房에도 稀微한 電燈이 켜져 있다. 女子는 발가벗은 채로 天井을 向해 반듯이 누워 있다. 두개의 乳房, 거무튀튀한 젖꼭지, 하얀 腹部, 그리고, 두 허벅다리는 벌어질 만큼 벌려져있고, 그 사이에 아메리카兵의 머리가 보인다. 그런 아메리카兵도 발가 벗고 있다. 女子의 秘部를 빨아주고 있는 것이다. 빨리고 있으면서 女子는, 覺醒劑의 注射를 要求하고 있었던 것이다. 注射가 끝나자, 가네야마(金山)氏는 女子의 팔뚝을 안으로 밀어 넣고 門을 닫았다. 료헤이(良平)의 귀에 살짝 들려준다.

「只今것이 아까 적에 우리가 데리고 온 兵士다. 一生의 追憶꺼리로 女子 것을 빨고 있는 거다. 저 親舊에게는 이 女子가 最後의 女子가 되는지도 모르지. 저 親舊 勇敢하게 싸우다가, 우리들 同胞兄弟들을 爲해서 北쪽 共産軍 빨갱이들이나 中共軍 오랑캐에게 죽임을 當할는 지도 몰라. 나무아미타불(南無阿彌陀佛).」

다섯 사람의 女子가 있었다. 그 다섯 女子는 다섯 個의 房에 따로 따로 아메리카兵과 性交를 맺고 있다. 그 목소리가 여기저기에서 들려온다.

가네야마(金山)氏가 說明해 준다.

「宏莊치도 않지.?」

목소리는 끝일 새도 없이 흘러나온다.

「眞짜 목소리들이다. 眞짜로 나오는 대로 지르고 있는 거다. 私娼街의 遊女들의 거짓 흉내와는 全然 다르지. 女子들도, 戰線으로 向하는 젊은이들에게 마음을 다바쳐 서-비스하고 있는 거란다.」
가네야마(金山)氏는 關西地方(只今의 京都, 大阪 地域)에도 있은 적이 있어서, 그쪽 사투리를 섞어가면서 말하고 있다.
反對쪽 門이 열리고, 소리를 내면서 팔이 다다미 위에 놓여진다. 팔만이 몸뚱이와 別個로 다다미 위에 놓여있는 것처럼 보였다.
가네야마(金山)氏는 그것을 얼른 알아채고, 注射器를 들고 그쪽으로 갔다. 료헤이(良平)도 操心하면서 몸을 구부린 姿勢로 가네야마(金山)氏의 등 뒤로 갔다.
그 房에는 電燈이 꺼져 있지만, 이쪽의 불빛으로, 男女가 뒤엉켜 있는 것이 確實하게 보였다.
발가숭이 男子가 女子의 乳房을 빨아주고 있다.
가네야마(金山)氏는 注射를 놓아주고, 女子의 팔을 안으로 밀어 넣고서는 門을 닫았다. 하니까 이번에는 저쪽 房門이 활짝 열리면서 발가벗은 그대로의 女子가 나타났다. 온몸이 땀으로 흠뻑 젖어있다.
허리가 흔들흔들, 비틀거리며 걸어 나와서, 쓰러지듯 주저앉는다. 焦点이 흐리멍덩한 눈이다.
「이봐요, 나, 물 좀.」
하고 말한다.

「그래, 그래. 手苦가 많다.」

가네야마(金山)氏는 컵에 물을 따라, 女子의 입으로 가져갔다.

女子는 단숨에 그것을 마셔 버린다. 그리고선 自身이 나온 房을 턱으로 가리킨다.

「저렇게 큰 거, 난생 처음 봐요. 이 程度 된다니까요.」

兩쪽 손의 검지 손가락으로 크기를 表示한다. 그것은 三十센찌메-터 쯤 될 것 같다.

「설마.」

「아니야, 眞짜라니깐. 죽을 뻔 했지 뭐에요. 누군가와 바꿔줘요.」

「큰 게 싫단 말이지.」

「실컷 먹었어요.」

女子는 료헤이(良平)쪽으로 엉금엉금 기어와서, 上體를 눕힌다. 료헤이(良平)의 무릎을 베개로 반듯이 들어 눕는다. 乳房에는 數도 없이 키-스 마-크가 나 있다. 허벅지에도 있다. 秘毛는 젖어서 뻔득이고 있다. 그것을 손바닥으로 감추려고 하지도 않는다. 그대도 누워서 큰 숨을 들이쉬면서 눈을 감는다.

女子는, 若干 빼 마른 편이다. 乳房도 貧弱하고, 腹部는 움푹 들어가 있고, 허벅다리도 가늘은 便이다. 그리고

左右의 팔뚝에는 지렁이 자국 같은 상채기가 나있다.
亦是 覺醒劑의 中毒이다.

玄關의 門이열리자, 얼굴이 피투성이 이고 上衣가 찢겨진 아메리카兵이 들어왔다. 左右의 팔을 呼客꾼이 부축하고 있다.

「이 親舊, 가-드·맨에게 두들겨 맞았단다.」

「日本人이 美兵을 때렸단 말이지!」

「오오, 오늘밤 가-드는 怯(겁)이 나던데, 모가지 일거야.」

아메리카兵은 다다미 위에 뉘어져서, 傷處의 治療를 받았다. 治療를 받으면서, 안주머니에서 달러를 끄집어내었다.

「아이 원츄 걸, 걸(I want to girl, girl.」

「O·K, I see＝(알겠다).」

가네야마(金山)氏가 말했다.

「여긴 滿員謝禮다. 옆 棟으로 데리고 가.」

하자 료헤이(良平)의 무릎을 베고 있던 女子가, 벌떡 일어났다.

「그냥 옆집으로 넘겨버리다니, 아까워 요. 逃亡쳐 나왔겠죠?」

「그렇단다.」

「이사람 道具를 調査해보고 普通程度라면 내가 안아 줄 께요.」

呼客꾼 中 한 사람이 아메리카兵의 바지를 벗겨 내린다. 팬티도 함께 끌어 내린다.

그 아메리카 兵도 아직 젊다. 亦是, 二十을 조금 넘었을까 할 程度다. 女子는 아메리카兵의 局部를 보기 爲해서 일어섰다. 呼客꾼이 말 한다.

「아직 서있지 않으니까 모르겠는데.」

「서있지 않아도 난 大略 알 수 있어. 日本 사람과 달라서 몰라볼 程度로 달라지지 않으니까요.」

女子는 허리를 숙이고 아메리카兵의 局部를 드려다본다.

「아, 이 程度라면 마침 맞아. 只今, 저쪽 房에있는 兵士를 내쫓아 버려요. 外出 許可證을 가진 者에요. 普通 料金일뿐아니라, 목숨을 걸고 逃亡쳐 나온 사람을 所重히 다뤄야죠.」

女子는 아메리카兵을 껴안으면서,

「오-, 마이 다아링.」

하고 말한다. 아메리카兵도,

「오, 재패니스·걸(Oh-,Japanese·Girl.), 아이 라이크 재패니스.(I like Japanese.」

그렇게 소리치면서 女子를 껴안는다. 두 사람은 입술을 합친다. 女子는 아메리카兵을 안아 일으켜서, 두 사람은 비틀거리면서 가네야마(金山)氏가 指示하는 房으로 들어갔다.
걸어가면서, 아메리카兵의 下半身이 발가벗겨졌다.
다다미위에 흘러 떨어진 바지를, 가네야마(金山)氏가 그 房으로 던져 넣고 板子門을 닫아 주었다.
呼客꾼 中 한 사람이 가네야마(金山)에게 말한다.
「오늘 밤은 바쁘게 생겼어요. 外出 許可證을 가진者들은 빨리빨리 내 보내 버려야겠어요.」
「그럼, 내일 韓國戰線으로 간다는 말은 정말인가 부지.?」
「틀림없는 것 같애요. 基地의 풀덤불 속에는 아직도 二十余名이나 숨어 있다니까요. 아까 그 무리들이 日本人의 가-드를 한꺼번에 두들겨 패 버리고 逃亡쳐 나왔어요. 그치는 그들의 復讐로 얻어터진 거구요. 불쌍하게 스리, 戰場에 到着하면, 第一 危險한 일을 하게 되겠죠. 그 傷處를 보면, 脫柵 했다는 것이 分明히 들통이 나거든요.」
女子들의 歡喜의 목소리는 繼續 흘러나오고 있다.
가네야마(金山)氏는 아까 그 女子가 나왔던 房으로 들

어갔다.

暫時동안 부드러운 말들이 오고가더니만, 드디어 아메리카兵의 火난 목소리가 들려 나왔다. 가네야마(金山)氏는 그것을 달래고 있는 듯이 보였다. 그러나, 아메리카兵의 怒聲은 그치지를 않는다.

自身의 팔뚝에 注射를 놓고 있던 呼客꾼 두 사람이 얼굴을 마주본다.

「하는 수 없겠군.」

「쫓아내어 버리지 뭐.」

그리고 한 사람이 료헤이(良平)를 돌아다보면서,

「이보게, 도령. 只今부터, 日本에서는 흔히 보기 힘든 光景을 보게 될 테니까. 日本人들, 戰爭에 敗해서 주눅이 들어있단 말씀이야. 우리들이 하는 거 잘 봐 두라구.」

두 사람의 男子는 아메리카兵이 소리치고 있는 房으로 들어갔다.

다음 瞬間, 거친 소리가 들렸다. 다음 무언가 부딪치는 소리가 들리고, 셔츠만 걸친 채, 下半身은 발가벗은 채로 아메리카兵이 이끌려 나왔다.

갑자기 료헤이(良平)는 아까의 女子의 말이 記憶나서, 뒤쪽으로 물러서면서, 그 男子의 中心部를 보았다.

(으-음. 果然.)

료헤이(良平)는 呻吟을 吐했다. 축 느려 뜨려져서 흔들거리고 있는 그것은, 男根이라기보다 꼬리라 하는 게 適當할것 같다. 三十센치는 못되어도, 二十五, 六센치는 틀림없는 것 같다.

(물렁물렁해 있으니까 平常時다. 平常時에 저 程度라면야.)

女子의 말에는 誇張이 없었던 것이나.

두 사람의 呼客꾼이 同時에 나와서는 다시 아메리카兵을 걷어찬다. 아메리카兵은 채여 넘어졌다. 그 목덜미를 추켜잡고 일으켜서, 등 뒤에서 옆얼굴과 옆구리를 쥐어박는다. 아메리카兵은 입에서 피를 흘리면서, 完全히 抵抗力을 喪失했다. 그대로, 玄關 밖으로 내팽개쳐지고, 속옷이나 옷, 구두나 모자 等을 門밖으로 내던지면서,

「더 以上 이 近處를 얼쩡거리기만 해 봐라. 그냥 두지 않을 테니까.」

한 사람이 그렇게 말했다.

「유-,오프·리미트(You-.Off-Limits). 노-드링크(No·drink), 노-·걸(No-girl). 유-, 노-하프·흐렌드(You-.No half·friendship.」

소리를 내면서 板子門이 닫혀졌다.

그런 騷亂속에서도, 각 房의 아메리카兵들은 女子를 攻略하고 있고, 즐거운 悲鳴소리는 점점 더 높게 흘러나오고 있다.

가네야마(金山)가, 呼客꾼들이 아메리카兵에게 마지막으로 던진 最後의 말을 료헤이(良平)에게 說明해 주었다.

「이런 밤에는 女子가 不足하다네. 어쩌면 來日 거의 全部가 戰線으로 갈 모양이야. 목숨을 내걸고 兵士들은 鐵柵을 넘는 거라네. 最後의 歡樂이 될는지도 모르는 거지. 脫走를 했더라도, 아침이 밝기 前까지는 다시 鐵柵을 넘어 되돌아가지 않으면 안 되니까.」

「그런가요. 되돌아가는 거군요.」

「그럼 그렇고말고. 逃亡한다고 逃亡치는게 아니야. 個中에는 永永 逃亡쳐버리는 者도 있는 것 같지만, 거의全部 곧 붙잡히고 만단다.」

「그렇겠죠.」

「그럴 때에, 外出 許可證을 가진 者들이 泰平스럽게 女子들을 獨占해 버린단다. 이것은 友情에 反하는거야. 外出許可證을 갖고 있는 者들은 아직 戰線으로 가지 않을 者들이다. 戰線으로 가는 前날 밤에는, 部隊 全員이 外出 禁止거든.」

「음.」

「戰線으로 나가는 者들에게 女子를 讓步해 주는 것이 仁義가 아닌가 말일세. 더군다나 그치는 한번 즐기지 안 았나 말이야. 우리들은 脫柵兵쪽이 좀 더 돈이 되니까 그치를 내쫓는 게 아니라네.」

「MP에 告發해서 MP가 달려오는 거 아닐까요.?」

「글쎄, 그때는 그때고. 그에 對備해서 準備는 하고 있지만. 헌데, 우리가 했는지 누가했는지 알게 뭐야. 그 치들에게는, 東洋人의 얼굴은 모두 똑같이 보인다더군.」

그런 다음 또다시, 呼客꾼들과 함께 鐵條網 옆으로 다가갔다. 呼客꾼의 數字가 줄어 들어 있다.

그런데도, 只今도 이곳저곳에서, 저쪽의 풀 더미 속에 숨어있으리라 여겨지는 아메리카兵을 向하여 소리치고 있는 소리가 들려온다.

「맨니·걸, 웨이트·유-. 캄·온. 나우 ·노-·가-드.」

(Many girls wait you. Come on. now· No-·guard.)

가-드·맨은 只今도 어슬렁거리고 있다. 달려가다 들켜서 붙잡힌다 해도, 이쪽이 關與할 일이 못된다.

呼客꾼들의 목소리가 잠잠해졌다. 道路에 불빛이 비춰졌기 때문이다. 료헤이(良平)도 周圍를 둘러보면서 몸을 숨겼다. 지프車가 타이어의 소리를 남기면서 지나간다. 그 지프車가 보이지 않게 되자, 呼客꾼들은 빠른 말씨로 소리친다.

「나우. MP 엔드.」

「찬스, 찬스, 캄·우.」

저쪽 풀덤불 속에서 몇 個의 그림자가 우뚝 일어섰다. 이쪽으로 向하고 있다. 가드·맨들도 달려온다.

「훗, 훗.」

口令을 하고 있는 듯한 소리다.

아까와 똑같은 行動이 이뤄지고, 道路를 가로질러 鐵條網이 있는 언덕배기로 기어 올라온 아메리카兵이 료헤이(良平)의 눈 바로 앞에서 鐵條網 밑에 들어 눕는다. 검은 얼굴을 하고 있다. 눈이 반짝이고 있다. 그 눈이 료헤이(良平)를 바라본다.

呼客꾼은 말뚝을 들어 올리자, 黑人兵士의 손이 땅을 따라 이쪽으로 뻗쳐 왔다. 발도 뻗쳐 왔다.

료헤이(良平)는 그 손목을 붙잡고 잡아 끌었다. 처음으로, 呼客꾼들과 共犯이 되었던 것이다.

가네야마(金山)氏는 다리를 붙잡고 끌었다. 다른 한사람이 허리 벨트를 잡고 끌어당긴다.

黑人兵士는 鐵條網을 빠져 나와 이쪽으로 튕겨져 나왔

고, 無事하게 國境을 넘었다. 勿論, 이쪽도 아메리카軍의 支配下에 놓여 있기 때문에 언제 등 뒤에 MP가 나타날는지도 모른다.

急히 서둘러 黑人兵士를 일으켜 세우고, 세 사람씩 부축하는 모습으로 보리밭으로 달린다. 료헤이(良平)도 뒤를 따른다.

보리밭 속에서 黑人兵士를 中心으로 모두 엎드린다. 거친 숨소리 속에서 눈의 흰자만을 번득거리면서, 黑人兵士는 달러를 끄집어낸다. 그것을 세어보고서는 가네야마(金山)氏는 주머니에 찔러 넣고, 日本 돈을 꺼내어, 다른 두 名의 呼客꾼에게 나누어 준다. 료헤이(良平)에게도 내밀었다. 이번에는 료헤이(良平)도 아뭏소리 않고 받아 넣었다.

(이렇게 해서, 아르바이트의 五日 分은 벌었다. 그렇구나, 呼客꾼들이 많을 수밖에 없겠구나.)

돈을 받은 두 사람의 呼客꾼은 뒤를 가네야마(金山)氏에게 付託하고, 다시 鐵條網쪽으로 달려간다.

「레쓰·고-(Let us go.)」

가네야마(金山)氏는 黑人兵士에게 이렇게 말하고 일어섰다.

료헤이(良平)에게도,

「따라오게나.」

하고 말한다.

가네야마(金山)가 黑人兵士를 案內한 곳은 아까와는 다른 建物이었다.

「이쪽은 黑人用의 女子들이 있는 곳이라네.」

板子門을 열었다. 속옷차림의 女子가 두 사람, 兩班다리를 하고 마주 앉아서, 화투놀음을 하고 있다. 아까 그 집의 女子들과 하나도 다른 곳이 없다. 나이도 二十代 前 後半 이다.

들어가자, 女子들은 이쪽을 바라본다. 反射的으로 손에 들고 있던 화투장을 내팽개치고, 일어서더니 달려온다.

가네야마(金山)氏는 兵士를 女子앞으로 밀었다. 女子들은 左右로 그 兵士를 껴안는다. 兵士는 兩팔을 크게 벌려 두 女人을 同時에 끌어안는다. 가네야마(金山)氏가 말한다.

「이치 말이야, 來日 輸送機로 戰場으로 간댄다. 白人들의 총알받이로 죽어 가겠지. 다음 손님이 올 때까지, 둘이서 바꿔가며 充分하게 귀여워 해주라 구. 實은 差別 待遇를 받고 있는 구로짱(黑人)을 보면, 他人으로 느껴지지가 않단 말씀이야.」

黑人兵과 두 사람의 女人은 엎어지듯 左側의 房으로 사

라졌다.

「어째서 黑人用 女子와 白人用 女子로 나뉘어져 있습니까.?」

료헤이(良平)가 그렇게 물어보자, 가네야마(金山)는 손과 고개를 同時에 흔들면서,

「자네, 女子에 關해서는 아주 새까맣군 그래.」

MP와 보리밭

가네야마(金山)氏는 찌까다비를 벗고 올라가서, 방구석에 놓여있는 箱子에서 注射器를 끄집어내었다. 覺醒劑 注射의 準備를 하는 것이다. 료헤이(良平)도 그 옆에 쭈그리고 앉았다.

板子門 저쪽에서 女子의 呻吟소리가 들려오고 있다. 그것도 한곳에서 만이 아니다.

「女子에 對해서는 까막눈이니까 하는 수 없겠지. 但 한 번이래도 黑人兵士에게 안긴 女子는 黑人 特有의 냄새가 몸에 배이게 되어서, 몇 달이 지나도 없어지지를 않는다네. 그 냄새를, 白人들은 鬼神같이 알아내고 참을 수가 없다네. 단번에 알아본다니까. 그래서 黑人用 女子와 白人用 女子로 나누고 있는 거라네.

 이 하우스에는 黑人 專用의 女子들만이 있다네.」

「白人用 女子를 黑人이 안았을 境遇에는요.?」

「그건 黑人에게는 아무렇지도 않는 것 같애. 何如튼,

黑人의 體液의 强力함은, 超人的인것 같아. 原始的인 에네르기(Energie) 인가 봐. 놀랄만한 일이야. 더군다나, 黑人에게 안긴 女子를 白人이 좋아 하는 것은 不可能한 일이란다. 그 物件 自體가 달라. 動作도 다르거든. 무-드(Mood=一時的인 雰圍氣)도 다르지. 黑人은 女子를 陶醉시키는 노래를 알고 있단다. 그래, 좀 기다리게나.」

어느 房에서 女子의 絶叫하는 소리가 들려왔다. 그것은 只今까지 들어왔던 소리와는 完全히 다르고, 죽음 直前의 소리를 聯想케 한다.

료헤이(良平)는 새파랗게 질려버렸다.

「저건.?」

「걱정 말게. 女子는 强하다네.」

가네야마(金山)氏는 웃기만 할 뿐이다.

「좀처럼 죽는 게 아니라네.」

외치는 소리만이 繼續 되었다. 말은 없다. 그리고 그 목소리도 갑자기 멈춰 버렸다.

「失神 해버린 게로군.」

하자, 다른 房에서 다른 女子의 외치는 소리가 들리기 始作했다. 그것에는 男子의 목소리도 섞여 있다. 男子는 繼續 지껄이기始作했다.

사랑의 속삭임이라기보다 咆哮이다. 말해서 짐승의 交歡이다.

가네야마(金山)氏는 自身의 팔뚝을 고무 끈으로 잡아매었다. 靜脈을 돋아나게 한다.

「가네야마(金山)氏도 맞고 있습니까?」

「오늘밤은 밤샘이 될 것 같아서 말이야. 그러나, 난 中毒은 되지 않게 한다네.」

能爛한 솜씨로 注射를 한다. 그런 다음 료헤이(良平)의 팔을 잡는다.

「이쪽으로 와 봐.」

하고 말하면서 일어섰다.

료헤이(良平)는 가네야마(金山)에게 이끌려, 아까 黑人兵士가 두 사람의 女子와 함께 들어갔던 房앞으로 갔다. 앉으라는 信號를 한다.

도어의 기둥사이에 가네야마(金山)는 귀를 갖다 댄다. 크게 끄덕거린다.

「벌써 始作되었군.」

하고 말한다.

「자, 들어 보게나.」

료헤이(良平)도 가네야마(金山)氏가 하는 것처럼 그곳에 귀를 바싹 들이 대었다. 黑人兵이 무언가 지껄이고 있다.

료헤이(良平)의 貧弱한 히어링(Hearing＝外國語의 聽取力)으로서는 말의 內容은 알 수가 없다. 그러나, 듣고 있는 사이에 료헤이(良平)는, 넋을 잃어버릴 것 같은 氣分이 掩襲해 오기 始作했다. 말에 리듬이 있다. 나지막하게 餘韻이 짙게 깔려있다. 노래를 부르고 있는 느낌 이었다.

「어떤가.?」

가네야마(金山)氏가 속삭인다.

「女子를 꼬시고 있는 거라네. 꼬실 必要가 없는 팡짱인데도, 사랑을 속삭이고 있는 거라네. 이런 속삭임이, 女子로서는 참을 수가 없게 되지. 그 어떤 거친 女子래도 흠뻑 젖어버리고 만다니까. 말이 通하지 않는 女子래도, 陶醉狀態로 빠져버리고 만다네. 宏莊하지.? 白人에게는 그런 能力이 없다네.」

「으-ㅁ.」

료헤이(良平)는 呻吟을 吐한다. 가네야마(金山)氏는 板子門을 쬐끔 밀었다. 료헤이(良平)는 놀라서 唐慌하게 귀를 떼었다.

「저것 좀 봐 보라 구.」

보니까, 방에는 電燈이 켜져 있고, 黑人兵士는 女子 한 사람의 어깨를 껴안고, 머리를 만져주면서, 무슨 말을 끊임없이 속삭이고 있다.

또 한 女子는 男子의 下半身쪽에 쭈그리고 앉아서, 그의 몸에 몸을 기대고 있다. 검고 健壯하게 우뚝 서있는 그곳을 혀로 愛撫를 해 주고 있다. 세 사람 모두 발가벗은 모습이다.

세 사람은 도어가 若干 열려 있는 것을 모르고 있는지, 얼굴 한 번 돌리지 않는다.

얼른 료헤이(良平)는 門을 닫고, 가네야마(金山)氏와 함께 아까 그 자리로 돌아 왔다.

다른 房에서 윗도리만 걸친 女子가 나왔다. 허리가 비틀 비틀한다. 그대로 다다미위에 주저앉으면서, 가네야마(金山)氏에게 팔뚝을 내어 민다.

「놓아 줘요.」

마침, 女子의 秘部가 료헤이(良平)의 눈앞에 벌려졌다. 內部의 복숭아色 속살이 들어나 보인다. 료헤이(良平)는 눈을 돌렸다.

가네야마(金山)氏는 고무끈으로 女子의 팔을 동여맨다.

「어떤 男子였냐.?」

「킹콩 같은 子息이야. 原來는 프로복서였대요. 이봐요, 바꿔줄 女子를 찾아줘요.」

「오늘밤에는 女子가 不足 해. 힘 내 봐.」
「죽겠어요.」
「하면서 죽는다는 거, 자네들 希望事項 아닌가.?」
「그건 안 돼요. 난 말이에요, 男同生이나 女同生에게 學費를 送金하지 않으면 안 돼요. 이 젊은이, 누구.?」
료헤이(良平)를 바라보는 눈은 意外로 맑아 있다. 다만 땀으로 因하여 化粧이 벗겨져 있고, 皮膚가 꺼칠꺼칠하다는 느낌이 떠오른다.
「學生이란다. 자네가 좋아하는 와세다(早稻田) 學生이야.」
「어째서 이곳에 있는 건가요.?」
이것은 료헤이(良平)에게의 直接的인 質問이다. 나이는 二十二, 三歲 程度. 女子들은 모두가 젊은 축이다.
「가네야마(金山)氏를 따라서 오게 된 겁니다.」
「흐-음, 社會工夫란 말이지. 이쪽의 일들, 小說로 쓰면 안돼요. 나요, 다무라·타이지로(田村泰次郎)氏의 팬이세요. 그렇지, 그 분, 와세다(早稻田)죠.?」
「그렇습니다.」
가네야마(金山)氏는 注射를 끝내었다. 女子는 어느 사이에 타올로 秘部를 가리고 있다. 그대로 반듯이 누워 있다. 腹部와 엉덩이가 들어나 보인다.

「만나 본 일 있어요.?」

「있습니다.」

「그럼, 當身, 文學部로군요.?」

「그렇습니다.」

「나의 男同生은 只今 高校 三學年이에요. 내가 스페니아·샵에 勤務하고 있는 줄 알아요. 昨年까지만해도 勤務하고 있었죠. 退勤하고 집으로 가는 途中에, 黑人兵에게 强姦을 當했었어요.」

가네야마(金山)가 타올에 물을 적셔 와서 女子의 얼굴을 親切하게 닦아주고 있다. 於此彼 化粧은 땀에 젖어 지워져 있기 때문이다.

「그 後로, 너무 마음의 傷處를 입었겠죠.?」

「그런 程度가 아니에요.」

女子는 고개를 젓는다.

「自暴自棄(자포자기)였어요. 於此彼 當해 버린 거니까요. 勸하는 바람에 白人專用의 빠-에 들어갔어요. 그날 밤, 白人에게 팔렸죠. 헌데 그 子息, 내 꺼를 빨자 마자, 瞥眼間에 吐하면서 일어서더니, 무언가 소리를 지르면서 나를 발길로 차는 거 에요. 내가 검둥이한테 當한 것을 알았단 말인가. 하는 수 없지 뭐. 運命이니까.」

「알 수 있다는 말입니까.?」
「글쎄. 어떨까. 나도 確實히는 모르긴 하지만…. 아-아, 라멘이 먹고 싶어.」
「알았다. 가져다 줄 테니까. 여기 女子가 몇 名이더라.?」
「다섯 名.」
「손님은 四名이지.?」
「아니, 女子가 한사람 많은 거 아니던가요.? 두 사람이서 相對하고 있는 房이 있군요.? 누구.? 내 손님을 相對해 주도록 해줘요.」
「글쎄, 기다려 봐. 나 라-멘을 付託하고 올 테니까. 에에, 全部 열한 그릇 이겠다.」
가네야마(金山)氏가 뒷門으로 나가자, 女子는 上體를 일으키고, 손가락으로 머리를 빗어 올리면서, 료헤이(良平)를 바라본다.
「요다음에 내 房으로 놀러 오지 않을래요. 통조림이나 햄이나, 여러 가지 맞 있는 거 많이 있어요.」
「혼자 살고 있는가 보죠.?」
「그럼요. 그러는中에 좋은 사람을 만나서 온리-가 되는 거에요. 온리-가 되는 것이 現在의 나의 處地로서는 꿈이고 希望인걸요. 그렇지만, 난 아메리카에는 가지 않아요.」

그 때에, 女子가 方수 나온 房의 板子門이 열리고, 커다란 黑人이 팬티만 입은 모습으로 나왔다.

검정빛이 번들거리는 떡 벌어진 가슴, 팔뚝이 료헤이(良平)의 허벅지만하다. 키는 이메-터 程度는 될게라고 생각 되었다.

「헤이. 캄. 온. 베이비.(Hey! Come on, baby.)」

男子는 료헤이(良平)에게 눈 한번 돌리지 않고, 女子를 가볍게 들어올렸다. 女子의 秘部를 가리고 있던 수건이 떨어졌다.

들어 올려지자,

「웨이트. 유-. 스립.(Wait you, sleep)」

女子는 오른손을 크게 돌리더니, 손바닥으로 男子의 뺨을 때렸다. 輕快한 소리가 들린다.

男子는 女子를 내려놓고서, 갑자기 슬픈 얼굴을 한다.

빠른 말씨로 무언가를 씨부렁거리자, 途中에 女子는 고개를 저으면서 男子의 말을 中間에서 가로채고선 말했다.

黑人兵士는 가만히 듣고 있다가.

「언더스탠드(Understand). O·K. O·K.」

그대로 脈풀린 모습으로 나왔던 房으로 들어갔다. 키가

매우 크다. 女子는 앉아서, 담배를 피워 물었다.
「要求하는대로 다 들어 주었다간, 眞짜 이쪽은 죽고
 말아요. 그 子息, 韓國의 戰場으로 죽으러 가는 거 에
 요. 그러니까, 거칠기가 짝이 없어요. 이봐요, 어느 房
 에 女子가 둘이죠?」
료헤이(良平)는 손가락으로 가리켰다.
女子는 周圍를 휘둘러보더니 作業服 바지가 떨어져 있
는 것을 보고서, 그것을 주워 입었다.
료헤이(良平)가 가르쳐 준 房으로 가더니, 노-크를 한
다. 對答도 기다리지 않고 板子門을 연다.
「이봐, 한 사람 이쪽으로 와 봐. 나 잠깐 쉬고 싶어.」
목소리를 따라 발가벗을 女子가 따라 나왔다.
「어느 房.?」
「저기 저 房.」
발가벗은 女子는 그 房으로 들어갔고, 바지를 입은 女
子는 다다미위에 벌렁 들어 눕는다.
「同生을 大學에 보내야만 하니까. 辯護士로 만들 거야.
 나와 달라서, 머리가 좋으니까요.」
女子의 이야기를 듣고 있는데, 가네야마(金山)氏가 라-
멘 배달꾼을 앞세우고 들어왔다.
재빨리, 各 房에 라-멘이 돌려졌다. 그러자, 各房은 조

용해졌다.

性의 祭典이 멈춰지고, 女子도 손님도, 라-멘을 먹기 始作한 것이다.

료헤이(良平)들도 먹기 始作 했다.

그곳에, 다시 呼客꾼들이 한 사람의 黑人兵士를 데리고 들어왔다. 上半身은 벗은 그대로다.

「이 子息, 처음부터 벗은 채 달려오더군요. 돈은 바지 주머니에 있었어요. 우리들 꺼는 全部 받았어요.」

「저런 저런.」

여자는 먹는 것을 그만둔 채 일어섰다. 黑人兵士를 맞이한다. 黑人兵士는 女子를 껴안는다. 그 黑人兵士를 房 안으로 드려 보낸 다음, 女子는 얼른 되돌아와서 라-멘을 먹으면서, 료헤이(良平)를 바라본다.

「하는 수 없지 뭐. 亦是 장사는 장사니까.」

라-멘을 다 먹고 나서, 바지를 벗어버리고, 女子는 작은 房으로 들어갔다.

가네야마(金山)氏가 말한다.

「저 애는 이젠, 氣盡脈盡이야. 그러나, 黑人이 핥아주면 氣分이 되살아 날거다. 女子란 그런 動物이거든. 그런 点에서, 男子는 안 될 때에는 안 된단 말씀야야.」

놀랍게도, 가네야마(金山)氏는 女子가 남겨 놓은 라-멘

국물을 훌쩍 마셔버리는 것이다.

눈을 동그랗게 뜨는 료헤이(良平)를 보고서, 가네야마(金山)氏가 말한다.

「病菌은 함부로 옮는 것이 아니라네. 더구나 저 애는 只今까지에는 한번도 病에 걸리지 않았었다 네. 목소리를 들어보면 할 수 있거든. 普通 女子의 목소리야. 아직 이 장사 속으로 뛰어든 날자도 얼마 되지 않고 말이야.」

바로 그때에.

「MP 다.」

하는 소리가 멀리서 들려왔다. 휘파람 소리가 搖亂하다. 가네야마(金山)氏와 呼客꾼들은 敏捷하게 움직였다. 앞 뒷門에 막대기를 꽂는다. 繼續해서 電燈을 껐다. 各 房의 電燈도 끄라고 소리를 지른다. 어둠 속에 우두커니 서 있다. 지프車의 소리가 들려왔다.

「봐 보게나.」

문틈으로 다가가서 밖을 내다보았다. 한 臺의 지프車가 보리를 쓰러뜨리면서 鐵條網쪽으로 달려간다.

「아직도 相當數가 있을 텐데. 몇 名 程度는 붙잡히겠지. 서툴게 逃亡치다가는 피스톨(Pistol)이야.」

「여기로는 들어오지 않나요.?」

「모르겠어. 들어온다면 우리들도 女子도 兵士도 모두 끝이야.」

그러나 지프車는 보리를 넘어뜨리면서, 크게 한 바퀴 돌고 서는 멀리로 사라져 갔다.

「그냥 한번 와 본거로군. 普通의 巡察 패트롤(Patrol)이다.」

「그냥 둘러보면서 보리를 全部 넘어뜨려요.?」

「아 아니 이 사람아, 農家는 이런 집으로, 크게 벌고 있는 거라네. 이깟 보리 같은 거 어찌됐건 相關 없다니깐.」

그런 일이 있고나서 三十分 程度 있다가 료헤이(良平)는 가네야마(金山)氏 에게 作別을 告하고 그 집을 나섰다. 삐거덕거리는 自轉車의 페달을 밟으면서, 基地의 거리를 벗어났다. 路上에는 白人, 黑人의 아메리카兵들이 醉한 채 서성거리고 있다.

(이들은, 外出 許可證를 갖고 있구나. 이 뒷面에서는 脫柵兵들이, 마지막 歡樂에 沒頭하고 있다. 언젠가는 이치들도 結局에는 그러한 밤을 맞이하게 될 것이다.)

그날 밤에도 밤이 새고 나서 낮이 되었는데도, 가네야마(金山)氏는 돌아오지 않았다.

가네야마(金山)氏가 돌아 온 것은 三日 後였다.

그곳까지 료헤이(良平)가 이야기를 끝내고 담배를 피어물자, 사토꼬(惠子)는 료헤이(良平)쪽을 向해 어깨에 손을 얹어왔다.

「어떻게 되어서 三日 後인가요.?」

「몽키·하우스(Monkey·House), 말하자면, 拘置場에 들어갔던 거지요.」

「어머나.」

「내가 돌아온 바로 直後, 몇 臺의 지프車가 襲擊해 와서, 온 집들이 샅샅이 搜索 當한 거지요.」

「當身, 運이 좋았네요.」

「그런 셈이지요. 아니, 貴重한 體驗을 놓쳐버렸다는 것, 어떻게 보면 運이 나빴다고도 하겠지요.」

「모두 붙잡혔었나요.?」

「아니요. 脫柵兵들도 敏捷해요. 가네야마(金山)氏의 말에 依하면, 붙잡힌 것은 半 程度 래요. 勿論, 脫柵兵들도 붙잡혔죠.」

「불쌍해라.」

「아니요, 相當히 즐기고 난 다음이니까, 그런 不滿은 없는 것 같대요. 普通 붙잡힌 兵士는 지프車로 싣고 가죠. 헌데 그날 밤의 MP들의 行動은 若干 달랐던 겁니다.」
「어떤 意味에서.?」
「붙잡힌 兵士들은 한 사람씩 한 사람씩 鐵條網쪽으로 데리고 가서. 캠프로 밀어 넣는 거 에요. 그치들, 處罰하나 받지 않고, 재미만 보고 되돌아 온 겁니다.」
「女子들은.?」
「붙잡힌 사람은 끌려갔었죠. 그러나 곧 되돌아옵니다. 그 中에는 발가벗은 그대로 相對와 함께 보리밭 속으로 逃亡쳐서 숨어 있다가. 잡히지 않은 사람도 相當數 있었대요.」
「이 日本속에서 그런 일이 일어나고 있는 건가요.?」
「그것도 每日 밤…….」
「무서워져요.」
「그런 女子들 德分에, 普通의 女子들이 安心하고 거리를 闊步 할 수가 있답니다.」
「그 體驗을 쓰려고 하나요.?」
「쓸 겁니다. 材料에 依存하는 것은 잘못인지는 모르겠으나, 强力한 武器니까요. 이것을 어디엔가 雜誌의 懸賞에 應募해 보려고 해요.」
「그런 女子들, 最後에는 어떻게 되는 건가요.?」
「運이 좋은 女子는, 온리-가 되어서 드디어는 그 相對

와 結婚을 하지요. 戰爭新婦가 되어서 아메리카로 가는 겁니다.」

「戰爭新婦란 이를 두고 한 말인가요.?」

「그렇지는 않아요. 確實한 戀愛를 하고서 저쪽으로 건너 가는 女子도 많으니까요. 여러 가지 이겠죠.」

「運이 나쁜 女子는.?」

「몸을 망쳐서, 어디엔가 路面客死하게 되겠죠. 흐트러진 生活, 覺醒劑와 술. 몸을 支撑할 수가 없지 않는가요.」

밤은 깊어만 가고

이렇게 해서, 사이도 좋게 한 이불속에 누워있다. 벌써 입술은 交歡했었다. 그렇지만, 아직까지 서로가 속옷은 입은 채로 있다.
사토꼬(惠子)의 아까부터의 態度에서도, 親密感이 넘치고 있다.
初對面이 아닌 것 같은 錯覺이 일기도 했다. 훨씬 以前부터 親하게지내온 사이라는 錯覺이 일어날 程度다.
더군다나 료헤이(良平)에게는, 사토꼬(惠子)가 싫다고 생각되는 마음은 조금도 없다. 사람에게 귀여움을 받는 女子인 것 같다.
료헤이(良平)의 긴 長廣舌을, 熱을 올려 가면서 들어주었다. 普通의 젊은 女子들은, 自身에게 關心이 없는 世上의 이야기에는, 乾性으로 듣게 마련이다.
사토꼬(惠子)의 맞장구는 때와 場所에 適合하고, 質問도 的確했다.

료헤이(良平)가 結局에는 그 體驗을 作品化 하겠다고 말했기 때문에 더 더욱 興味 깊게 들어 주었다고 한다면, 료헤이(良平) 自身도 滿足 할 수 밖에 없겠다.
다만, 現在에는 료헤이(良平)는 아직도, 이다음 어떻게 할 것이다 고는 아무런 決意를 하지 않았었다. 이대로 그냥 자는 것도 나쁘지는 않다.
그윽한 에로티시즘(Eroticism=性的興奮)과 스릴(Thrill=짜릿짜릿한 기쁨)感 속에서. 그러나 現實的으로는 아무것도 하지 않는 文字그대로『깨끗하게』잔다는 것. 그것도 또한 靑春의 어느 한 날 어느 하나의 行動이기도 하 기 때문이다.
어른들 사이에서는, 男女가 한 이불 속에서 잔다면, 반드시 肉體的인 그 어떤 關係가 일어난다고 斟酌하고 있다. 반드시, 그렇지가 않는 것이다. 戀人들 끼리라도 아무 짓도 하지 않고 자는 때도 있다. 그러니 만치 여기 사랑의 말 한마디 나누지 않는 男女 사이에서는, 서로 등을 맞대고 잔다는 것은, 오히려 그러는 쪽이 自然스런 일인지도 모른다. 그렇다고는 하지만, 요즈음에 와서 欲望을 滿足시키지 못하고 있는 료헤이(良平)로서는,
(어떻게든 하고 싶다.)
라는 意識도 세차게 몰려온다. 사토꼬(惠子)가 肉體的

인 面도 보여 주고 있는 只今에는 더더욱 그렇다.
아마도 사까다(酒田)들은, 이미 벌써부터 아쓰꼬(原子)와 交歡의 絶頂에 와 있겠지. 아쓰꼬(原子)의 態度는, 아쓰꼬(原子)自身이 分明히 그것을 바라고 있다는 것을 들어내어 보이고 있다.
사까나(酒出)노 마찬가지다.
그런 点에서, 이분 사토꼬(惠子)는 微妙하다. 꼭 껴안고 秘境에로 손을 버치면 꽉 오므리면서 拒否할 念慮가 있는 것이다.
그렇게 된다면 료헤이(良平)로서는 재미가 없다.
(그러나, 一旦 誘惑하는 것이 禮義가 아닐까.)
사토꼬(惠子)로부터 誘惑해 올 것을 기다리는 것은, 생각할 餘地조차도 없다.
료헤이(良平)는 담뱃불을 재떨이에 비벼 껐다. 暫時동안 엎드려있는 姿勢를 取하고 있다.
사토꼬(惠子)의 손은 료헤이(良平)의 어깨에 걸쳐져 있다. 그러나, 上體는 약간 떨어져 있다.
「난 말입니다. 그런 女子들에게서 보다 아메리카兵에게 더 興味를 갖고 있어요. 女子들의 生活이나 意識은 너무나도 나와는 동떨어져 있어요. 불쌍하다고는 생각되지만, 共感은 가지고 있지 않아요.」

「그러시겠죠.」
「아메리카兵들은 分明히 戰場으로 갑니다. 다른 나라의 戰爭에 손을 뻗치고서, 몇 十퍼센트는 죽어 가겠죠.」
「政府나 軍의 윗사람들은 그 나름대로의 目的을 갖고 있겠지만, 兵士들은 納得을 못하고 있을 거 에요.」
「그쪽 땅이 共產化 될 것인지 아닌지는, 關係가 없는 겁니다. 그렇게 생각하고 있는 사람이 大部分이겠죠. 그런 兵士가, 女子를 사기 爲해서 危險을 무릅쓰고 脫柵을 하는 겁니다.」
「응.」
사토꼬(惠子)는 료헤이(良平)의 귓불을 매만지고 있다.
(이것은 挑發일까. 아니야, 그렇지 않겠지. 무언가 매만져 보고 싶었기 때문 일거야. 마음에 둘 것 없어.)
「생각해 보면,」
료헤이(良平)는 이야기를 繼續했다.
「女子를 안기 爲해서 脫柵을 한다는 것은, 그들에게 있어서는 戰場으로 가는 것 보다 意義가 있다고 말할 수 있겠죠. 何如間, 女子를 안는다는 것은, 分明히 自身의 快樂이니까요. 自身의 生命의 自然스런 欲求이기도 하구요. 戰場으로 가는 것은 그들 個人的인 面

으로 본다면, 全然 無意味한 것입니다.」
「眞짜. 戰場에서 죽는다는 것, 그런 바보 같은 짓거리가 어디 또 있어요. 그것도 自己 나라도 아닌, 남의 나라 戰爭에…….」
「높은 사람들은 國家라든가 自由라든가를 외치고 있겠지만, 그런 것이 兵士들에게는 알고 싶지도 않을 거에요. 兵士들은 죽을 危險으로부터 自身을 避하는 自由도 없지요. 本國에서 땐스·파-티를 즐기고 있는 무리들을 爲해서 自身이 죽어간다는 것, 그런 바보 天癡(천치)같은 일이 어데 있어요. 日本의 女子들이 그들에게 노리개로 當하고 있는 것을 생각하면 愉快한 일은 못되지만, 그들의 氣分도 能히 알 것 같아요.」
사토꼬(惠子)는 귓불을 매만지는 것을 그만두고, 다시 어깨위로 손을 얹는다. 若干만이기는 하지만, 팔의 密着度가 若干 찐하게 느껴져 온다.
「그런 아메리카兵과, 그러는 呼客꾼들에게도 興味를 갖게 되었어요.」
「어떤 사람들.?」
「日本人도 제법 섞여 있었어요. 모든 게 平等하더군요. 差別이 없고, 努力한 만큼 收入도 올리구 요. 만나서 이야기를 해보면, 결코 나쁜 사람들이 아니었어요. 呼

客꾼이라기 보다는, 脫柵의 共犯者들 이었어요. 그곳이 재미있는 일입니다. 아메리카兵에게 있어서는 犯罪者이지만, 脫柵兵에게 있어서는 救世主 이거든요. 어느 男子들이 애초부터 鐵條網의 말뚝을 빼려하지 않았다면, 兵士는 밖으로 나올 수가 없지요. 多額의 報酬를 받아도 싼 겁니다.」

「말뚝이 빠지지 않는다면, 오가도 못하게 될 테니까요.」

「兵士를 한 사람 끌어내어 오면, 모두가 껴안고 좋아들 해요. 그것은 요, 돈 때문에 좋아하는 것만이 아닙니다. 아메리카兵의 幸運을 祝福해 주는 겁니다. 男子들끼리의 共感帶가 있기 때문이라는 氣分이 들더군요.」

「그 가네야마(金山)라 하는 사람, 보-스 인가요.?」

「그런 것 같아요. 언제나 싱글벙글하면서 점잖은 사람입니다. 이따금씩 소의 內臟을 사들고 와서는 깨끗이 하얀 기름 끼를 씻어내고, 調味料를 섞어서, 風爐에 굽어요. 몇 番이고 맛있게 얻어먹었지만, 眞짜 맛있었어요. 資金만 많이 있다면, 불고기 구이집이라도 열고 싶었겠죠. 술집에서 먹는 것보단 全然 그 맛이 달라요. 何如튼 精誠들여 기름 끼를 뺀다니까요. 맛을 내는데 아주 솜씨가 좋아요.」

「女子와, 아메리카兵과 呼客꾼들과⋯⋯. 都大體, 어떤 作品이 될까, 즐거이 기다리겠어요. 쓰거들랑, 꼭 읽게 해 주세요.」

료헤이(良平)는 반듯하게 드러누웠다. 너무 많이 떠들어서 그런지, 사토꼬(惠子)에의 野心이 엷어져 갔다.

(이대로 자자꾸나. 그러는 것이, 오사또(小里)에게 誠意를 表하는 게 되는 거다.)

료헤이(良平)가 말한다.

「電燈을 끌까요.?」

「에에.」

사토꼬(惠子)는 팔을 뻗는다. 스탠드의 불이 꺼졌다. 그러나 房 안은 그렇게 캄캄하지가 않다. 應接室로 쓰여지고 있던 房이기 때문에, 窓門이 넓다. 房안의 여러 모습이 어렴풋이 보인다.

사토꼬(惠子)도 반듯하게 누웠다.

팔과 팔만이 密着되어 있을 뿐이다.

료헤이(良平)는 얼굴을 사토꼬(惠子)쪽으로 돌렸다.

어두컴컴한 속에서 얼굴이 하얗게 들어나 보인다. 예쁘게 생긴 코가 우뚝 들어나 보인다.

「그럼, 그만 잘까요.?」

「에에.」
그러는 對答을 보면, 마음속을 읽을 道理가 없다.
「그럼 등을 맞대고 자기로 하죠.」
「그렇게 하죠.」
료헤이(良平)는 사토꼬(惠子)로부터 등을 돌렸다.
사토꼬(惠子)도 움직이더니, 두 사람은 서로의 등을 맞대었다.
(이렇게 되어서, 오늘밤의 冒險은 끝나는 겐가.?)
료헤이(良平)가 이제부터 쓸 作品의 材料를 이야기 한 것이, 움트려 했던 에로틱한 무-드(Mood)를 날려 보내고 말았다.
이야기의 內容도 너무 鮮明 했었다.
그런 한편으로는,
(이것으로 좋은 거다.)
라 하는 心理가 없는 것도 아니다.
但只 료헤이(良平)의 몸만이, 아마도 그 決定에 不滿인 듯이, 只今도 興奮狀態 그대로 끄덕거리고 있다.
그것을 붙잡고서는,
(글쎄, 그렇게 火 내지 말거라. 이 사람은 初 對面이고, 어떨결에 만난 것뿐이다. 난 잘 곳을 提供 한 것 밖에 없단다.)

달래도 본다.

눈을 감고서 자려는 姿勢를 取했다. 누군가가 化粧室에라도 가려는지 複道를 지나가고 있다. 그런데 곧 되돌아오는 것이다. 그리고 나서는 다시 조용해졌다.

五分 程度가 지났을까, 료헤이(良平)가 자려는 姿勢를 繼續 取하고 있는데, 등쪽에서 사도꼬(惠子)가 움직이는 것이 느껴졌다.

(이쪽으로 돌아 누운 것 같구나.)

「이봐요.」

어깨에 손을 걸치고, 부르는 소리는 위쪽에서 들렸다.

료헤이(良平)는 눈을 뜨고 바로 누웠다.

사토꼬(惠子)는 上體를 일으키고, 위에서 료헤이(良平)의 얼굴을 드려다 보고 있다. 그 손이 료헤이(良平)의 가슴위에 얹혀졌다.

「眞짜로, 이대로 잘 건가요?」

「응.」

「나요, 잠이 안와요. 무언가 좀 더 이야기 해줘요. 學校이야기 故鄕의 이야기래도 요.」

「나, 疲困한데.」

「當身, 그렇게 醉하지 않았잖아요? 그런 것쯤 알고 있어요.」

「응, 그 程度 술가지고서야, 그렇게 醉하지는 않아요.」

천천히 사토꼬(惠子)의 얼굴이 내려왔다. 눈을 뜬 그대로이다.

그 눈은, 어두컴컴한 방안에서 반짝거려 보였다.

女子를, 료헤이(良平)는 느꼈다. 부드럽게 느려져가고 있던 료헤이(良平)의 몸이 急速히 膨脹하기 始作했다.

입술이 合쳐졌다. 그대로, 사토꼬(惠子)는 세게 밀어 부쳐왔다. 료헤이(良平)는 兩팔로 사토꼬(惠子)의 어깨를 껴안는다.

사토꼬(惠子)의 兩팔도 료헤이(良平)를 껴안는다.

漸次로 입맞춤이 濃厚해져 갔고, 드디어는 사토꼬(惠子)는 혀를 내어 밀었다. 그것을 받아드리고, 료헤이(良平)의 혀가 사토꼬(惠子)의 혀를 이리저리 굴리고 있다.

(그러나, 이것은 모든 것을 許諾하는 것과는 別個다. 입맞춤은 어디 까지나 입맞춤에 不過 해.)

兩쪽의 불룩한 乳房을, 료헤이(良平)의 가슴은 느껴지고 있다. 사토꼬(惠子)가 료헤이(良平)를 꼭 껴안고 있기 때문이다.

긴 입맞춤이 끝나고, 사토꼬(惠子)를 안고 있는 료헤이(良平)는 몸의 方向을 바꾸었다. 두 사람은 옆으로 누운 채로 서로를 껴안고 있다.

료헤이(良平)는 마음을 가다듬고서, 오른쪽 다리로 사토꼬(惠子)의 다리를 휘감았다.

「잠이 막 오려고 했었죠.?」

퉁명스러운 목소리다.

「아니오.」

「잠이 오지 않아서 困難해 하고 있던 참이었어요.」

「나요, 아침까지 자지 않을 거 에요. 눈이 말똥말똥해져 오는걸요.」

「사까다(酒田)와 아쓰꼬(原子)氏는, 只今쯤 자고 있을까요?」

「그렇지 않을 거 에요. 그러나, 다른 사람의 일은 어떻게 되든 相關없지 않으세요.?」

료헤이(良平)는 손을 뻗어, 가슴과 가슴사이를 넓히고, 사토꼬(惠子)의 乳房을 찾았다. 불룩한 봉오리를 손으로 감쌌다.

「모양새가 예쁜 乳房이군요.」

사토꼬(惠子)는 그것을 拒否하지 않았다.

「이렇게 만져주고 하면, 더더욱 잠이 오지 않아요.」

다시 입술이 合쳐진다. 이런 입맞춤을 하고 나서, 료헤이(良平)는 사토꼬(惠子)의 뺨에 뺨을 密着 시켰다.

「난 只今, 當身과 오늘밤이 初 對面처럼 느껴지지 않아요.」
하고 말한다.
사토꼬(惠子)가 끄덕이는 것이 보였다.
「나두 요.」
그렇게 對答한다. 사토꼬(惠子)가 곁 드려 말한다.
「나요, 眞짜로 낯가림을 하는 축이에요. 異常하죠.」
「因緣인지도 모르겠군요.」
료헤이(良平)로서는,
(이런 女子에게서 愛情이 울어 나오리라고는 생각지도 않는다.)
이러한 意識을 하고 있었다. 그러나, 마음속에 있는 말은 해 두는 것이 좋겠다.
「그렇네요. 因緣에네요, 人生이란…‥.」
료헤이(良平)는 乳房을 繼續 만져주고 있다.
「아- 아-.」
낮은 소리로 呻吟하면서 료헤이(良平)를 끌어안는다.
「밤이 새네요.」
「아니, 아직 멀었어요. 한밤중도 되지 않았는걸요.」
「그런가요.?」
「그럼요.」

료헤이(良平)는 위쪽으로 해서 사토꼬(惠子)의 속옷 안으로 손을 넣으려고 했다. 쉽사리 잘 되지 않는다.
사토꼬(惠子)는 그 손을 누르고서,
「나, 全部 벗을까 봐.」
중얼거리듯이 말한다. 自己 自身과 相議를 하고 있는 듯한 모습이다.
「응, 그렇게 해 주실래요.」
「아무도 오지 않겠죠.?」
「도어에는 걸쇠가 채워져 있어요.」
「나 혼자만 벗는 거 싫어요.」
「그럼, 나도 그럴게요.」
「아까부터, 너무 더웠어요. 벗을게요.」
사토꼬(惠子)는 료헤이(良平)로부터 떨어져서, 上體를 일으켰다.
「저쪽으로 봐요.」
「응.」
료헤이(良平)는 사토꼬(惠子)에서 등을 돌렸다. 움직이고 있다.
제법 時間이 걸렸다.
「全部 벗어버렸다.」
목소리가 낮은 쪽에서 들려왔다.

얼른 이불속으로 들어 간 것 같다.
「그럼, 나도.」
이번에는 료헤이(良平)가 上體를 일으켜, 사토꼬(惠子)에서 등을 돌린 채, 먼저 上衣를 벗고, 잠깐 이러저러한 다음 아랫도리를 벗었다.

천천히 옆으로 누으면서 이불속으로 들어가, 사토꼬(惠子)쪽을 向했다. 사토꼬(惠子)는 天井을 向해 반듯하게 누워 있다. 다가가서 그 어깨를 껴안는다. 매끄러운 皮膚다. 사토꼬(惠子)도 하얀 팔을 내어 뻗으면서 료헤이(良平)를 안아왔다. 맨가슴과 맨가슴이 합쳐진다.

입술이 슴쳐지고, 료헤이(良平)의 팔은 사토꼬(惠子)의 등어리에서 허리 쪽으로 미끄러져 내려온다.

期待한 만큼, 료헤이(良平)의 손은 사토꼬(惠子)의 동그스름한 엉덩이를 쓸어 주었다. 실 오래기 하나 걸치지 않았다. 그 허리를 쓰러준다.

「나, 不良스럽죠?」
「아니요, 이렇게 되는 게 自然스러운 거 아닌가요.」
繼續 입을 맞추면서 료헤이(良平)의 손은 허리에서 엉덩이 쪽으로 옮겨와서, 暫時동안 엉덩이의 아래위를 번갈아 쓰다듬어 주고 있다.

「매끈매끈하고 부드러운 皮膚네요.」

「아까 깨끗이 씻었거든요.」
사토꼬(惠子)의 손은 료헤이(良平)의 등만 繼續 쓰러주고 있다.
(먼저는, 이 사람이 자기 스스로 옷을 벗었다. 이번에는 내가 먼저 進行할 차례다.)
료헤이(良平)의 손은 엉덩이를 빙글 돌아, 앞쪽으로 왔다. 下半身은 살짝 떨어져 있기 때문에, 그런 動作은 하기 쉬웠다. 천천히 손을 위로 밀어 올라갔다. 彈力있는 허벅다리다. 다리가 갈라진 곳에서 下腹部로 옮긴다. 腹部에도 느즈러짐이 없다. 이번에는 아래쪽으로 내려간다. 숲이 나타났다. 사토꼬(惠子)는 숨이 떨려 나온다. 부드러운 숲이다. 若干 짙어 보인다. 료헤이(良平)의 손이 움직임에 따라, 사토꼬(惠子)는 사타구니를 부드럽게 사알짝 열었다.
아까부터 사토꼬(惠子)는 이렇게 해 주기를 바라고 있었다는 것이 分明해 졌다.
사토꼬(惠子)가 처음부터 그렇게 하려고 했는지, 아니면 自然스럽게 그렇게 되어 버렸는지, 그것은 알 수가 없다. 그러나 이젠, 그것은 아무래도 좋았다.
드디어, 료헤이(良平)의 손은 사토꼬(惠子)의 秘境에 到着해서 손바닥으로 살짝 눌러 준다.

재빨리도 손바닥에 따스한 습기를 느꼈다.
살짝 힘을 넣어본다. 볼록 튀어나온 곳은 료헤이(良平)의 힘으로 눌려졌고, 가운데 손가락이 꽃잎을 헤치고 溪谷속으로 들어갔다.
따스한 感觸이 손가락에 느껴져 왔다. 샘에서는 사랑의 꿀물이 넘쳐흐르고 있다.
(기다리고 있었구나.)
료헤이(良平)는 먼저 손비닥 全體로 그 感觸을 맛보고 나서, 조용히 손가락의 旅行을 始作했다.
「아- 아-.」
사토꼬(惠子)는 낮은 목소리를 지르고, 꼭 껴 안겨왔다.
조금 씩 조금씩, 료헤이(良平)는 愛撫를 本格化하기 始作했다.

도가니【坩堝(감과)】

사토꼬(惠子)는 료헤이(良平)의 등을 꼭 껴안은 채로이다. 아까부터, 但只 료헤이(良平)가 一方的으로 愛撫하고 있을 뿐이다.

료헤이(良平)도 사토꼬(惠子)와 함께 아까부터 발가벗고 있다. 그것도 사토꼬(惠子)가 바랬던 것이다. 處女가 아니라는 證據이기도 했다. 그런데도, 그 손은 료헤이(良平)의 몸에 오려고도 하지 않는다. 그에 對해서 료헤이(良平)는 그 어떤 焦燥感과 不滿을 느꼈다.

(어찌 보면, 이 女子, 愛撫 받는 것만 좋아하는 거 아닌지 모르겠네.)

그런 女子도 있다. 오로지 男子에게만 奉仕를 시키고, 自身은 男子에게 奉仕하지 않는다. 그리고 交接하는 것보다 前戱만을 즐긴다.

男子로서는 眞짜 재미없는 노릇이다.

여기서 료헤이(良平)가,

「當身도 내 꺼를.」

그렇게 속삭이는 것은 쉬운 일이다. 只今의 狀況에서는, 사토꼬(惠子)의 손은 료헤이(良平)의 要請에 應해서 움직이리라는 것은 틀림없는 事實이다.

또한, 直接 료헤이(良平)가 그의 손목을 붙잡고 自身의 몸 쪽으로 案內하는 것도 좋다. 純眞한 處女에게는 그렇게 해야 한다.

오사또(小里)에 對해서는 愼重하게 그렇게 했었다.

그렇지만, 료헤이(良平)는,

(기다려보자.)

라는 心境 이었다.

이쪽에서 要請하지 않더라도, 女子쪽에서 스스로 그렇게 해준다. 그곳에 男子의 즐거움이 있는 것이다.

료헤이(良平)는 사토꼬(惠子)에게 아무런 要請도 하지 않은 채, 오로지 愛撫에만 熱中 했다.

사토꼬(惠子)는 呻吟을 吐하면서 몸이 흐트러지고, 허리를 올렸다 내렸다, 呼吸마져 흐트러져 나오고 있다. 같은 狀況이 繼續되고 있다.

(이 女子, 나에게만 언제까지 이런 일을 시키려는 건가.)

처음에는 新鮮하였던 그런 모습에도 익숙해졌고, 료헤이(良平)의 愛撫는 機械的으로 繼續하고 있을 뿐이다.

그러는 中에 사토꼬(惠子)가,

「이봐요.」

료헤이(良平)의 귀에 입을 갖다 댄 것은, 료헤이(良平)의 愛撫가 始作되고서부터 한 二十分程度 지나서였다. 그 사타구니는 이미, 기름을 발라 놓은 것처럼 되어 있다. 시트에까지 번져있음에 틀림없다.

「응.」

「나도, 만져도 되나요.?」

기다리고 있던 말이다.

그러나, 只今 새삼스레 許可를 求하는 것도 意外였다.

「아까부터 그렇게 해 주기를 바라고 있었는데.」

료헤이(良平)의 등에 얹혀져있던 사토꼬(惠子)의 손이 움직이기 始作했다. 쓰러주면서 움직이면서, 천천히 다가왔다.

(제법 能熟한 솜씨로군.)

그렇게 느껴졌다.

등에서 허리 쪽으로 내려와서는 엉덩이를 만져주다가, 漸漸 中心쪽으로 가까이 다가와서는, 動作을 멈춘다.

「이봐요, 솜씨가 나쁘더라도 꾸중하지 말아요.」

그렇게 말한다. 그것도 意外의 말이다.

「꾸중 할 턱이 없잖아요.」

료헤이(良平)는 속삭여 주었다.
「꼭 잡아주는 것만으로도 괜찮아.」
사토꼬(惠子)가 매만져 왔다. 료헤이(良平)를 꼭 쥐어 잡는다.
爽快함이 그곳으로부터 온몸에 퍼져 온다.
료헤이(良平)의 몸은 이미 터질 程度로 부풀어져 있는 것이다.
「아- 아-.」
사토꼬(惠子)는 呻吟을 吐하면서,
「너무 기뻐요.」
하고 말한다.
거의 一分程度도, 사토꼬(惠子)는 붙잡고 있는 채로 있다. 그 손바닥에 脈搏을 傳해주고 있다는 것을 自身도 알 수 있다.
드디어, 사토꼬(惠子)는 료헤이(良平)의 몸 全體를 調査해보려는 움직임을 始作 했다. 크기와 形體를 調査하고 있다. 그 머릿속에는, 只今까지 그女가 좋아했던 男子의 것과 比較하고 있음에 틀림없겠다. 이것은 男子도 女子도 똑같은 일이기도 하다.
龜頭의 잘록한 목덜미를 손가락으로 만진다. 같은 場所를 몇 番이고 만지고 있다. 그 落差를 즐기고 있는 것 같다.
「이봐요.」
사토꼬(惠子)는 한쪽 손으로 료헤이(良平)의 어깨를 세게 끌어안고, 뺨과 뺨을 密着시킨다.
「여쭤 봐도 괜찮아요.?」
「좋고말고.」
「아메리카人의 이곳. 이렇게 되어 있지 않다고 했는데, 眞짜.?. 女子들이 있는 곳에 갔을 때에 보았겠죠.?」
「보았었지. 거짓말이에요. 이렇게 되어있어요. 사람에 따라 若干 다르긴 해도, 내가 본 것은 크기만은 若干 다르지만 모양새는 全部 이렇게 되어 있었어요.」
「그렇겠죠.」
사토꼬(惠子)가 首肯하고, 그런 다음 本格的인 愛撫로 들어갔다.
료헤이(良平)도 愛撫를 繼續한다. 사토꼬(惠子)의 손가락의 움직임은 微妙하게 움직인다.
「꽤 能熟한데요.」
료헤이(良平)가 속삭인다.
「氣分이 너무 좋아.」
「너무 땅땅해. 아- 아-.」
그때에 료헤이(良平)는,

(이 女子가 바라고 있는 한, 이런 形態를 繼續하자꾸나.)
그렇게 생각하고 있다.

그것은 如何튼 요다음에, "그쪽이 바라고 있었던 것이 아니었던 가요." 하고 말할 핑계를 만들어 놓기 爲해서가 아니다. 사토꼬(惠子)가 分明히 바라고 있는 것일까, 그것을 確認하기 爲해서였다.

普通 이러한 狀況이 되었을 때에, 이미 몇 番이고 交歡한 사이라면, 女子쪽에서 칭얼대기 마련이다.

처음 만나는 사이라면, 男子쪽에서 要求하는 것이 常識이라면 常識이다. 그런데도 료헤이(良平)는 그 常識에 反해서, 사토꼬(惠子)가 要求 하도록 하고 싶었다.

萬一 要求하지 않는다면,

(이것만으로도 좋다. 난, 이대로라도 잘 수가 있다.)
라는 餘裕가 있었다. 그런 餘裕를 나타내어 보이는 것도 하나의 즐거움 이다.

한 十余 分이 지났을까.

사토꼬(惠子)는 료헤이(良平)를 愛撫하면서, 료헤이(良平)의 愛撫를 받고 즐거운 世界를 떠돌고 있다.

「이봐요, 어째서.?」

아양끼 어린 목소리가 울려왔다.

「어째서 인가요.?」

「뭐가요.?」

「하지만,」

사토꼬(惠子)는 愛撫의 손가락을 멈추고, 다시 고쳐 잡는다.

「나, 재미없나요.?」

「무슨 말인데.?」

「나를 갖고 싶지 않나요.?」

「갖고 싶어.」

「그럼, 와요.」

「괜찮아요.?」

「아까부터 기다리고 있었는데.」

結局 사토꼬(惠子)쪽에서 付託해 온 것이다. 이제 이렇게 되고 보니까 어느 쪽에서건 相關이 없는데도, 료헤이(良平)는 爽快한 氣分이 되었다. 勝利感을 느꼈기 때문일까.

「그렇담, 괜찮겠죠.?」

「아아, 빨리요.」

그쯤에서 드디어 료헤이(良平)는 上體를 일으켰다.

(오늘밤 처음 만난 사이인데도, 男子와 女子의 結合은 簡單한것이로구나. 結局, 亦是 이 女子도 이렇게 하기 爲해서 여기로 온 것이다.)

(責任을 느낄 必要가 없다. 이건 오로지 놀이에 不過한 것이다.)

료헤이(良平)는 사토꼬(惠子)를 위에서 안게 되었고, 사토꼬(惠子)는 료헤이(良平)의 巨大한 物件을 손수 自身의 湖水로 引導하면서 다리를 휘감아 온다.

「나요, 當身을 좋아하게 됐나 봐요.」

「나두요.」

「아무나 와도 이렇게 한다고 생각하지 말아요.」

「그렇지 않다는 거 알고 있어요.」

뜨거운 部分에 료헤이(良平)가 닿아졌다.

「저도 그래요.」

하얀 얼굴이 어둠속에서 위로 치켜 오른다.

女子는 언제나 『좋아하기 때문에』라는 自己辯護의 말을 恒時 準備해 놓고 있는 것이다. 그러는 만큼 倫理的인 것은, 사토꼬(惠子)가 아직까지는 그럴 程度로 허튼 生活을 하지 않고 있다는 證據이기도 했다.

「눈을 떠 봐요.」

료헤이(良平)의 要請에 依해서, 사토꼬(惠子)의 눈이 뜨여 졌다. 서로 바라본다.

「於此彼, 當身과 이렇게 맺어지고 나면, 누구 엔가로 부터 怨恨을 사거나 미움을 받게 되겠죠.」

「그런 일 없어요.. 그런 것이라면 마음 쓰지 말아요. 나요, 그런 男子 없어요.」

사토꼬(惠子)는 고개를 저으면서, 료헤이(良平)의 끝을 붙잡고 自身의 湖水ㅅ가를 이리저리 빙글 빙글 돌리면서 비벼준다.

「아- 아-.」

하고 말한다.

(좋아, 이것으로 O·K다.)

드디어 료헤이(良平)는 前進할 姿勢를 取했다.

료헤이(良平)가 밀어 넣으려 할 때에, 사토꼬(惠子)가 손을 놓았다.

왼쪽 팔은 료헤이(良平)의 등을 안고 있다. 오른팔은 엉덩이를 누르고 있다.

누르면서,

「付託이에요. 나를 焦燥하게 맨들 지 말아요.」

呼訴하는듯한 목소리다.

(이 사람은 나보다 年上이니까, 이것으로 足하다.)

료헤이(良平)는 천천히 드리밀자, 사토꼬(惠子)는 료헤이(良平)를 꼭 끄러 안으면서,

「아- 아-.」

길게 餘韻을 남기는 소리를 지르면서 몸 全體를 들어

올린다.

료헤이(良平)는 뜨거운 도가니 속으로 빨려 들어갔다.

사토꼬(惠子)는 얼른 律動을 하려 했다.

료헤이(良平)는 허리를 누르고 깊숙이 밀어 넣으면서, 사토꼬(惠子)의 律動을 沮止했다.

「좀 기다려요.」

하고 속삭인다.

「왜 그래요.?」

「이렇게 해서, 當身의 것을 깊숙이 맛보고 싶어서요.」

「아- 아-.」

사토꼬(惠子)는 숨소리마저 떨려 나오면서,

「나, 더는, 더-는.」

하고 소리친다.

그 말이 誇張이 아니라는 것을, 료헤이(良平)는 그 內部의 餘韻(여운)으로 斟酌하고도 남는다. 兩옆에서도, 꿈틀꿈틀 움직임이 傳해져 온다. 그러나, 료헤이(良平)는 繼續 넣고 있는 채 가만히 있다.

사토꼬(惠子)는 아래ㅅ도리를 밀어 올리면서, 呻吟을 吐하고, 꼭 끌어안고 소리를 지르면서 呼訴한다.

「心術 부리지 말아요. 付託이에요, 아- 아-.」

이대로 있다간 어떻게 잘못되어서, 사토꼬(惠子)의 感

覺이 옆으로 빗나가서 엉뚱한 方向으로 흘러갈는지도 모른다. 그런 危險을 느끼자, 료헤이(良平)는 처음으로 사토꼬(惠子)의 움직임에 맞춰서, 結局 보다 積極的으로 中心에로의 攻擊을 開始했다.
사토꼬(惠子)는,
「니무 밋지나.」
하고 외친다.
「宏莊해. 아-아-, 나, 안 되겠어.」
그런 다음, 온몸이 굳어지고 呻吟을 吐하면서, 强한 힘으로 료헤이(良平)를 꼭 끌어안는다.
꼭 조여 줌으로 因해서 료헤이(良平)도 爆發直前까지 왔다. 그렇게 되면 너무 빠르게 끝난다. 律動을 세이브(Save)해서 료헤이(良平)는 참으면서, 겨우 멈췄다.
사토꼬(惠子)의 몸은 更直되어 있고, 료헤이(良平)를 감싸고 있는 內部의 壁만이 꿈틀거리고 있다. 그것을 맛보고 있는 것이다.
머리를 쓰러준다.
「氣分 좋았어요.?」
물을 것 까지도 없는 質問이다. 그러나 그 물음에는 慰勞하는 意味가 넘쳐 있는 것이다.
사토꼬(惠子)는 말없이 고개만 끄덕일 뿐이다.

료헤이(良平)는 繼續, 內部의 꿈틀거림을 맛보고 있다. 暫時 後에 사토꼬(惠子)가,

「當身, 아직 이죠.?」

하고 물어온다.

「응, 이제부터죠.」

「좀 쉬었다 해요. 숨이 막혀.」

이렇게 하고 있는 사이에 女子는 다시 새로운 波濤에 휩쓸리면서, 드디어는 두번째의 頂上에로 上昇해간다. 이것이 普通이다.

(이 女子에게는 한숨 돌리게 하는 것이 必要할는지도 몰라.)

「알겠어요.」

료헤이(良平)는 천천히 빼자, 사토꼬(惠子)가 얼른 그곳을 깨끗이 닦아 준다. 료헤이(良平)가 시-트위로 내려와 눕자, 사토꼬(惠子)는 료헤이(良平) 쪽으로 向했다. 맨 처음에 끌어안고 있던 모습이 되었다. 사토꼬(惠子)가 입술을 要求해왔다.

「나요, 色骨 이에요.」

「女子는 모두가 그렇구요, 男子 亦是 그래요. 本能이니까, 當然한 거죠.」

「新婚夫婦는 每日 밤 한다고 해요.」

「사람에 따라서겠죠.」

「女子가 結婚하고 싶어 하는 것이 그것 때문이 아닌가 하고 생각할 때가 있어요. 그런 생각만을 하는 걸 보아도, 나, 自身이 色骨이에요.」

「응, 그러나, 그건 나쁜 일이 아니에요. 섹쓰에 興味를 갖지 못하는 女子일수록 不愉快한 存在는 없습니다. 男子가 아니라면 女子도 아닙니다. 但只 썩은 나무 등걸 같다고나 할까요.」

사토꼬(惠子)는 료헤이(良平)의 등을 어루만져 준다.

「아까적의 倉庫에 사는 夫婦, 宏莊하데요.」

「琴瑟(금실)이 좋은 夫婦 입니다. 自身에 第一 잘 어울리는 相對를, 잘도 찾아내어 합쳐졌다고 모두들 感心해 있어요. 아마도, 父母나 兄弟들이 選擇해서 합쳐준 夫婦가 아닌지 몰라요.」

「나요, 그렇게까지 되어 본 적이 없어요.」

「若干 不足한것 밖에는 요. 純粹하게 타 오르던 걸요. 反對로, 머리가 너무 좋은 인테리(Intelligentsia＝知識階級)女子에게는 不感症이 많은 것 같아요.」

「나요, 머리가 明晳하지 않아서 千萬 多幸이네요.」

「當身이 머리가 나쁘다는 거, 千 不當 萬不當한 일이죠.」

이야기를 하고 있는데, 도어가 稀微하게 노-크 되고 있다.
「누구야.?」
「나다.」
사까다(酒田)다.
료헤이(良平)가 사토꼬(惠子)에게 속삭인다.
「사까다(酒田) 입니다. 열겠습니다.」
료헤이(良平)는 일어나서 잠옷을 입고서 도어를 열었다.
「무슨 일이니.?」
「들어가게 나 해.」
「아니야, 그건 안 돼. 레-디가 자고 있단 말이다.」
「글쎄. 相關없지 않냐.」
사까다(酒田)는 팬티 차림 이다.
「하는 수 없는 子息이로군.」
료헤이(良平)는 사까다(酒田)를 房으로 들어오게 했다. 불을 켰다. 사토꼬(惠子)는 窓門쪽으로 몸을 돌려 눕고서는 이불을 둘러썼다.
료헤이(良平)와 사까다(酒田)는 서로 마주 보면서 앉았다. 사까다(酒田)는 上體를 비스듬히 하고서, 사토꼬(惠子)의 後頭部를 턱으로 가리킨다.

「재미있게 놀았었냐.?」

「只今 부터다.」

「난 말이야.」

손가락을 두개 들어나 보이면서,

「이것뿐이다.」

「그리리라 생각했었나.」

사까다(酒田)는 료헤이(良平)의 귀에 입을 모았다.

「들어 봐. 이건 나의 發案이 아니란 말이다. 아쓰꼬(原子)氏의 發案이다.」

「……………」

「아쓰꼬(原子)氏가 너와도 즐기고 싶단다. 바꾸자. 그러니까, 날래 재미를 보리니깐.」

「넌 贊成이란 말이니.?」

「勿論이지. 재미있지 않니.?」

「알겠다. 相議해 볼 테니까, 돌아 가 있어라. 나중에, 對答을 가지고 갈 테니까.」

사까다(酒田)가 房을 나가자, 도어를 잠그고 電燈을 끈 료헤이(良平)가, 이불속으로 들어갔다. 사토꼬(惠子)가 잠버릇처럼 돌아 누우면서

료헤이(良平)를 껴안아 왔다.

「무슨 말을 하던가요.?」

「아니야, 마음 쓰지 말아요. 나중에 알려줄 테니까요.」
료헤이(良平)는 사토꼬(惠子)의 몸을 쓰다듬어주고, 사토꼬(惠子)도 료헤이(良平)의 몸을 감싸 쥐었다. 사까다(酒田)의 訪問에도 關係 없이, 료헤이(良平)는 아직도 興奮狀態 그대로다.

五分 程度 相互愛撫가 있은 뒤에, 다시 료헤이(良平)는 사토꼬(惠子)를 엎어누른다.

사토꼬(惠子)가 말한다.

「이봐요. 스탠드 불을 켜요. 當身의 얼굴이 보고 싶어요.」

女子로서는 珍貴한 希望이기도 하다.

혀의 장난

原來, 료헤이(良平)는 男子로서, 어두운 곳보다 밝은 電燈불빛 아래에서 즐기는 것을 좋아 한다. 사토꼬(惠子)의 羞恥心을 생각해서 電燈을 끈 것이다. 電燈불을 켠다. 사토꼬(惠子)의 발갛게 달아 오른 뺨, 젖어있는 눈. 그것을 곧 바로 바라보았다.

「이번에는 氣分좋게 해요.」
「음.」
「豫防하지 않아도 걱정 없어요.」

사토꼬(惠子)는 료헤이(良平)를 고쳐 잡고서, 自身의 湖水로 끌고 가서 살짝 周圍를 문지른다. 그것이 매끄럽고 부드러운 사토꼬(惠子)의 몸에 닿자, 爽快한 氣分이 온몸에 퍼진다.

「어째서.?」
「나, 正確해요. 二日 後가 豫定日 이거든요.」
「그렇다면 于先 걱정 없겠네요.」

「에에, 그러니까 直接 가뜩 쏟아 줘요.」
「보고 싶어.」
「부끄러워요.」
그러나, 사토꼬(惠子)는 료헤이(良平)가 上體를 일으키면서 이불을 걷어 내리는 것을 拒否하지 않는다.
完全한 裸體다. 가슴으로부터 腹部나 허리가, 차례차례로 들어났다.
사토꼬(惠子)는 굳어진 얼굴 表情으로 료헤이(良平)의 얼굴을 쳐다보고 있다.
이미 한번 頂上으로 이끌어 주었기 때문에, 료헤이(良平)에게는 餘裕가 있었다.
(아 아니, 사까다(酒田)들을 기다리게 하는 게 좋겠다. 혼자서 기다리고 있는 게 아니잖아. 急造된 한 밤의 戀人과 함께 기다리는 거다. 그러는 中에, 그들도 三回戰으로 들어가겠지.)
(아직도 밤은 길다.)
밤샘을 하더라도 相關없다는 心境이다. 몸을 뒤로 물린다. 秘毛와 사타구니가 드러난다. 그러나, 電氣 스탠드의 불빛은 베갯머리의 낮은 位置에서 비춰지고 있다. 더군다나 갓이 그림자를 만들고 있다.
花園은 그림자 속에 파묻혀, 確實하게 보이지 않는다.

(天井에서 내려뜨려져 있는 電燈을 켤까보다.)
료헤이(良平)가 말했다.
「天井 電燈도 켭시다.」
사토꼬(惠子)가 承諾을 한다.
「나요, 이젠 도마 위에 오른 잉어(鯉魚)에요.」
잠기어 들어가는 목소리나, 눈이 젖어드는 것이 一定해졌다. 료헤이(良平)는 일어서서 電燈을 켰다.
료헤이(良平)도 발가벗고 있다. 사토꼬(惠子)의 눈이, 료헤이(良平)의 中心에로 視線을 맞춘다. 當然, 그곳은 우뚝 서있고, 上下로 끄덕거리고 있다.
료헤이(良平)는 電燈을 켰다. 불빛이 두 倍 程度 밝게 보인다.
료헤이(良平)가 움직이려 한다.
「잠간만 요.」
唐慌스런 語調로 사토꼬(惠子)가 료헤이(良平)의 動作을 沮止한다.
「쬐끔만 그대로 있어 줘요.」
반짝이는 눈으로 료헤이(良平)의 中心部을 바라본다.
「멋지다. 아아, 精神이 멍해져 버릴 것만 같애.」
若干 醉해있다고는 하지만, 大膽한 態度다. 한번 交歡을 끝낸 直後이기 때문에, 正體를 들어내어 놓는 건지도

모른다.

다만 료헤이(良平)에게 있어서는, 氣分 나쁜 일은 아니다. 어디까지나 놀이에 不過하기 때문이다. 相對가 좀 더 好色性을 發揮해 주는 便이 더 더욱 즐거운 것이다. 몇 秒가 지나서, 료헤이(良平)는 쭈그리고 앉으면서 사토꼬(惠子)의 사타구니 사이로 들어갔다. 腹部를 쓰러주고, 秘毛를 어루만져 주고서는, 허벅다리를 쓰다듬어 준다. 盲腸手術의 상채기를 發見했다. 아까 적에 쓰러줄 때에는 전혀 몰랐던 것이다.

「이 상채기, 언제쯤.?」

「昨年. 看護師가, 그때에, 째더군요. 부끄러웠지 뭐에요.」

「女子의 境遇에는, 男子醫師가 째는 게 재미있었을 텐데.」

허벅다리를 벌리고, 花園의 全貌를 보았다. 먼저, 自然스런 모습을 바라본다. 異常 無다. 살짝 도톰하게 솟아있다. 兩쪽 덮개 사이로 透明한 液體가 흘러나오고 있다. 兩손으로 꽃잎을 벌리면서 얼굴을 갖다 대었다.

鮮紅色의 世界가 펼쳐지고, 넘치는 이슬이 불빛에 반짝인다. 머리 쪽에서 낮은 목소리가 들려온다.

「몇 사람 째.?」

「뭐 라 구요.?」

「내가 몇 번 째 인가요.?」

「그렇게 많지 않아요. 너 댓 사람, 그 程度 밖에 않돼 요.」

너무 크게 보인다. 덮개를 뚫고, 우뚝 튀어 올라와있다.

「아름다워. 아름다운 핑크色을 띄고 있네요.」

「나, 쬐그만 하죠.?」

「응.」

꽃잎이 엷고, 그렇게 길지도 않다. 한편, 그 위쪽의 꽃눈은 제법 커 보인다. 료헤이(良平)는 엄지손가락으로 그것을 살짝 건드려 본다.

「아- 아-.」

사토꼬(惠子)가 呻吟을 吐하면서 사타구니를 오므라뜨리려한다.

료헤이(良平)는 팔꿈치로 그것을 막았다. 다시 만져본다. 사토꼬(惠子)는 허리를 비튼다. 그 反應이 너무 强했기 때문에 만지는 場所를 바꾸었다. 透明한 液이 繼續 흘러나오고, 사토꼬(惠子)는 오로지 呻吟만 吐할 뿐이다.

(그런데, 이곳에다 입을 맞춰야하나, 어떻게 할꺼나. 아니면 어떻게 해 주는 것이 이 女子를 기쁘게 해 주는 걸

까.?)

그렇게 해서는 안 된다는 條件은 全然 없다. 더군다나 이미 이렇게 된 以上, 사토꼬(惠子)는 그렇게 해주기를 期待하고 있는지도 모른다.

료헤이(良平)는 다시 꽃잎을 左右로 벌리고, 그곳에 혀의 律動을 始作 했다. 亦是나 사토꼬(惠子)는 이렇게 되는 것을 期待하고 있었다는 것을, 새삼스레 느꼈다. 그런 意味에서, 아까 적에 우물가에서 몸을 씻었던 것이다.

(그것은 自身도 그것을 期待하였고 그런 準備를 하고 있다는 것을, 내게 알려주기 爲해서 그렇게 한 것인지도 모른다.)

료헤이(良平)의 혀의 愛撫가 漸漸 濃厚하게 되어 가면 갈수록, 사토꼬(惠子)의 四肢는 數많은 變化를 보여주고 있다. 多彩로운 變化다. 誇張이 아니라면, 시켜서 그러는 것도 아니다. 純粹하게 感覺의 世界에서 노닐고 있는 것이다. 내어지르는 목소리도 音樂의 音階처럼 變化無雙 이다.

(이 女子는 亦是, 快樂派로 구나.)

드디어 사토꼬(惠子)가,

「當身 꺼, 내게, 이쪽으로 돌아 요.」

하고 말한다. 이것은 只今 막 그렇게 할참 이었다.
료헤이(良平)는 上體를 일으키고, 사토꼬(惠子)의 몸을 끌어당겨, 머리를 이불 가운데 쪽으로 낮추고서, 그곳에 허리를 갖다 대었다. 다시 들어 누워서, 이번에는 사토꼬(惠子)의 허벅다리를 베개로 삼았다. 사토꼬(惠子)는 료헤이(良平)를 쥐고서, 곧 혀로 핥기 始作했다.
相互愛撫의 形態가 되었다.
료헤이(良平)는 사토꼬(惠子)의 혀나 입술의 움직임을 鑑賞하고있다.
(이거야말로, 亦是나 매우 能熟해. 天性的인 資質도 있겠지만, 勿論 그것뿐 만은 아니겠지. 男子로부터 仔細하게 배운 게 틀림없어.)
그곳에의 혀의 愛撫는 女子에따라 다르다. 只今까지 료헤이(良平)의 經驗에 依하면, 혼자서 하는데도 一律的이 아니다. 사토꼬(惠子)의 혀 놀림은 多彩로웠다. 어떻게 하면 男子를, 얼마만큼 이나 氣分 좋게 느끼게 할 것인가, 를 잘 알고 있는 것 같다. 한 가지 더, 愛情을 품고서 그렇게 하고 있다는 것을 느낄 수 있다.
(眞짜로, 좋아하는 구나.)
그렇다면, 이쪽도 그냥 있을 수만은 없잖나. 報答을 해야지. 이것이 人情인 것이다.

드디어, 사토꼬(惠子)가 입을 떼고서, 上體를 구부린다.
「이봐요, 이봐. 나, 안 되겠어. 이쪽으로 와요. 넣어줘.」
료헤이(良平)도 일어나서, 方向을 바꾸어 사토꼬(惠子)를 덮쳐 안았다. 사토꼬(惠子)는 한쪽 손으로 료헤이(良平)의 등을 안은 채, 한쪽 손으로는 바쁘게 료헤이(良平)를 검어 쥐고서 兩다리를 높이 쳐들면서 료헤이(良平)를 휘감는다.
입을 半쯤 헤벌리고, 가쁜 숨을 내어 쉬고 있다. 눈의 위 꺼풀이 異常하게도 발갛게 되어있고, 內部의 불꽃이 흔들거리고 있음을 나타내어 보이고 있다.
「아- 아-.」
다른 房에까지도 들릴 程度로 사토꼬(惠子)는 소리를 지르고 있다.

　　　　……………………………………

떨어지고 난 後에도, 사토꼬(惠子)는 繼續 료헤이(良平)를 껴안고서, 몇 번이고 료헤이(良平)의 입술을 핥고 있다.
頂上을 오른 뒤에, 그 相對가 單純한 놀이이었을 境遇, 男子는 急速히 興이 사라지는 게 普通이다. 그 点에 있어서, 余情을 맛보고 있는 女子와는 다른 것이다.
사토꼬(惠子)의 그윽하고 妖艶한 愛撫 때문인지, 료헤

이(良平)에게는 그런 興이 사라지지 않고 있다. 아직도 에로스(Eros=性的인 사랑)의 무-드(Mood=性的인 氣分 좋은 雰圍氣)속에 남아있다.
(헌데, 이쯤에서 사까다(酒田)의 要請을 말하지 않으면 안 되겠지.)
(어찌 보면, 처음부터 이 女子와 저쪽의 아쓰꼬(原子)와는 事前에 合意했는지도 모르지. 애초부터, 途中에 相對를 交替하기로 했는지도 모른다.)
이리저리 놀아나고 있는 男女사이에는 흔히 하고 있는 일이다.
「實은 말이죠, 아까 사까다(酒田)가 찾아 온 것은.」
료헤이(良平)가 사토꼬(惠子)의 머리를 쓰다듬어 주면서, 사까다(酒田)의 말 그대로를 傳했다.
「그런 말을 내어 놓은 것은, 當身의 親舊인 아쓰꼬(原子)氏 인 것 같애. 재미있는 提案이죠. 當身의 意見을 물어 보겠다 하고 돌려보냈어요. 기다리고 있어요. 對答을 해 주러 가야만 하거든요. 어떻게 할까요.?」
사토꼬(惠子)의 손이 뻗쳐오더니, 료헤이(良平)의 몸을 마구 주물러 준다.
「내꺼 로는, 아직도 不 滿足.?」
「아니요, 너무 멋졌어요. 充分히 滿足 했습니다.」

「아쓰꼬(原子) 것도 맛보고 싶은 거죠.?」
「正直하게 말해서, 그런 마음 없는 것도 아닙니다. 그러나, 난 當身이 하자는 대로 따르겠습니다. 當身도, 사까다(酒田)에게 興味가 있겠죠.?」
「아쓰꼬(原子)氏, 대단하네요.」
「自身의 즐거움에 純粹한 사람이에요. 只수까지, 그 사람과 이런 일 한 적이 있나요.?」
「설마요. 그 사람이 그런 變態性이 있다는 거, 처음 알았어요. 眞짜로, 아쓰꼬(原子)氏가 한 말일까요.? 믿을 수가 없어.」
「사까다(酒田)는 거짓말하는 男子가 아닙니다. 아마도 그리리라 여겨져요.」
「아직도 醉해 있는 걸까.? 안 그러면, 當身을 만나보고, 마음이 이끌려 버린 건가.?」
「그렇지는 않아요. 어디까지나 놀이 인걸요. 놀이에 變化를 試圖해 보자는 意味겠죠.」
주무르고 있는 사이에, 료헤이(良平)의 몸은 다시 처음처럼 되살아났다.
「어머, 다시 이렇게 되어 버렸네. 마음은 벌써 아쓰꼬(原子)에게로 날아가고 있겠죠.?」
「글쎄요, 그건 어떨까요.?」

「분해 죽겠어.」
「어떻게 할까요.?」
「싫어요.」
「싫다고.?」
「에에, 싫어요. 그런 거 不潔스러워요. 나요 여기서 絶對로 움직이지 않을 거구요. 萬一 누군가가 들어온다면, 일어나서 돌아가 버리겠어요.」
「왜 그러는 거죠.?」
「하지만, 그런 일. 사람이 하는 짓이 아니잖아요.」
「내가 付託하는 데도.?」
拒否하고 있는 것은 어쩌면 포즈(Pose＝姿勢, 마음가짐)인 것 아냐.? 료헤이(良平)는 턱을 끌어 들이면서 사토꼬(惠子)를 바라보고 있다.
사토꼬(惠子)가 고개를 끄덕인다.
「싫어요, 絶對로 싫어. 나요, 아쓰꼬(原子)와 絶交하더래도 좋아요.」
아마도, 포즈(Pose) 인 것만은 아닌 것 같다.
「쬐끔만 試驗해 보지 않을래요.?」
「當身도 처음부터 그럴 참 이었나요.?」
「아니요, 그렇지 않아요. 사까다(酒田)에게서 듣기 前까지는 생각지도 못한 일입니다.」

「정말일까.?」

「정말입니다.」

「이봐요, 付託해요. 그런 거 생각 말아요. 아쓰꼬(原子)를 안아보고 싶으면, 다른 날, 내가 모르도록 해줘요. 眞짜, 아쓰꼬(原子)가 그런 말을 했다면 當身이 부르면 今方 달려 나올 테니까요.」

아마도, 이것이 本心인 것 같다. 普通의 神經의 所有者라면 그렇겠지.

「알겠어요. 拒絶하죠. 가서 拒絶하고 올 게요.」

사토꼬(惠子)로부터 떨어져서, 료헤이(良平)는 일어섰다.

(이 女子와는 오늘밤 만으로서는 안 될 것 같다. 이제부터 몇番이고 만날 것 같은 氣分이 든다.)

사토꼬(惠子)는 몸을 구부리고서, 료헤이(良平)의 허리를 붙들고, 다시 되살아난 료헤이(良平)에게 뺨을 부비거나 입 가득히 밀어 넣었다.

아까와는 달리 若干 거친 愛撫가 始作되었다. 그런 거칠음은 놓아주지 않겠다는 意志를 나타내어 보이는 것 같다.

「그럼, 좀 기다려요. 아까부터 기다리고 있을 거 야, 다녀올게요.」

얼굴을 들어 올린 사토꼬(惠子)는 이번에는 그의 발가 벗은 몸뚱이를 료헤이(良平)에게 던져 오는 것이다.
「얼른 돌아와요. 앉지도 말구요. 拒絶한다고 말만 하고, 그대로 돌아 와요.」
「알겠어요. 알겠다니 까.」
료헤이(良平)는 맨몸 그대로 잠옷만 걸치고, 사까다(酒田)의 房으로 갔다.
아쓰꼬(原子)는 이불속에서 옆으로 누워있고, 사까다(酒田)는 다다미 위에 앉아 있다. 속옷을 입고 있다.
「기다리고 있었잖냐. 왜 이렇게 늦는 거니.」
「拒絶하려 왔다.」
「너, 情을 주었단 말 이가.?」
「글쎄다. 그렇게 생각해 두렴.」
女子 두 사람 사이가 不便스럽게 되어서는 재미가 없으므로, 료헤이(良平)는 自身의 責任으로 하 기로 했다.
「意外로, 너, 제법 純情派로구나. 그런 마음이라면 大成하기는 글렀다. 그래, 앉아 봐.」
「아니, 그냥 돌아 갈 랜다.」
「글쎄 앉기나 해.」
사까다(酒田)는 료헤이(良平)의 팔을 끈다.
끌어 앉히자 료헤이(良平)는 兩班다리로 앉았다.

아쓰꼬(原子)가 말한다.
「내게 興味가 없다는 거군요. 말하자면, 난 차인 셈이
 네요.」
挑戰的인 눈빛으로 變한다.
「아니요, 그런 게 아닙니다. 아까부터 魅力을 느끼고
 있어요. 男子로서 付託하고 싶을 程度로요. 그러나,
 오늘 밤만은 제발…….」
「사토꼬(惠子)는 뭐라든가요.?」
「깜짝 놀라고 있더군요.」
「應諾하지 않던가요.?」
「네에, 그런 点에서는 나와 같은 意見이라고 생각해
 요.」
「그럼, 純情인체 하고 있군요. 그女, 설마 處女를 고스
 란히 바쳤는 것처럼 한 것은 아니겠죠.」
「아니요, 처음부터 그런 演劇은 하지 않았어요. 正直한
 사람인걸요.」
「좋아요. 그럼 내가 이야기하고 오겠어요. 案內해 주실
 래요?」
아마도, 아쓰꼬(原子)는 心術이 부어 오른 것 같다. 그
런 心理, 모르는 것도 아니다.
그러고, 한편으로는 女子들끼리 어떻게 할 것인가도 興

味롭다.
「가실래요.?」
「에에.」
아쓰꼬(原子)는 사까다(酒田)의 同意를 求한다.
「잠깐 다녀와도 되겠죠.?」
亦是, 只今도 醉해 있는 것 같다.
(어찌 보면 이 女子, 酒癖이 甚한지도 모르겠다.)
사까다(酒田)가 끄덕인다.
「응, 가서 說得시켜 보라 구. 이런 밤에는, 버라이어티(Variety=變化)가 많고, 깊게 즐기는 편이, 네 사람 모두가 幸福한거다. 와까스기(若杉)도, 그女가 應한다면, 다른 말 없겠지.?」
「글쎄다, 그렇구먼.」
아쓰꼬(原子)가 일어섰다. 빨가벗은 그대로다.
瞬間,
(그렇구나, 멋진 몸매를 하고 있구나. 起伏이 甚하다.)
그런 觀察을 한 다음, 눈을 돌렸다.
사까다(酒田)가 말한다.
「어이, 실컷 봐 봐도 괜찮아.」
反對로 료헤이(良平)는 무릎을 돌려 등을 돌리면서,
「아니야, 現在의 이 時點에서는 辭讓하겠다.」

하고 말했다. 그렇다고 하더라도 제법 大膽한 女子다. 壁을 보고 있자니,

「자아, 그럼 됐어.」

사까다(酒田)가 료헤이(良平)의 어깨를 두드린다. 뒤돌아보니까, 아쓰꼬(原子)는 사까다(酒田)의 잠옷을 걸치고 있다. 魅力的인 모습이다.

사까다(酒田)는 이불위로 벌렁 들어 누우면 서,

「난 여기서, 吉報를 기다리겠나. 바라건내, 사토꼬(惠子)氏 혼자서 오기를 祈願하고 있으련다.」

泰平스런 말만 하고 있다.

「그럼, 갑시다.」

료헤이(良平)는 아쓰꼬(原子)를 督促해서, 함께 複道로 나왔다.

다른 房의 睡眠을 妨害하지 않게끔, 발소리를 죽이면서 걸어야 만했다.

女子의 意志

료헤이(良平)는 아쓰꼬(原子)를 데리고 自身의 房으로 돌아왔다.
사토꼬(惠子)는 天井을 向해 누워있고, 그대로 눈만 이쪽으로 向한다. 이불속에 들어 있는 몸뚱이는, 只今도 발가벗은 그대로 일게다.
료헤이(良平)는 이불자락 끝으로 다가가 앉았고, 아쓰꼬(原子)는 사토꼬(惠子)의 얼굴을 바라보면서 正坐를 하고 있다.
「나 말이야.」
하고 아쓰꼬(原子)가 말을 꺼내었다.
「너와 자리바꿈을 하려 왔단다.」
사토꼬(惠子)는 고개를 도리질 한다.
「너, 많이 醉했구나. 그런 當치도 않는 짓을…….」
「어째서.?」
아쓰꼬(原子)의 눈이 빛난다.

「왜 싫다는 거지.? 於此彼 놀이가 아니니.?」

「그런 놀이, 싫단 말이야. 그래, 오늘밤의 너의 書房님 은 저쪽 房의 사람 아니니.? 그 房으로 가.」

「이 사람이 좋아졌다 이거니.?」

료헤이(良平)를 턱으로 가리킨다.

「그렇게 생각해도 좋아.」

「그렇다면 이 分의 意見도 尊重해 줘야 되는 거 아니 니.? 이 分은 우리들 일에 贊成했단 말이다.」

사토꼬(惠子)는 료헤이(良平)를 바라다본다.

「와까스기(若杉)氏, 아쓰꼬(原子)氏를 안아보고 싶으 세요.?」

날카로운 눈매다. 료헤이(良平)는 고개를 저었다.

「아니요. 난 이젠 오늘밤에는 사또꼬(惠子)氏로 充分 해요. 이제부터 푹 잠이나 자고 싶어요. 사까다(酒田) 처럼 强하지를 못하니까요.」

「이것 봐.」

사토꼬(惠子)는 이겼다는 얼굴로 아쓰꼬(原子)를 向했 다.

「이 分은 이렇게 말하고 있잖니.」

「그건 말이야, 너의 말에 맞추려는 거야. 男子란 말이 지, 누구든 나의 提案에 贊成할게 틀림없어. 特히, 이 사람에게는 確實한 戀人이 있단 말이야. 너를 戀人으로 삼을 턱도 없단 말이다. 너, 설마하니 戀人이 되려고 생각하고 있는 거 아니니?」

「너무 얕보지 마. 나 그런 생각 조금도 없어. 나 亦是 놀이란 말이야.」

「그렇다면.」

아쓰꼬(原子)는 손을 뻗어, 사토꼬(惠子)의 어깨 近處의 이불을 누른다.

「서로 바꾸어 즐겨 보는 것도 좋잖니?」

「난 말이야.」

火가 치미는 듯한 얼굴이다.

「네가 이 사람과 무슨 짓을 하건, 不平하거나 反對하지 않아.」

「호오.」

「그렇잖니, 내게는 不平이나 反對할 權利조차도 없는 걸.」

「그럼, 왜지?」

「나 自身이 싫은 거야. 하루 밤에 두 男子와 논다는 거, 싫단 말이다.」

「나와는 정 反對 네. 난, 많으면 많을수록 즐거워.」

「그래, 反對다.」

「그렇담, 내가 와까스기(若杉)氏와 놀아 도 相關 없다
는 이야기 로군.?」
「에에, 제발. 但只, 난 오늘밤은 足해. 只今부터 잘 거
야.」
아쓰꼬(原子)가 벌떡 일어서더니, 료헤이(良平) 곁으로
다가간다.
료헤이(良平)를 안으려 한다.
「사토꼬(惠子)가 이렇게 말했어요. 괜찮겠죠.?」
반짝이는 그 눈에는, 그러나, 欲望의 불꽃은 죄끔도 느
낄 수가 없었다.
(固執이로 구나.)
(兩쪽 다 固執을 부리고 있는 거다.)
(이런 趣勢(추세)라면, 두 女子들 싸움으로 헤어지고
말겠다.)
(그렇다면, 어떻게 해서 말린다지.?)
료헤이(良平)는 아쓰꼬(原子)의 팔을 밀어 내면서,
「좀 기다려 봐요. 겨우, 나도 알 것 같은 氣分이다.」
「무엇을 요.?」
「아마도, 當身들은 나를 材料로 해서 戰爭놀이를 하려
하고 있어요. 서로 固執을 부리면서 즐기고 있단 말
입니다. 그런 손에는 놀아나지 않아요. 眞짜로 말해

서, 아쓰꼬(原子)氏도, 나와 그렇게 놀고 싶은 마음도 없는 겁니다. 固執입니다.」
「그런 게 아니라니까요. 眞心이에요.」
「아니요. 쬐끔도 그렇게 보이지 않는걸요. 當身 얼굴에 그렇게 쓰여 있다 구요. 자, 어서어서 사까다(酒田)房으로 가세요.」
「싫어요. 난 가지 않을래요. 가는 쪽은 사토꼬(惠子)氏세요. 이렇게 하는 것이 이런 놀이의 룰-(Rule)이니까요.」
「룰-?」
「그럼요.」
크게 아쓰꼬(原子)가 고개를 끄덕인다.
「말하자면 이런 것이에요. 當身도 사까다(酒田)氏도, 우리 둘과 關係를 갖는다. 우리들도 그렇게 한다. 그것으로, 萬事 無事인 겁니다.」
「無事라고.?」
「그럼요. 그렇게 한다면, 戀愛가 아닌 셈이 되지요. 但只 놀이인 셈이에요. 그렇지 못한다면, 戀愛로 갈 危險이 있거든요. 그렇게 된다면, 서로서로가 困難하게 되겠죠.?」
「허긴 그렇군요. 말이 되네요.」

료헤이(良平)로서는 생각치도 못한 생각이었고, 一理가 있는 말이다.
「재미있는 말을 하는구먼요.」
「이봐요, 그러니까, 그렇게 하자니까요. 그렇게 해버리면, 以後로 難處한 일은 絶對 일어나지 않아요.」
사토꼬(惠子)가 上體를 일으킨다. 이불을 가슴에 안은 채이다.
「그런 말, 詭辯(궤변)이세요. 속임수에요. 무슨 말을 하던 간에, 난, 反對야.」
「어머, 내가 이 사람과 노는 것은 相關 없겠지.?」
「싫다니깐.」
「어머, 바로 조금 前에 相關 없다고 해 놓고선.」
「조금 前이건 무엇이건, 난 싫어. 자, 그 사람에게서 떨어져.」
「저런 저런.」
아쓰꼬(原子)는 료헤이(良平)에게서 떨어지고서 일어섰다.
「사토꼬(惠子).」
「……………..」
「글쎄, 좋아. 그럼 간다. 아아, 재미있었다. 네가 얼마나 노랭이인지 이제 사 겨우 알 것 같다.」

「무슨 말이건 마음대로 지껄어 봐.」

아쓰꼬(原子)가 사라졌다.

료헤이(良平)는 도어에 걸쇠를 걸고, 발가벗고서 사토꼬(惠子) 옆으로 들어갔다.

「재미있었다. 라는 말 무슨 意味.?」

「우리들을 갖고 놀았다는 意味에요. 自身의 프라이드를 지키기 爲해서요.」

「아니, 亦是, 實은 놀림을 當한거 아닌가요.」

「틀려요. 난, 好色한 女子이지만, 그女는 淫亂한 女子에요.」

「글쎄, 좋아요. 이것으로 끝났으니까요. 如何튼 間에, 그만 한숨 잡시다.」

「싫어요, 아직 잠이 오지 않는걸요.」

사토꼬(惠子)는 료헤이(良平)를 다시 주물러 왔다.

「實은 그女를 안아 보고 싶었죠.?」

「아니, 그렇지만은 아닙니다.」

료헤이(良平)도 사토꼬(惠子)의 秘境에 손을 얹었다. 自然히 相互 愛撫로 들어갔고, 드디어 두 사람은 한 몸이 되었다.

아쓰꼬(原子)의 提案이 도리어 료헤이(良平)들에게 刺戟劑가 되어 버렸던 것이다.

료헤이(良平)가 잔 것은 새벽 한 時가 넘어서였고, 눈을 떴을 때에는, 사토꼬(惠子)는 아직 자고 있었다. 그 얼굴을 드려다 본다. 거칠게스리 온 情熱을 쏟아 놓았는데도,
(亦是 이것은 他人의 얼굴이구나,)
冷情하게 료헤이(良平)는 그렇게 생각했다.
그러나, 逆겹다 는 氣分은 일어나지 않았다. 자는 얼굴노 異常한 게 없다.
時計를 보고서,
(조금만 더 자 둘거나.)
눈을 감았다.
다시 눈을 떴을 때에, 집 周圍가 騷亂스러웠다. 벌써 해가 솟아있다.
사토꼬(惠子)도 눈을 뜨고서, 『新作家』를 읽고 있다.
료헤이(良平)는 배를 엎드린 채 머리맡의 물을 마셨다.
사토꼬(惠子)는 雜誌를 덮고, 안겨 왔다.
「나 이제 일어나야겠어요.」
「저쪽은 어떻게 하고 있으려나.?」
「틀림없이, 아직 자고 있을 거 에요.」
오늘은 日曜日이 아니다.
「천천히 일어나야지. 사까다(酒田)도 잠꾸러기 이니까,

가만 내 버려두면 언제까지 잘 거 에요.」
「아쓰꼬(原子)氏, 쉬려는가 보죠.?」
「當身은.?」
「그女가 쉰다면 나도 쉴 거 에요. 남겨 두었다가는 큰 일이 일어 날 테니까요.」
「無斷缺勤은 容恕하지 않죠.?」
「只今껏, 한 번도 없어요. 이 近處에 電話는요.?」
「없어요. 있다 해도, 여긴 도쿄(東京)가 아니니까, 通話하는데 時間이 걸려요. 驛까지 가서 걸 수밖에 없겠는데요.」
「驛까지는 멀겠죠.」
「十五 分 程度 걸리죠.」
「어떻게 할 꺼나.? 이봐요, 아쓰꼬(原子)氏를 깨워주실래요.」
「그렇게 하죠.」
료헤이(良平)는 사까다(酒田) 房으로 갔다.
노-크를 한다.
「누구야.?」
사까다(酒田)는 얼른 對答을 한다.
「나다.」
「오오, 들어와라.」

門을 열자, 놀랍게도 사까다(酒田)는 아쓰꼬(原子)를 덮쳐 끌어안고 있고, 아쓰꼬(原子)도 아래에서 사까다(酒田)를 안고 있다.
몸은 이불속에 있지만, 다리도 서로 엉켜 있는 것 같다.
「야-아, 이거 未安하게 됐는데.」
門을 닫으려 한다.
「相關없으니 들어와라.」
하고 사까나(酒田)가 말한다.
료헤이(良平)로서도 他人의 場面을 觀覽하는 것에 對해서 關心이 없을 턱이 없다. 들어가서 門을 닫고, 다다미 위에 兩班]다리를 꼬고 앉았다.
「元氣百倍 로구나.」
「아 아니, 이럴 程度로 이 사람은 魅力이 있다니까. 어 때.? 너도 쬐끔 맛 좀 보지 않을래.?」
사까다(酒田)의 律動에 아쓰꼬(原子)는,
「아-아-.」
하고 소리만 지를 뿐이다.
이미 술은 말끔히 깨었을 텐데, 대단한 勇氣다. 亦是, 사토꼬(惠子)와는 親舊이면서도 어딘가 다른 点이 있어 보인다.
「아니, 난 너무 지쳤다. 헌데, 무라야마(村山)氏,」

아쓰꼬(原子)는 充血된 눈으로 료헤이(良平)를 바라본다.
「왜요.?」
「슬슬 出勤할 時間 입니다.」
「그女 일어났나요.?」
「에에. 나갈 채비를 하고 있어요.」
「혼자 가라고 해 줘요. 나, 午後에 出勤 할래요.」
「혼자서는 가지 않겠다고 하던걸요.」
사까다(酒田)가 다시 움직이자, 아쓰꼬(原子)도 다시,
「아-아-.」
하고 소리친다. 사까다(酒田)의 律動이 漸漸 거칠고 빨라지기 始作하자, 아쓰꼬(原子)의 呻吟소리도 漸漸 높아져 간다.
이런 狀態에서는 이야기가 안 되겠는데.
료헤이(良平)가,
「앞발 뒷발 다 들었다.」
그렇게 중얼거리면서 일어서서, 房을 나오려했다. 하니까,
「기다려요.」
하고 아쓰꼬(原子)가 가쁜 숨을 헐떡거리면서 부른다.
「當身도 이리로 들어와요.」

사까다(酒田)도 그 말을 따라,
「들어와라. 둘이서 서-비스 해 주자 꾸나.」
하고 말한다.
「싫다. 그렇게 했다간, 나의 파트너가 火를 낼 거야.」
료헤이(良平)가 房으로 돌아오니까, 사토꼬(惠子)는 벌써, 옷을 갈아입고 머리 손질을 하고 있다.
아쓰꼬(原子)의 말을 傳해 주었다.
「하는 수 없지 뭐.」
사토꼬(惠子)는 한숨을 쉰다.
「그女, 그런 곳이 多少 있어요.」
若干 망설이는 듯하다가, 드디어 決心한듯이,
「난 갈래요.」
하고 말했다.
「驛까지의 길을 아르 켜 주세요. 어젯밤에는 사까다(酒田)氏를 따라 왔기 때문에 記憶이 없어요.」
「나도 함께 나가죠. 學校로 가겠어요. 빼먹어도 괜찮은 講義긴 하지만 이따금씩은 出席 해야죠.」
료헤이(良平)는 잠옷을 벗었다. 아무것도 걸치지 않았다. 사까다(酒田)와 아쓰꼬(原子)와의 壯觀을 보고 온 直後이므로, 몸은 興奮狀態 그대로다.
그것을 보자 사토꼬(惠子)가,

「어머나.」
하고 놀란다. 속옷을 집으려 걸어가려고 하는 료헤이(良平)의 앞에, 앉은 그대로 다가온다. 그리고 손을 뻗는다.
「아직도, 이렇게 되어 있는데.」
「그 사람들 只今 한창 즐기고 있는 中입니다.」
사토꼬(惠子)는 벌써 새로 립·스틱(Lipstick)을 바르고 있었다. 그 입이 가까이 다가온다.
료헤이(良平)는 그것을 내려다보고 있다. 사토꼬(惠子)는 혀로 문지르면서 한쪽 손으로 료헤이(良平)의 허리를 안는다.
료헤이(良平)는 그 머리를 쓰다듬어 준다.
드디어 입을 떼고서 사토꼬(惠子)는,
「나도 가고 싶지 않게 되어 버렸다.」
하고 말한다.
「난, 어떻든지 相關 없어요. 꼭 들어야 할 講義도 아니구 요.」
「그럼,」
다시 한 番 크게 료헤이(良平)를 입에 넣었다가 뺀 다음, 사토꼬(惠子)는 얼굴을 들었다.
「다시 자요, 우리. 괜찮죠?」

료헤이(良平)를 쳐다보는 눈이 흠뻑 젖어 있다.
「相關없지만, 亦是 나가는 게 좋겠어요. 요 다음에 합시다.」
五分 後에, 료헤이(良平)와 사토꼬(惠子)는 房을 나섰다. 이미 오사또(小里)는 벌써 지나 갔을 時間帶다. 그러니까, 그 点에 對해서는 걱정할 必要가 없다.
나란히 驛으로 向했다. 길의 兩옆은 논밭이다.
「어머, 이런 시골 이었나요?」
「그럼요. 終戰直後까지에는 대낮인데도 여우나 오소리가 나돌아 다녔다고 했어요.」
료헤이(良平)는 왼쪽켠의 빨간 지붕의 자그마한 집을 가리켰다.
「저것이 온리들이 살고 있는 집입니다. 只今 살고 있는 온리-는 아직 十代인것 같아요. 들락거리는 것도 亦是 二十代 이쪽 저쪽의 白人으로서, 이따금씩 집안에서 땐스를 하고 있어요. 대단히 사이가 좋은가 봐요.」
「오늘 아침에도 같이 있을까요?」
「아니 없을 거 에요.」
驛에 到着했다. 始發電車가 기다리고 있었고, 두 사람은 나란히 앉을 수가 있었다.

「마음이 내키거든 電話 주세요.」
이미 會社 電話番號나 아파-트의 電話番號를 료헤이(良平)는 手帖속에 적어 넣었었다.
「빠른 時日 內에 그렇게 하겠어요.」
「꼭 이요. 나는 連絡할 方法이 없잖아요. 찾아와 주지 않는다면 싫어요.」
이께부꾸로(池袋)의 驛에서 헤어질 때에, 사토꼬(惠子)는 료헤이(良平)의 손을 兩손으로 붙잡는다.
「아파-트로 電話해요. 내가 받지 못하더라도 아쓰꼬(原子)가 받을 때가 있어요.」
「응.」
「틀림없이 當身을 꼬시려 할 거에요.」
「아니요, 어젯밤에는 우리를 놀리려고 그랬을 겁니다.」
「아 아니, 그렇지 않아요. 꼬시더라도 拒絶해주셨으면 해요.」
「그렇게 하죠.」
「約束 했어요.」
「女子들의 友情도, 어렵기 짝이 없군요.」
「男子들은 그렇지 않는가요, 뭐.」
「그건 그래요.」
사토꼬(惠子)와 헤어져서 와세다(早稻田)로 갔다.

알-콜 끼도 完全히 사라졌고, 充分히 잠도 잤다. 氣分이 壯快하다. 다만, 오사또(小里)와 찐한 愛撫를 주고받은 直後에 생각지도 못한 다른 女子와의 놀이였기 때문에, 그 点이 꺼림칙하게 느껴져 왔다.
文學部 가까이에 있는 外食卷 食堂으로 들어갔다.

신쥬꾸(新宿區) 二町目

료헤이(良平)의 크라스에도, 몇몇 學生들이 學生運動에 參加하고 있다.
그들은 內外의 여러 會合에 出席하고, 革命을 배우고, 思想을 强化하며, 그 實行을 硏究하고 있다.
그런 일에 오직 한 番밖에 없는 靑春을 불사르고 있는 것이다.
그런 사람 中에, 키가 큰 니시모토·요시노리(西本克紀)가 있다. 어느날 밤, 료헤이(良平)는 그 니시모토(西本)가 이끄는 대로 신쥬꾸(新宿)의 닭구이 집에서 燒酒를 마시게 되었다.
니시모토(西本)도 亦是 一年동안 浪人生活을 거치고 들어왔기 때문에, 크라스 內에서는 若干 어른냄새를 풍기고 있다.
左翼의 어떤 組織과도 無緣인 료헤이(良平)에 對해서 左翼理論을 마구잡이로 들어낼 程度로, 니시모토(西本)

는 常識없는 철 不知가 아니다.
그런데도, 갑자기 생각이 난다는 듯한 모습으로,
「와까스기(若杉), 너는 社會改革에는 全然 興味가 없는 거니.?」
하고 물어 온다.
「없는 것도 아니지.」
하고 료헤이(良平)가 對答했다.
「問題는 一學年에 入學했을 때였지. 幸인지 不幸인지, 너희들과는 어울리지 않았다. 보지도 못했고 알지도 못했던 旣成組織에 스스로 加入할 程度로, 난 忠實하지도 못했단 말이야.」
「小說은.?」
니시모토(西本)가 말했다.
「人間의 삶을 쓰는 거 아니니.? 靑春과, 말하자면 自身과 社會의 矛盾과의 關係는, 아무리 避한다고 通하는 게 아니라고 생각한다.」
「나도 그렇게 생각 해. 그러나 난 只今, 어떤 內容의 小說을 쓸 건 가 보다도, 어떻게 쓸 것인가를 배우고 있는 거다.」
「『新作家』의 그치들은 모두 그렇겠지. 그러니까 우리들에게는 재미가 없는 거야. 우리들에게 切實한 問

題에 對해서는 一切 쓰지 않는단 말이거든.」
「니시모토(西本), 넌 黨員이니.?」
「아니야, 그렇지 않아.」
「신파(Sympathizer)니?」
    ※【Sympathizer－共產主義의 實踐運動에는 直接 加擔
        하지않고 資金따위를 隱密하게 援助하는
        同調者】
「글쎄, 그런 것은 어떻게 되든 相關없어. 그러나 나도, 아르바이트로 무척 바쁘고, 그래서 忠實한 活動家는 못된단다. 아무튼, 먹고 사는 게 먼저니까.」
니시모토(西本)는 어머니와 但 둘이서 살고 있고, 母親께서도 일을 하고 계신다. 그래서, 自身이 쓰는 生活費 程度는 스스로 벌지 않으면 안 된다. 그 때문에, 한 달에 十五日 程度는 出版社에 아르바이트로 다니고 있다.
「내가 생각하기로는,」
하고 료헤이(良平)가 말한다.
「熱心인 活動家는, 아르바이트 같은 거 하지 않고도 充分히 지낼 수 있는 무리들이라고 생각한다.」
니시모토(西本)는 고개를 젓는다.
「그렇지만도 않아. 여러 가지가 있단다.」
열 時 가까이가 되자 두 사람은 제법 醉했다.

니시모토(西本)는 료헤이(良平)의 어깨를 껴안으면서 속삭인다.

「너, 돈 좀 가지고 있니.?」

「응, 쬐끔.」

「그럼, 二町目에 가지 않을래. 只今은 자고 갈 손님만 받겠지. 멋들어진 계집애를 찾아서 자고 가자. 내꺼는 난, 가지고 있다.」

료헤이(良平)는 놀라고 말았다.

「革命家도 虐待와 賤待를 받고 있는 女子를 산다는 말이니?」

「그렇게 비꼬지 말 어 야. 空치는것 보다야 내가 保護해 주는 것이 하루라도 빨리 自由의 몸으로 풀려 날 테니까 말이야.」

「너, 處理 해 줄만한 相對가 없는 거니.?」

「없어. 어떻게 해 봐도 난, 女子에 關해서만은 겁쟁이이고 젬병 이란다.」

「그룹-에는 女子들이 많다지.?」

「음.」

「그런 女子들, 性的인 面에서는 博愛主義者라 하던데.」

「글쎄다. 내게까지 돌아올 女子는 없어. 但只 同僚일 뿐이야.」

「네가 너무 얌전하고 忠實해서 그래.」
「밖에서 생각하고 있는 것만큼, 우리들은 親密하지 않다 야.」
「不便하겠구먼.」
「자, 가자꾸나.」
료헤이(良平)는 고개를 저었다.
「난 女子를 사지 않아.」
「왜지.?」
「適當히 하고 있으니까.」
「이 親舊.」
「첫째 曰, 病이 두렵다. 그치들, 모두가 保菌者라고 생각해도 좋아.」
「모자를 씌우고 하면 괜찮아 야.」
「아니야, 그건 避姙에는 效果가 있지만, 病 豫防에는 그렇지 않는 것 같애. 털과 털이 맞닿고, 거기에서도 感染된다고 하던 걸.」
「설마하니.」
「정말이라니까.」
「二町目의 女子들은 定期檢診을 받고 있단다. 걱정 없다니까.」
료헤이(良平)는 니시모토(西本)를 바라본다.

「너, 眞짜 純情派로구나.」

「뭐 라꼬.?」

「行政機構가 얼마나 엉터리라는 거 너희들이 恒常 떠 버리고 있잖니.」

「…………..」

「그点에 對해서 너희들은 많은 데-타를 가지고 있을 거 다. 나와는 달라서, 仔細하고 깊이깊이 硏究하고 있으 리라 봐. 그런 주제에, 定期檢診을 信用한단 말이니.? 난, 그런 形式的인 거 信用치 않아. 業者와 監督側과의 사이에 어떤 諒解가 오가는지 알 수 없잖냐.」

「그렇지만 檢診하는 쪽은 醫師다.」

「그것도 믿을 수 없어. 그러고 말이야, 檢診 後에 바로 傳染된다. 例를들어, 오늘 檢診해서 하얗다 고 치자, 저녁때부터 只今까지, 손님을 받고 있다. 危險하지 않 겠니.?」

「넌, 女子를 사 본 일이 없단 말이니.?」

「없어.」

료헤이(良平)는 잘라 말했다.

「돈이 아까워. 너, 잔다고 치자, 몇 日 동안 아르바이 트로 熱心히 번 돈이 홀라당 날아 가 버린다는 거 생 각해 본 일 있니.?」

「그렇지만 이건 必要惡이니까.」
「그러고 난, 山戰水戰 다 겪고 난 賣春婦를 귀엽다고는 쬐끔도 생각 안 해. 즐겁게 해 줄 自身도 없고. 女子가 돈만을 생각하면서 즐거워하지도 않는데, 나만이 낑낑대며 射精해비리고 疲困해서 나가 떨어져 버린다는 거, 장난이 아니야. 아까워.」
「하는 걸 좋아하는 女子도 있단 말이다.」
「포즈겠지.? 眞짜로 즐겁게 해 줄 自身, 내게는 없어. 나와 같이 살고 있는 親舊가, 요시하라(吉原)(日本의 公認私娼街)에 가서, 代代로 이어오는 有名한 집에서 자고 온 일이 있었단다. 先輩가 시켜 주었기 때문에, 제법 비싼 店鋪에 들어갔었단다. 時間制 손님은 받지 않고, 아침까지 꼭 붙어있었단다. 얼마나 그女의 서-비스가 좋았는지를, 자랑삼아 떠들어 대더구면.」
「…………」
「비싼 店鋪의 女子는, 얼굴도 몸도 서-비스도 좋겠지. 當然한 거 아니니.」
「요시하라(吉原) 말이지. 제법 비쌀 텐데.」
「店鋪에 따라 틀려.」
이야기를 나누면서 료헤이(良平)는, 純粹하게 學生運動에 沒入해 있는 니시모토(西本)와 娼婦 이야기를 나누고 있는 것에, 妙한 氣分을 맛보고 있다.
「그리고서 그 親舊, 얼마나 그女가 거칠게 몸부림치면서 달여 들더라는 것을, 得意滿滿한 얼굴로 떠버리더구나. 그러나 난 그것을 信用하지 않아. 어디까지나 演技에 不過하거든. 손님에게 일일이 情을 쏟아 부었다가는 몸이 견디지를 못하거든. 뻔 한일 아니니? 꾼들은 속는 척 하면서 女子의 演技를 鑑賞 한단다. 젊은애들은, 眞짜로 속아버리는 거야. 自己에게 만은 그렇지 않았다고 自慢하고 있다니까.」
「너 제법 아는 것처럼 말 하는구나.」
「귀동냥으로 실컷 들었지.」
료헤이(良平)는 니시모토(西本)의 어깨를 두드린다.
「그러나, 店鋪 앞에까지는 같이 가 줄께. 혼자 가는 것은 무언가 뒤가 켱기지. 나도, 장난치는 것은 싫지가 않거든.」
「너, 眞짜로 登樓는 하지 않겠단 말이니.?」
「응, 네가 登樓하는 店鋪앞까지 가 줄께.」
「그럼, 나도 그만 둘까 부다.」
「그런 말 하지 마. 네가 얼마나 定義와 眞實의 追求者라 해도, 性慾은 하는 수 없는 거야.」
「누구에게도 말하지 않겠냐.?」

「말하지 않아, 그럴 理由도 없고, 말 할 꺼리도 아니거든.」

두 사람은 닭구이 집을 나와서 비틀거리며 二町目으로 向했다.

거리 한 모퉁이, 醉客들이 서성대고 있다. 몇 個의 골목길이 있고, 빨갛고 파란 燈의 照明을 한 店鋪들이 나란히 줄지어 서있다.

이따금씩, 마시는 途中에, 료헤이(良平)들은 장난끼로 서성거릴 때도 있다. 겉으로는 손님의 흉내를 내면서 서성거린다.

商店앞에 서있는 女子에게 팔을 이끌려 商店안으로 들어가는 것이다.

交涉이 始作되고, 실컷 놀린 다음 適當한 理由를 부쳐서 밖으로 나온다. 合法的인 곳이기 때문에, 女子들도 強制的이 아니다.

女子들은 店鋪에서 멀리 떨어져 나오는 것이 許諾되지 않는다. 商店에서 떨어져 나오게 되면 呼客 行爲로 取扱되고, 이것은 곧 違法行爲가 되는 것이다. 길어야 일 메터 程度가 고작이다.

間或 몇 메터 程度, 男子를따라 나오는 境遇도 있지만, 男子가 고개를 저으면 商店으로 急히 들어간다. 다른

店鋪의 領域을 侵犯하기 때문이다. 서성거리고 있는 男子들에게 女子들은, 別別스런 목소리를 던진다.
「이봐요, 저기 眼鏡쓰신 分, 좀 와 봐요.」
「學生氏, 學生 디스카운트(Discount＝割引)요. 서-비스 할 게요.」
「잠깐 저 좀 봐요, 와세다(早稻田)의 美男오라버니, 오늘밤 나, 處女 랍니다.」
「社長님, 어디가세요? 어디로 가시든 똑 같아요.」
女子들의 服裝도 가지 各色 이다. 日本式 和服이 있는가 하면, 洋裝도 있다. 少女처럼 服裝을 하고 있어도, 밝은 불빛 아래에서 보면, 훨씬 나이든 女子다.
그런 모퉁이로 들어서서, 료헤이(良平)는 니시모토(西本)에게 속삭인다.
「너, 단골이래도 있는 거니.?」
「없는데.」
니시모토(西本)는 쓴웃음을 짓는다.
「그럴 만큼 자주 오지를 못해.」
「그럴 테지.」
「한 달에 한번 程度나 되려나.」
한 달에 한번 程度 娼婦를 안으면서, 革命을 論하고 있다. 니시모토(西本)도 亦是 男子인 것이다. 外部者인 료헤이(良平)에게 自身의 그런 內面을 송두리째 들어내어 놓는 니시모토(西本)는 正直한 性品의 所有者인것 같다. 첫 번째 골목으로 들어서서 세 번째 店鋪, 재빠르게도 생각 그대로 두 사람은 女子들에게 붙잡혔다.
그때에, 自身에게 안겨오는 女子의 얼굴을 본다.
마음에 들지 않을 때에는,
「이미, 가는 곳이 定해져 있어요.」
하고 말하면 그만이다.
「그럼, 요다음에는 꼭 오세요.」
그렇게 말하고서, 화끈하게 女子는 손을 놓는다.
「거짓말이죠? 걸음걸이를 보니 그렇지 않는 것 같은데. 이봐요, 멋지게 서-비스(Service) 해 드릴 테니까, 올라와요.」
하고 말 할 때도 있지만, 그렇더라도 이쪽에서,
「아니야, 眞짜라니까.」
하고 말하면, 끈질기게 눌러 붙지 않는다. 아니, 해서는 안 된다.
니시모토(西本)는 女子의 얼굴을 觀察한다.
어두컴컴한 때이지만, 모두들 귀여운 얼굴들을 하고 있다.
(이거야, 마음에 드는 것 같은데.)

나이는 二十代 前 後半쯤 되겠지. 료헤이(良平)가 그렇게 생각하고 있을 때에는 이미, 니시모토(西本)는 빨간 照明의 商店안으로 끌려 들어가 버렸다.

一旦은 飮食店이라는 形態로 되어 있기 때문에, 마루에는 테-블과 椅子가 나란히 놓여 있다.

손님을 받는 房은 二層의 日本式 房이다. 료헤이(良平)는 自身을 붙잡은 女子를 보았다. 제법 나이가 들어 보인다. 典型的인 娼婦 얼굴로서, 三十前後로 보인다.

「이봐요, 親舊分 들어갔잖아요. 나, 와세다(早稻田)의 팬(Fan=愛好者)이세요. 응, 사이좋게 지내자 구요.
  우리도 들어가요. 氣分 나쁘게 하지는 않을 게요.」

그러나, 니시모토(西本)가 商店안으로 들어간 以上, 이쪽은 여기에서 기다리는 것이 無難하다.

안으로 들어 간 니시모토(西本)가 다시 女子의 이모저모를 觀察한 다음 마음에 들지 않으면,

「親舊가 기다리고 있어서.」

그렇게 핑계를 대고 나올 수가 있다. 그러니까, 이런 곳을 들어 올 때에는 두 사람 以上이 有利한 것이다. 료헤이(良平)가 같이 따라 가 주는 것도 이런 理由 때문이다.

「글쎄요, 기다려 봐요. 난 只今 사람을 찾고 있어요.」

「그런 거, 요다음에 하구요.」

女子는 료헤이(良平)의 앞을 주무르고 있다.

「어머머, 아직도 물렁물렁 하네요. 허지만, 나요, 마음 먹고 서-비스 할게요.」

만지는 것 까지는 하는 수 없다. 이쪽에서 만져주지만 않는다면, 義理를 느끼지 않아도 된다.

女子와 이야기를 하고 있자니, 니시모토(西本)가 되돌아 나왔다.

「어이, 어떡할래.?」

그렇게 말하면서, 눈으로 信號를 보내온다. 女子가 마음에 들지 않았다는 信號다.

료헤이(良平)는 고개를 저었다.

「안 되겠어. 빨리 와라. 좀 더 저쪽이야. 途中에 딴 짓거리하면 안 돼.」

료헤이(良平)가 女子에게 未練을 갖고 있는 니시모토(西本)를 强制로 끌어내는 形式으로 店鋪를 나왔다.

이미 女子는 斷念을 하고,

「요다음에는 꼭이요. 잊지 말아요.」

하고 말한다. 화끈하게 斷念하는 것에 感動해서, 다시 찾아오는 境遇도 있다고 한다.

료헤이(良平)와 니시모토(西本)는 어깨를 나란히 하고

걸어갔다.
「아까 그女, 입 냄새가 至毒 하더구나.」
하고 니시모토(西本)가 말한다.
그 길을 오른쪽으로 꺾어서 다시 오른쪽으로 걸어가고 있을 때, 앞쪽에서『街』의 同人인 하야노(早野)가 비틀거리면서 걸어오다가 서로 부딪쳤다.
「여어, 이거 奇遇인데.」
오늘 大學構內에서는 만나지 못했다. 아마도, 册을 읽고 있었던지 小說을 쓰고 있다가, 저녁때가 되자 한 盞하려 나온 것 같다.
이 二町目의 베테랑이다. 이곳에서 하야노(早野)를 만나는 거, 異常한 일도 아니다.
하야노(早野)가,
「너도 그럭저럭 우리 黨의 鬪士가 되었단 말이냐.?」
그렇게 말하고서 료헤이(良平)를 껴안으려 한다.
「千萬에, 그렇지 못해서 未安. 但只 장난 좀 해 본거지. 한 바퀴 돌고 나서 어딘가로 가서 다시 한 盞 하려고 해.」
하야노(早野)가 니시모토(西本)를 보았다.
「오오, 너도 함께였냐.?」
니시모토(西本)와 하야노(早野)는 握手를 한다.

「우리 이렇게 만났으니까, 어디로 가서 한 盞 하지 그래.」

니시모토(西本)가 그렇게 말하자, 하야노(早野)는 고개를 설레설레 흔든다.

「나의 靑春의 野望은, 女子를 안는 것이 아니란 말씀이야. 但只, 淪落女를 描寫해서, 人間의 本質을 追求해 보는데 있다. 술은 이 程度로 充分 해. 이제부터는 아침까지 女子와 時間을 보내는 거지. 오늘, 집에서 送金이 왔걸랑. 오래간만에 나온 거야. 妨害놓지 말거라.」

료헤이(良平)는 빈정거리듯 껄껄대고 웃는다.

「센치멘탈(Sentimental＝感情的인, 多情多感한)한 女學生과의 타오르는 사랑을 쓰고 있는 네게, 어째서 遊女硏究가 必要 한 거니.?」

「요다음에 쓰려고.」

하야노(早野)는 商店 入口에 서서 이쪽을 보고 손을 흔들고 있는 女子를 본다.

「저런 女子들의 歷史를 쓰는 거다. 아 아니, 遊女의 歷史가 아니야. 遊女 個人의 歷史란다. 오-오-.」

하늘을 쳐다본다.

「이 더럽고 냄새 나는 거리여!. 이 속에, 어느 만큼이나 女子의 恨과 怨望과 憎惡가 뒤섞여 있단 말이냐.」

제법 醉한것 같다.

갑자기 니시모토(西本)를 노려본다.

「어이, 너 말이야. 이곳의 女子들을 組織化해서 스트라이크(Strike＝罷業)를 일으켜봐라. 재미있을 꺼다. 學生들의 스트라이크 같은 거, 아무도 거들떠보지도 않아. 좋아하는 쪽은 敎授들 뿐이다. 大學에 나오지 않아도 되니까.」

「스트라이크를 일으키먼 네가 第一 먼저 困難해 질 텐데.?」

「아 아니, 混雜스런 틈을 타서 全部 逃亡시켜 버리지 뭐. 자, 난, 간다. 장난일랑 그쯤 해 두고, 이 거리에서 빨랑빨랑 꺼지라 구.」

료헤이(良平)의 등을 두드려 주고서는, 하야노(早野)는 비틀거리며 걸어갔다. 어느새 사라지고 모습이 보이지 않는다.

「저 親舊에게는 단골이 있단다. 돈은 술과 女子에게 全部 써 버리고, 册은 册房에서 슬쩍해서 갖춘 댄다. 世紀末的인 病을 앓고 있는 重患者란다.」

료헤이(良平)는 니시모토(西本)에게 그렇게 말한다.

女子가 많은 거리

偶然이란 恒常 겹쳐서 일어난다고 했던가. 하야노(早野)와 헤어지고 나서 조금後에, 亦是 『街』의 同人인 세끼모토·히데오(關本英男)를 만났다.

세끼모토(關本)는 只今은, 거의 學校에는 나오지 않는다. 『街』의 會合에만 參席 할 뿐이다. 그리고 밤에는 마시고, 女子를 사는 것이다. 無賴派 인체 하면서, 一旦은 大學工夫는 하고 있는 하야노(早野) 보다도, 그 生活態度는 한술 더 뜬다.

그러나, 세끼모토(關本)를 이런 二町目에서 만난 것은 아무리 생각해 봐도 奇異한 現狀이다. 세끼모토(關本)는 하나소네(花園)거리의 方席遊女나 거리 모퉁이에서 서성대고 있는 街娼을 안는 일이 많다.

實은, 若干은 高級에 屬하는 이곳의 女子와는 因緣이 먼 축이다.

그래서 료헤이(良平)가,

「너도 장난 하려는 거냐?」
하고 물어본다.
「바보 같은 소리 작작 하 라 구.」
세끼모토(關本)는 가슴을 떡 벌린다.
「오늘밤에는 자고 가는 손님이다. 飜譯料가 들어왔걸랑. 어떠냐? 내 程度가 되면, 飜譯이라 하는 高級 아르바이트를 할 수가 있단 말씀이야.」
「飜譯 程度라면 히로가와(廣川)氏도 하고 있는 걸.」
「싸구려겠지. 그런 것쯤은 누구든 할 수 있지. 내가 하는 것은 어른들의 것이야. 그는 그렇고, 너희들에게는 시켜줄 수 없다. 너희들에게 시켜 주는 돈으로, 난, 後에 두 番 程度 더 갈 수 있걸랑.」
「넌, 正規의 遊女에게는 興味를 갖고 있지 않다고 했을 텐데.」
길 한복판에서 이야기를 하고 있는 세 사람에게, 左右의 商店의 女人네들이 줄 곳 소리를 내고 있었는데, 只今은 조용히 세 사람을 지켜보고만 있을 뿐이다.
「멍청하긴. 내게도, 三流보단 二流가 좋다는 거 뻔 하지 않냐.」
「좀 前에 하야노(早野)를 만났다. 크라스·메이트를 講義室에서는 만나지 못하고 이런데서 만나다니. 재미가 있어도 한참이야.」

「호오. 하야노(早野)도 왔더란 말이지. 저녁때쯤 하야노(早野)의 아파-트에 가 보았더니, 門에 잠을 쇠가 걸려있었다. 혼자서 마시고 있었단 말이지. 어느 쪽으로 기더냐.?」

「저쪽.」

료헤이(良平)는 하야노(早野)가 사라진 方向을 가리켰다.

「헤에. 저쪽이란 말이지. 그럼 그렇지. 한 바퀴 장난을 친 다음 단골女에게로 가겠구먼. 이거 정말 재미있게 되었는데. 그 子息의 단골女가 있는 집을 알고 있거든. 내가 먼저 달려가서 사 버릴 거야. 힛, 힛 힛 힛. 그 子息 하는 수없이 다른 女子를 사겠지.」

세끼모토(關本)에게는 이러한 惡趣味가 있다.

「그런 일 그만 둬라.」

「아니야, 그렇게 하겠어. 於此彼 그 子息과 난 한 구멍 同壻란다. 그보다도.」

세끼모토(關本)는 挑戰的인 모습으로 니시모토(西本)를 째려본다.

「革命家도 女子를 사는 거냐.?」

「안 되는 거니.?」

「그 럼 그럼, 안 되고말고.」

세끼모토(關本)는 크게 고개를 끄덕인다. 세끼모토(關本)는 誠實하게 살아가고 있는 사람들에게 强한 反撥을 느끼고 있는 男子다.

學生이란 良心과 正義感에 依해서 學生運動에 參加하고 있을 뿐이라는 생각을 세끼모토(關本)는 갖고 있다. 그래서 自身을 드러난 못된 놈이라고 規定해 버리고, 어떤 悲壯感 속에서 自身을 虐待하는 것에서 自己陶醉하고 있는 것이다.

「나쁘고말고. 너희들은 붉은 깃발을 휘두르고 있으면 그게 딱 어울려. 그런데, 性慾問題만해도 그렇지. 女同志들이 全部 處理해 주는 것 아니냐. 너희들 革命家들과 淪落女와는 어울리지 가 않아.」

「우리들은,」

료헤이(良平)가 說明을 한다.

「但只 장난일 뿐이다. 여기를 한 바퀴 돌고 서는 다시 燒酒를 마시러 가는 중이다.」

「헤헤, 장난이란 말이지. 돈이 없으니까, 장난이라도 쳐볼까 하고 왔단 말 이가.」

瞥眼間에 세끼모토(關本)가, 二메터 程度 물러나더니,

「어이, 모두들 잘 들어.」

크게 목소리를 지른다.
「여기 두 사람, 장난하려 왔단다. 돈도 가지고 있지도 않고, 진뽀(男子의 性器)도 서지 않는 대. 이딴 子息들에게 말도 걸지 마. 재숫 대가리 없는 거렁뱅이 子息들이야. 지나가거들랑 소금이나 뿌리라 구.」
료헤이(良平)와 니시모토(西本)는 얼굴을 마주 바라보면서 어이없어 했다. 여느 때처럼 술 酒酊이 始作되고는 있지만, 처음 보는 니시모토(西本)는 놀라고 말았다. 두 사람은 걸음을 재촉했다.
「언제나 저러 냐.?」
「그런 셈이지.」
「그렇구나.『街』는 無賴派의 集團이구나. 誠實한 者은 너밖에 없는 거 아니니.?」
「그렇지도 않아.」
등 뒤로 무거운 구두소리가 들린다. 뒤따라 온 세끼모토(關本)는 앞으로 追越해서 돌아 섰다.
「왜 逃亡치는 거냐? 어이, 니시모토(西本). 自己批判 해라. 불상한 女人들을, 進步的인 知識人으로 自負하는 너는, 求해주는 것이 옳은 일이다. 장난치며 돌아다닌다는 거 都大體 무슨 일이야.? 自己批判 하란 말이야.」

「어이.」
료헤이(良平)가 세끼모토(關本)의 가슴을 밀었다.
「보자보자 하니까 제멋대로 노는 구나. 나, 火 낼 거
 야. 두들겨 맞고 싶은 거냐?」
「오오. 패려면 패 봐.」
「좋다. 이를 악 물어라.」
료헤이(良平)는 왼손주먹을 꾹 쥐었다. 세끼모토(關本)
는 버티고 서 있다. 그 뺨을 向해서, 왼 주먹을 날렸다.
鈍濁한 소리가 들리고, 세끼모토(關本)는 옆으로 옆 걸
음을 치다가, 몸을 빙글 돌리더니 나가 떨어졌다.
비틀거리면서 지나가던 男子가,
「暴力은 좋지 않아요. 이 色의 거리는 사이좋게 즐기
 는 곳이란 말이요.」
노래를 하듯 그렇게 말하고 멈춰서지도 않고 지나간다.
넘어진 세끼모토(關本)는 큰대자(大)로 누워서,
「어이, 女子들아.」
하고 고함을 친다.
「나를 도와 일으켜라. 나를 도와준 사람 쪽으로 가겠
 다.」
「이런 바보새끼. 너 같은 酒酊뱅이를 손님으로 모실
 女子가 있을 것 같으냐.?」

「아니야. 난 醉해 있어도 빨리 끝내버리거든. 난 早漏란 말씀이야. 끈질기지가 않아. 한 방에 끝내버리고 푸푸 골아 떨어져 버리거든. 누군가 와줘라.」
그러나 女子들은 商店을 떠나지 않는다.
세끼모토(關本)가 傷處를 입지 않은 것을 確認하고서, 료헤이(良平)와 니시모토(西本)는 그곳에서 빠져 나왔다. 暫時 後에 뒤돌아보니까, 세끼모토(關本)는 일어서서 비틀비틀 걸어가고 있었다.
「저 親舊, 어느 만 큼 마시면 저 程度가 되는 거니.?」
「燒酒로치면 대여섯 컵 마시려나. 二日醉를 좋아 한다니까.」
「어쩐지, 나, 놀아 볼 氣分이 싹 가셨다. 어디엔가 가서 다시 한 盞 하자꾸나.」
료헤이(良平)들은 그 거리를 뒤로하고, 近處의 大衆술집으로들어갔다.
「여긴 말이야.」
니시모토(西本)가 속삭인다.
「이제부터 女子를 사려는 男子들이 氣分내기 爲해서 먼저 한 盞 하는 술집이란다. 어느 商店의 어느 女子가 좋으냐를, 이 술집의 마나님은 빠삭하게 꾀고 있단 말이거든.」

나란히 엉덩이를 내렸다.
「麥酒다.」
니시모토(西本)가 말한다.
「麥酒라.?」
「아아, 女子는 그만 둘란 다. 그것만큼 麥酒나 마시자꾸나.」
두 사람은 麥酒로 乾杯를 했다.
「都大體가,『街』의 무리들은 어떤 生活을 하고 있는 거니?」
「나도 잘 몰라. 但只, 小說을 쓰고 있는 것만은 確實해. 그러니까 只今껏 作品을 써내고 있지 않냐.」
「壯熱한 느낌이 든다. 그렇게 해놓고, 너와 세끼모토(關本)와의 사이에 응어리가 남게 되는 거 아니니.?」
「걱정 없어. 그 子息, 깨고 나면 우리들과 만났다는 記憶조차도 못하는 爲人 이란다.」
暫時 後에, 료헤이(良平)의 옆자리에서 마시고 있던 洋服차림의 男子가, 自身의 麥酒甁을 勸한다.
「한 盞 어때요.?」
아직 젊은 사람이다. 새러리드·맨(Salaried·Man) 타입(Type)이다.
제법 醉해 있는 것 같다.

「네, 辭讓않고 받겠습니다.」

男子는 료헤이(良平)와 니시모토(西本)의 술잔에 麥酒를 따르고서,

「벌써 끝내고 오는 거요.?」

히고 묻는다.

「아니요, 아직 입니다.」

「나도 只今부터라오. 學生氏, 女子는 信用할게 못돼요.」

「네에.」

「난 이때껏 女子를 사 본 적이 없다오.」

「아주 誠實하시군요.」

「여봐요, 主人丈, 이 學生들에게 麥酒 한 甁씩 付託해요. 計算은 내가 할 거 구요.」

다른 거리에서는 거의 없지만 신쥬꾸(新宿)거리에서는 흔히 있는 일이다. 先輩들이 사 주는 것이다. 새로운 麥酒가 나왔다.

男子는 그것을 받아서 료헤이(良平)들의 술 盞에 따르면서,

「그러나, 오늘밤, 난 決心했지. 女子를 살 거요.」

「무슨 일이라도.?」

「난 코퀴(Cocu=프=姦婦의 男便)라오. 나와 結婚을 約

束한 女子가, 나 의 親舊와 잤단 말이오.」

「설마요.」

「아니야, 眞짜요. 저녁때쯤, 合議下에 헤어지고 오는 길이라오. 그 子息, 질질 짜면서 빌고 야단이었지만, 容恕해 줄 수가 없잖소.?」

「但 한번 뿐인가요.?」

「그렇게는 말하고 있지. 그러나, 한 番이고 두 番이고 똑 같은 거지.」

男子는 麥酒를 들이켰다.

「主人丈 나도 한 甁」

몸까지도 료헤이(良平) 쪽으로 돌렸다.

「난, 아직도 그女를 사랑하고 있지. 그래서 오늘밤, 女子를 사려는 거라오.」

「네에.」

「그 女子를 잊지 않으면 안 되니까.」

「親舊分에게는 어떤 復讐를 하실 참인가요.?」

「죽여 버리고 싶어.」

「그렇겠죠. 先輩님의 女子라는 것을 알고 있으면서, 안 았단 말 입니까.?」

「그렇다오. 이봐요, 當身들. 그女 말이오, 도쓰까(戶塚) 의 아파-트에 혼자 살고 있다오. 只今부터 가주지 않겠소.?」

「네에.?」

「가서, 내 代身 왔노라고 하고, 자고 가시오. 좋아하지도 않으면서 사카가미(坂上)라는 作者에게 안겼다오. 사카가미(坂上)를 좋아하지도 않았다면, 當身들을 안아도 關係 없다는 뜻이야. 내가 그렇게 紹介하더라고 말하시오.」

「어림도 없는 이야기 입니다.」

「가 주겠소.?」

「도쓰까(戶塚)라면 이 近處 아닙니까. 傳할 말씀이라도 계시 다면 기꺼이 심부름 해 드립죠.」

「좋아.」

男子는 호주머니에서 萬年筆과 手帖을 꺼내었다.

「난 테라이(寺井)요. 그 女子는 오노키·마사꼬(大野木まさ子)라 한다오. 只今, 地圖를 그려주지. 가서, 交涉해 보시오. 遊女를 사려면 돈이 들겠지. 그女, 그냥자 줄 거야. 잘게 틀림없어. 자지 않는다면, 사카가미(坂上)를 좋아했다는 셈이 되는 거지요.」

奇妙한 論法이지만, 一旦은 어 거지 핑계 이기는 하다. 男子는 手帖을 한 장 찢어서 女子가 살고 있는 아파-트의 地圖를 그렸다.

「왜, 내가 當身을 選擇했을까.? 當身은 나의 後輩이고, 마사꼬는 와세다(早稻田)의 在學生이기 때문이요.」
「몇 學年 이신데요.?」
「四 學年.」
「그렇담, 一年 先輩 시군요. 文學部 인가요.?」
「그렇다 오.」
「설마하니, 佛文科는 아니겠죠.?」
「아니요. 科는 아무래도 相關없어. 이 도쓰까(戶塚) 보에이장(望榮莊)이 그女가 살고 있는 집이라오. 二層의 左側 두 번째. 只今, 紹介狀을 쓰겠소. 재워주지 않으면, 몇 마디 던져 주라구 요.」
찢어낸 종이 뒷면에. 테라이(寺井)는 紹介文을 썼다.
「난 二町目에서 女子를 사겠다. 넌, 萬一 네가 한 말 그대로라면, 이 分을 재워주어야만 하는 것이다.」
테라이(寺井)는 술집 主人丈게 말한다.
「이봐요, 主人丈, 여기의 電話番號는.?」
「네에, 이것입죠.」
술집 主人은 성냥갑을 내어밀었다. 성냥갑에는 술집이름과 電話番號가 적혀져 있다.
「자 그럼 이것을 가지고 가보시오. 자게 되었으면 이 電話로 電話해 주시오. 난 繼續 여기 있을 테니까.」

다시 테라이(寺井)氏는 몇 장의 百円짜리 紙幣를 꺼내었다.

「이건 택시 料金이고 나머지는 다시 한 盞 할 돈이오. 아르바이트 라고 생각하시오.」

종이쪽지와 百圓 紙幣를 류헤이(良平)에게 건네주었다.

료헤이(良平)는 니시모토(西本)와 얼굴을 마주 바라보았다.

「어떡할래.?」

「다녀와라.」

「함께 가자꾸나.」

「아니야, 둘까지 갈 必要가 없어. 난 二町目으로 갈랜다. 亦是 豫定대로 女子를 살랜다.」

「아니.」

테라이(寺井)는 료헤이(良平)의 어깨너머로 니시모토(西本)의 어깨를 두드린다.

「當身은 이 사람의 連絡이 있을 때까지, 나와 마시자구요. 女子는, 내가 사 줄 테니까.」

료헤이(良平)는 니시모토(西本)에게 눈짓을 보낸다.

니시모토(西本)는 머리가 잘 돌아 가는 사람이다. 고개를 끄덕인다.

「그럼, 이렇게 하죠. 저도 이 親舊와 함께 마사꼬氏를

訪問하죠. 그리고, 어떻게 되든 간에 전 술집으로 돌아오겠어요. 그렇지, 택시라면 往復 二十分 程度겠죠. 돌아와서 報告 드리기로 합죠.」

「응, 그것도 좋겠지. 何如튼, 그 女子와 談判해 주시오.」

료헤이(良平)와 니시모토(西本)는 술집을 나섰다. 택시는 空車가 수두룩했다. 바로 타고서 도쓰까(戶塚)로 向했다.

「그치 말이야, 自己가 있는 곳을 그女에게 알리고 싶은 거야. 난, 그女와 이야기를 한 다음, 이께부꾸로(池袋) 方面이니까, 다까다노바바(高田馬場)에서 곧장 돌아갈랜다. 아직도 마지막 電車까지는 四十分 程度면 탈 수 있다. 넌, 女子를 데리고 그 술집으로 가 줘라.」

「그러지. 그럴 참으로 따라온 거니까. 그렇지, 한번 도와주는 거지 뭐.」

「심부름 값도 받았고, 우리가 마신 술값도 支拂해 줬겠다. 더군다나, 넌 女子를 살 돈도 받을 수 있을게야.」

「글쎄, 그女가 男子를 데리려 나와 주려나?」

「그렇게 될 거야. 틀림없다 구」

가리켜 준 도쓰까(戶塚) 보에이장(望榮莊)은 얼른 찾을 수가 있었다.

언제나 찾아 다녔던 곳이었기 때문에 테라이(寺井)가 그려 주었던 地圖는 正確했다. 玄關으로 들어서자, 바로 階段이 나왔다. 구두를 벗고 올라갔다.

도어에 『오노끼(大野木)』라는 名札이 달려있다. 도어의 눈높이쯤에 가로세로 四十센치메터 程度의 우유빛 유리窓 이다.

房에는 電燈이 켜져 있다. 노-크를 한다.

「누구신데요.?」

아름다운 女子 목소리다. 그러나, 若干 操心스러움이 느껴진다.

「테라이(寺井)氏의 심부름 입니다.」

도어가 열렸다. 하얀 부라우스에 까만 스커트를 입고 있다.

(그렇구나, 學生이로군.)

얼굴이 갸름한 美人 이었다. 그러나 大學構內에서는 만난일이 없는 것 같다.

「테라이(寺井)氏라구요.?」

「네에.」

료헤이(良平)는 手帖에서 찢어낸 종이쪽지를 건네주었다.

「이것을 봐 주십시오.」

女子가 읽는다.

「失禮도 너무…….」

그렇게 중얼거리면서, 료헤이(良平)와 니시모토(西本)를 번갈아 쳐다본다.

「本心으로 자러 온 건가요.?」

「아닙니다.」

료헤이(良平)는 손을 저었다.

「데리려 온 겁니다. 테라이(寺井)氏는 신쥬꾸(新宿)의 술집에서 醉해 있어요. 데리러 가 주세요.」

「그 사람을 알고 있나요.?」

「아니요, 그 술집에서 처음 만났을 뿐입니다. 매우 쓸쓸해 하고 있었어요.」

「當身들 무슨科.?」

「佛文科.」

「佛文科라구요, 쓸데없는 參見이군요. 설마하니, 가짜 學生은 아니겠죠?」

따지기가 싫어서 료헤이(良平)는 學生證을 提示했다. 그것을 보고, 마사꼬는,

「알겠어요, 何如튼 間에 들어 들 와요.」

하고 말한다.

廊下에서의 이야기는 다른 房의 安眠을 妨害하기 때문이다.

男子는 弱하다.

人生道程에는 偶發事件이 이따금씩 일어난다. 때로는 그런 偶發的인 것이 그 人間의 運命을 左右하는 수도 있다. 大槪 그 많은 事件들은 하나의 에피소드(Episode=逸話)로서 過去의 뒤안길에 파묻혀 버린다.
생각지도 못한 료헤이(良平)와 니시모토(西本)는, 오노끼·마사꼬(大野木まさ子)라 하는 같은 와세다(早稻田)의 女學生의 房으로 들어가게 되었다. 다다미 여섯 장 짜리 房으로, 커-틴은 복숭아 色깔이다.
房바닥에 앉은 료헤이(良平)는, 책상위의 電氣스탠드에 불이 켜져 있고, 册과 노-트가 펼쳐져 있는 것을 보았다. 男子에게서 絶緣을 當한 直後인데도, 아마도 마음을 가라앉히기 爲해서 工夫를 하고 있는 것 같다. 한편 男子는 賣春街의 가까이에 있는 술집에서 술에 醉해서 괴로워하고 있다. 女子의 强靭함을 느껴 보았다. 册꽂이의 册을 보았다.

(아 아니, 心理學科 같은데. 그렇다면, 이야기하기가 수월 하겠군.)

료헤이(良平)는 이름을 밝히고, 니시모토(西本)를 紹介했다. 니시모토(西本)는 稀罕(희한)하게도 얌전한 모습으로 人事를한다.

「테라이(寺井)氏와는, 이젠 因緣을 끊었어요. 맞으러 갈 理由도 없구요, 가더래도 따라오지도 않을 거 에요.」
「아니요, 옵니다. 그 分, 當身과 헤어지고 싶어 하지 않아요.」
「헤어지자고 말한 쪽은 그쪽인걸요.」
「無理하고 있는 겁니다. 깡 燒酒를 마시고 있어요. 빨리 가 보셔야 해요. 오늘은 土曜日이 아니잖아요. 언제까지 마시고만 있다간, 來日 出勤에 支障을 가져와요.」
「나와 그 사람과 왜 헤어졌는지, 들었나요.?」
「當身이 그 分의 親舊分과 바람을 피웠다던데요.?」
「그래요. 誘惑에 넘어가 버렸어요. 칠칠맞지 못한 이야기네요. 그런데요, 男子란 떠버리세요.」
「테라이(寺井)氏 말인가요.?」
「아니요, 그 사람 親舊分. 나와의 일을 다른 女子에게 말했고, 그 女子가 그이한테 密告해 버린 거 에요. 내가 잘못한 게 分明하므로 하는 수 없지 뭐에요.」

「헤어지고, 이래서 그만 입니까.?」
「허지만 어쩌겠어요.? 그인 容恕해 주지를 않는걸요.」
「容恕해 드리려고 하는 겁니다. 자, 準備하세요. 當身을 데리고 가게 되면, 이 니시모토(西本)는 女子 房에서 잘 수 있는 돈을 받게 될 겁니다.」
「어째서 本人이 오지 않는 건가요.?」
마사꼬氏는 테라이(寺井)의 쪽지를 읽어 본다.
「이런 것을 쓰다니.」
료헤이(良平)를 쏘아본다.
「내가 자고가라고 한다면 자고 가겠어요.?」
「勿論이죠. 오는 途中에, 그런 可能性도 생각해 보았지요. 이렇게 해서 當身과 만났으니 즐겁게 자고 가죠. 난 말입니다, 오늘밤 만난 것뿐인 테라이(寺井)氏의 心理를 尊重해 줄 義務가 없습니다.
 니시모토(西本)는, 그것을 報告하기 爲해서 술집으로 되돌아 갈 겁니다. 그렇게 되었을 境遇에는, 테라이(寺井)氏와 이 親舊는 어깨를 나란히 하고 어깨춤을 추면서 賣春婦에게로 가게 되겠죠. 나로서는 어느 쪽도 相關없어요. 그러나, 當身은 맞으러 가는 것이 좋겠습니다. 난 下宿으로 돌아 갈 것 이구요.」
「男子란 異常한 動物이네요. 어째서 이런 짓을 敢히

할 수 있는지 모르겠어요.」
바로 그때에, 瞥眼間에 도어가 열리고, 洋服차림의 男子가 門앞에 우뚝 섰다. 마사꼬가 뒤돌아본다.
「只今 이 時間에 어쩐 일이세요?」
테라이(寺井)가 아니다. 같은 또래의 男子인 것이다.
「이런, 손님이 와 계시는군. 지나다가 들린 것뿐이야.」
「노-크도 하지 않고, 失禮도 이만 저만……」
「未安, 未安.」
男子는 서 있는 채, 료헤이(良平)와 니시모토(西本)를 번가라 바라본다.
「테라이(寺井)가 와 있지 않다는 것을 알고 있단다. 돌솥밥이나 먹으러 가지 않을래?」
마사꼬가 말한다.
「當身같은 사람, 이젠 얼굴도 뵈기 싫어요. 돌아가줘요.」
「그런 말 하면 쓰나? 너와 나 사이에.」
(그렇구나. 이 男子와 마사꼬가 바람을 피웠다는 말이군. 맛을 들여, 이렇게 찾아 온 것이로군.)
男子는 싱긋거리면서 돌아갈 생각도 하지 않는다.
「이젠 우린 全然 他人이 아니 잖나.」
「무슨 바보 같은……. 돌아가요.」
「아니, 돌아가지 않아.」

男子가 들어오려고 한다. 女子는 그러는 가슴을 떼어 민다. 若干의 옥신각신이 일어났다. 마사꼬는 료헤이(良平)들을 돌아보았다.

「付託해요. 이 사람을 쫓아내어 주세요.」

「알겠습니다.」

료헤이(良平)와 니시모토(西本)가 일어섰다.

마사꼬의 어깨를 잡아, 뒤로 밀어버리고, 男子의 어깨를 밀었다.

「이 女子分께서 當身보고 "돌아 가"하고 말했다고 보는데. 그만 돌아가시지. 常識的으로 보더래도 이 時刻쯤에는 紳士가 레디(Lady)를 訪問하는 時間이 아니지.」

「자네들은 이 女子의 同級生들인가.?」

「그렇다.」

「그럼, 後輩로구나. 난 先輩란다. 자네들이나 나가 주게나. 이 女子는 말이네, 나의 愛人이라네.」

「거짓말 하지 마. 이 사람의 戀人은 테라이(寺井)氏란 말이다. 當身보다, 훨씬 男子다워.」

「테라이(寺井)는 이미 이 女子와 헤어졌단 말이야. 정말이라니깐. 마사꼬氏, 어젯밤, 테라이(寺井)와 이야기 끝났다네. 테라이(寺井)는 이젠 마사꼬氏를 斷念했다구.」

료헤이(良平)는 男子를 廊下로 끌어내었다.

男子는 비틀거리면서,

「자네들은, 아무것도 모르고 있어. 나와 그女는 이미 他人이 아니란 말이야.」

그렇게 소리친다. 료헤이(良平)는 그의 팔을 붙잡고 비틀면서, 귀에 입을 갖다 대었다.

「들어봐, 先輩. 하루 밤 잤다고 해서 그 女子를 내 것이 되었다고 생각하는 거 큰 잘못이야. 그 女子는 말이야, 當身을 試食해 보니까, 테라이(寺井)氏보단 맛이 덜하다고 한단 말씀이야.」

「이거 놓아.」

「何如튼, 當身과 해 보니까, 테라이(寺井)氏의 것이 훨씬 좋다는 것을 알게 된 것 같아. 비가 내리고 나서 땅이 굳어진다는 것은 이를 두고 한 말이야.」

료헤이(良平)도 廊下로 나왔다. 니시모토(西本)도 따라 나왔다. 도어를 닫았다.

周圍의 房 사람들이 나오고 보면 別로 재미가 없기 때문에, 료헤이(良平)와 니시모토(西本)는 左右로 男子의 팔을 붙잡고, 階段을 내려왔다.

男子는 조용히 따라 왔다. 抵抗을 한다면 두들겨 맞는다는 恐怖를 느꼈음에 틀림없다.

「心理科에 너희들 같은 不良輩가 있었단 말 이가.?」
「그래, 그래 어쩔 테냐.」
길로 나왔다. 그곳에서 男子의 팔을 놓았다.
「어떡할래.? 當身은 낙지국을 먹었어. 그러니까, 두 번 다시 만나고 싶지 않다고 말했을 텐데. 그女는 말이야, 當身과의 사이에 일어났던 事實을 모두 테라이(寺井)氏에게 告白하고, 테라이(寺井)氏의 섹쓰(Sex)가 훨씬 좋다고까지 報告하면서 容恕를 빌었단 말이야. 테라이(寺井)氏의 좋음을 새삼스럽게 認識했다는 뜻이지. 女子도, 이따금씩은 바람을 피워도 좋을 境遇가 있구먼. 當身말이야, 졌단 말이야.」
「그럴 턱이 없어.」
「그렇다니까. 다른 女子를 찾아보는 게 좋을 거야.」
「정말로, 容恕했단 말이야.?」
「그렇다니까. 우쭐대지 말란 말이다. 빨랑 꺼지는 게 身上에 좋을 거야.」
「알겠다. 흠. 그딴 女子. 자네들도, 辭讓말고 안아 봐. 누구와도 쉽게 자 줄 女子니까. 난 말이야, 한 번쯤으로는 좋지 않을 것 같아서, 한 番 더 자 줄 셈으로 온 것뿐이야.」
「그럴 必要는 없어. 그女의 後悔는 眞짜니까.」

「어째서 이런 밤중에, 너희들이 그女 房에 있는거냐?」
「우리는 그저 親舊일 뿐. 當身과는 相關없는 일이야.」
男子가 사라지고, 료헤이(良平)와 니시모토(西本)는 房으로 되돌아왔다. 마사꼬는 房에 이불을 깔고 있는 中이었다.
료헤이(良平)를 보고서,
「當身, 자고 가도 좋다고 했죠? 여기서 자세요.」
「설마요. 當身이 테라이(寺井)氏에게 火를 낼 理由는 조금도 없어요.」
「何如튼 間에 난 신쥬꾸(新宿)로 가서 한 번 더 그이와 만나겠어요. 그이의 房으로 갈 것인가, 여기로 올 것인가는 알 수 없어요. 何如튼 當身은 여기서 자요.」
니시모토(西本)는 료헤이(良平)를 바라본다.
「마침 잘 되었군 그래. 너의 下宿은 멀어, 只今부터 돌아가는 것도 힘들지. 여기라면, 와세다(早稻田)까지 걸어서 五分밖에 걸리지 않아. 아침에 늦잠을 잘 수도 있고 말이야.」
「그도 그렇군. 좋아, 자고 가겠습니다. 女子의 이불속에서 잔다는 거 오래간만이로구나. 그럼, 두 사람 얼른 가 봐요.」
「열쇠는 여기 두고 가겠어요. 내가 돌아오지 않으면,

房을 나갈 때에는 門을 잠그고, 열쇠는 門위의 선반에 놓아둬요.」
「알겠어요.」
「冊은 슬쩍 하지 말아요.」
「그런 흉내는 내지 않습니다.」
니시모토(西本)와 마사꼬氏가 나가고, 료헤이(良平)는 안에서 門을 잠그고, 속옷차림이 되었다. 이불속으로 들어간다. 女子의 냄새가 짙게 풍긴다. 시-트는 새것으로 깔았으니까 그렇지 않지만, 이불에는 속속들이 女子 냄새가 배어있다.

료헤이(良平)에게는 테라이(寺井)라 하는 男子의 토라진 心理를 朦朧(몽롱)하게나마 알 수 있을 것 같다. 그것에는 男子의 애처로움이 있다. 그러는 한편, 勝利感에 陶醉되어 나타난 또 한 사람의 男子에의 嫌惡感도 있었다. 그래서, 입에서 나오는 대로 마구잡이로 말하면서 그 男子를 쫓아버렸다.

아마도 니시모토(西本)는 신쥬꾸(新宿)로 向하면서, 료헤이(良平)가 路上에서 그 男子에게 어떤 말을 했는지를 마사꼬氏에게 들려주었음에 틀림없다. 마사꼬氏는, 萬一 테라이(寺井)와 和解를 했을 境遇, 료헤이(良平)가 한 말이 事實이건 아니건, 그것을 踏襲(답습)하게 되겠지. 료헤이(良平)는 또한 마사꼬氏가 혼자서 되돌아오는 것은 바라지 않았었다. 그보다도, 나 自身의 힘으로 헤어지려 했던 男女의 사이가 復活된다는 것은 즐거운 일이다.

료헤이(良平)는 女子 體臭속에서 잠으로 깊숙이 빠져들었다. 눈을 떴을 때, 窓門밖은 벌써 밝아 있었다. 커-틴을 걷고 窓門을 열었다. 房안에는 異常이 없다.

爽快한 아침 空氣를 들어 마시면서 後頭部를 두드렸다. 아직도 알-콜 끼가 남아 있지만 별것 아니었다.

(역시 和解를 한 거다. 마사꼬 女史님은 그 男子의 房으로 간 거다.

빨리 同居라도 한다면, 이번과 같은 잘못은 일어나지 않을 텐데.)

아주 쬐끔 이기는 하지만, 섭섭한 氣分이 들지 않는 것은 아니다. 마사꼬氏가 혼자서 되돌아오면 좋겠다는 期待感도, 료헤이(良平)에게는 있었다. 그러나 그것은 至極히 微微한 期待感 이었다.

一旦 바지를 꿰어 입고 廊下를 나가서, 化粧室로 갔다. 되 돌아 와서 이번에는 잠을 쇠를 잠그지 않고 바지를 벗고 다시 이불 속으로 들어갔다. 아직도 學校로 가기에는 이른 時間이다.

(그렇구나, 大學近處에 下宿하는것은 이렇게 便하구나.)
그렇지만 房貰가 비싸다. 한편으론, 료헤이(良平)들이 살고 있는 곳이 空氣만큼은 훨씬 깨끗하다.
료헤이(良平)는 눈을 감자마자 어느새 잠이 들었다.
다시 눈을 떴을때, 人氣척을 느꼈다. 고개를 돌려보니까, 마사꼬氏가 冊床앞에 앉아 있었다. 그 옆얼굴이 보인다.

「야아, 언세 돌아 왔어요.?」

뒤돌아보는 마사꼬氏의 얼굴은 아름답게 化粧을 하고 있었다.

「只今, 조금 前에요. 잘 자고 있던데요.」

료헤이(良平)는 배를깔고 엎드린 채 담배를 피워 물었다.

「그럼, 報告해 주시렵니까. 니시모토(西本)는 어떻게 되었나요.?」

「보다, 찐한 葉茶를 탈 께요.」

이미 물을 끓이고 있던 마사꼬는 葉茶를넣어서 료헤이(良平)의 베갯머리로 날라 왔다. 그리고 반듯이 앉는다.

「當身의 親舊分, 테라이(寺井)氏가 건네주는 돈을 한 사코 받지 않았어요.」

「그런 男子ㅂ니다. 그 子息, 놀아날 돈은 가지고 있었어요.」
「정말 갔었을 까요? 나요, 그 分도 여기로 와 있을 거라고 생각했는데.」
「아니요, 오지 않았어요. 왔다면 도어를 두들겨 나를 깨웠을 테니까요.」
「房을 잠그고 주무셨나요?」
「勿論이죠.」
「내가 되돌아왔다면, 어쩔 번했어요? 잠이 깨어있지 않았다면, 난 갈 곳이 없잖아요.」
「돌아오지 않을 거라는 것을 알고 있었거든요. 테라이(寺井)氏의 心理 程度, 훤히 드려다 보여요.」
「……………….」
「헌데 當身들은?」

하자, 마사꼬의 表情에 에로틱한 動搖가 일어나고, 그것이 수줍은 微笑로 바뀌었다.

「여러 일이 있었지만, 結局 그이 房으로 갔어요. 그이 혼자서는 運轉을 할 수 없을 程度로 醉해 있었거든요.」
「그렇게 醉해 있으면 안 되지. 容恕해 주겠다는 決定的인 行爲를 할 수 없을 테니까. 그럴 程度는 아니었겠죠?」
「그것은 글쎄요. 싫어요, 아침부터 그런 이야기는.」

「確實하게 말씀해 주세요. 協力해 드린 저로서는 알아야 할 權利가 있거든요.」

「마음대로 想像하세요. 그이, 여느 때보다도 더 激烈했어요.」

「그렇다면 當身은 얼마 자지도 못했겠는데요. 어째서 천천히 쉬었다가 오지 않았죠?」

「그이와 함께 아파-트를 나왔어요. 그인 會社로 出勤했어요.」

「헤헤, 健壯하시구먼.」

「틀림없이 宿直室인가 어딘가에서 꼬불쳐 자겠죠.」

「내가 생각한 그대로지만, 어떤 面에서는 씁쓸하군요. 반한 女子에게는, 男子란 이렇게 弱하리라고는. 나의 豫想을 뒤 엎고, 當身에 對해서 "너 같은 거 眞짜로 必要 없어." 하고 火를 내주었으면 좋았었는데. 그렇게 했다면, 두 사람 사이는 멀어졌을는지는 모르겠지만, 尊敬은 했겠지요.」

료헤이(良平)는 葉茶를 홀쩍인다.

「그 代身에,」

마사꼬는 한숨을 吐한다.

「이젠 두 番 다시는 그런 失手는 絶對 하지 않겠어요. 眞짜 혼찌검이 났어요.」

「그럼, 나 일어날래요. 뒤로 돌아 앉아 주실래요.」
마사꼬는 부엌으로 가서 수돗물 소리를 내었고, 료헤이(良平)는 일어나서 바지를 꿰어 입었다.
와세다(早稻田)로 向하는 료헤이(良平)를, 마사꼬는 玄關까지 따라 나와서 바래다주었다.
「빨리 結婚 하세요.」
「이번에 그이의 兩親을 뵈러 가기로 했고, 우리 집에도 데리고 가려 해요. 아침을 못 해 드려서 정말 罪悚하네요.」
「너무 마셔서, 食事고 뭐고 글렀어요.」
「그럼, 좀 더 주무시고 가실래요.」
「아니요, 講義室에 얼굴이래도 비춰야죠. 當身은 四學年이니까, 講義가 別로 없겠군요.」
「아니요, 그렇지도 않아요. 敎職科目을 履修해야만 돼요.」
니시모토(西本)를 만난 것은, 그날 午後였다.
「어젯밤, 어떻게 된 거니.?」
「그들 둘이서 하는 꼬락서니를 보고 있자니 어쩐지 虛無感이 몰려오더구나. 그래서 집으로 돌아갔단다. 마지막 電車를 가까스로 타고서 말이야.」
「그 테라이(寺井)라는 男子, 女子의 얼굴을 보자마자,

어린애처럼 알랑거리지 않던.?」

「그랬었단다. 마치 엄마 앞에서 어리광 부리는 小學生
　처럼 말이야.」

료헤이(良平)와 니시모토(西本)는 圖書館옆 나무椅子에
걸터앉았다.

「女子도 말이야, 엄마가 갓난애 어르듯이 따독거리고
　있더라 구. 眞짜 꼴 볼견들이야. 女子는 돌아오지 않
　았지.?」

「男子 房으로 갔단다. 아침에 돌아왔다. 男子는 말이
　야, 醉해있었는데도, 아주 情熱的이었다고 하더군.」

「그 어떤 子息에게 지지 않으려고 힘깨나 썼던 게로
　군. 너, 자지 않고 기다린 거 아니니.?」

「너희들이 나가고 나서, 자는데 五分도 채 걸리지 않
　았단다.」

「서로 서로 無事해서 多幸이긴 하다.」

「거리에는 수많은 드라마가 널려있는 셈이군. 알지도
　못하는 女子房에서 혼자서 잔다는 거, 도쿄(東京)란
　眞짜 재미있는 곳이야.」

『新流』 新企劃

文藝雜誌 『新流』가 妙한 企劃을 發表했다.
全國의 同人雜誌에 參加하고 있는 사람들에게, 原稿를 募集하게 된 것이다.
한 同人誌를 代表해서 한 篇씩, 三十枚 內의 小說을 應募 할 수 있다. 十二月號에 그 特輯을 發刊 한다고 했다. 同人雜誌에서만이, 애쓰고 있는 無名作家들에게, 文壇 登用의 찬-스를 주어 보자는 뜻에서였다. 료헤이(良平)들도 재빨리 그 內容을 알게 되었다.
「이건 대단한 일인데.」
無名의 新人이 作家로서 데뷔(Debut=프) 하는 데는 몇 가지 길이 있다.
첫 번째가 縣賞小說 應募에서 當選되는 것. 두 번째가 同人雜誌에 力作을 發表해서 雜誌評에서 稱讚이 藉藉해서 認定을 받고, 아꾸다가와(芥川)賞의 候補가 되는 것. 受賞만 된다면 더할 나위가 없다.

세 번째, 實力있는 作家나 評論家에게 認定을 받고, 그의 推薦(추천)에 依해서 文藝雜誌에 發表하는 것.
와세다(早稻田)大에서 료헤이(良平)도 그의 講義를 받고 있는 아오노·수에요시(靑野季吉)敎授는, 文壇에서의 長老的 評論家 이시다.
講義室에서의 講義는 但只 노-트를 읽는 것뿐으로서, 료헤이(良平)로서는 도무지 재미라고는 없었지만, 그 名聲때문인지 受講生은 恒常 滿員이었다. 個人的으로 指導를 받고 있으면 재미있을 런지 모르겠지만, 료헤이(良平)의 周圍에서는 누구도 그렇게 하고 져 하는 사람이 없다.
그런 아오노(靑野) 敎授님이,
「評論家 둘만 짜면 한 사람을 作家로 出世시키는 것은 누워서 떡먹기다.」
그렇게 말했었다고, 료헤이(良平)들 사이에서는 話題가 되었던 일이 있었다. 評論家의 힘을 誇示하는 말이었다.
정말로 아오노·수에요시(靑野季吉)敎授가 그렇게 말했는지 어쩐지, 學生들은 모른다. 但只, 그 말에는 迫力이 있었다. 변변찮은 作品일지라도 評論家가 認定만 해 준다면, 人氣를 부른다.

와세다(早稻田)의 文學靑年들은 特히, 評論家들에게 그 어떤 콤프렉스(Complex＝强迫觀念)를 품고 있다. 와세다(早稻田) 出身의 評論家는 極少數이다.

그는 그렇고 또 한 가지는, 有力 編輯者의 도움을 받아서, 그 사람에게 認定을 받는 것이다.

그中에서 그렇게 社交性도 必要없고, 가장 빠른 길은, 縣賞小說에 入選하는 길이다. 그러나, 數百 數千의 作品속에서 뽑힌다는 것은 대단히 어려운 일이다.

『新流』의 새로운 企劃의 魅力은 뽑히는 것이 한 篇이 아니고, 아마도 열 篇 以上이 될 것이라는 점이다. 뽑힐 確率이 높다는 意味다.

더군다나, 一旦은 하나의 同人誌의 代表가 되는 셈이므로, 誠實하게 읽어 줄 것이 틀림없다는 것이다.

會議가 열렸을 때에,『新流』의 그런 企劃이 話題가 되었다.

「어떠냐.? 우리들 『街』에서도, 한번 挑戰해봐야 되는 거 아니냐.?」

그렇게 말한 것은, 이미 自身이 쓰고 있는 것이 平均 以上의 水準에 到達해 있다고 自負하고 있는 세끼모토(關本)였다. 그 세끼모토(關本)와 親하게 지내고 있는 하야노(早野)는, 遊女를 사는 데는 勇敢하지만, 그것 外는 愼重派에 屬한다.

「아니야. 우리들 實力으로는 無理 일 꺼다.」

이이쓰까·무네아끼(飯塚宗昭)도 首肯한다.

「그럴지도 모르지. 全國에는 數 百個의 同人雜誌가 있다. 거의 全部가 應募하겠지. 떨어질 게 뻔 해. 有名同人雜誌의 베테랑들이 全部 따먹을 거야.」

「아니야, 그렇지는 않을 거다.」

다까야마(高山)가 反論을 한다.

「베테랑들은 솜씨가 좋다는 것은 認定 해. 그러나, 新鮮味가 없어. 同人雜誌와는 若干 벗어나 있다고나 할까. 眞짜로 實力이 있는 者는 이미 文壇에 나가 있을 거야. 『新流』는 새로운 作家의 登用을 期待하고 있다는 意味다. 떨어진다 하더라도 어쨌든 應募는 해야 된다고 본다.」

詩를 쓴다는 무라가미·가즈에(村上かずえ)가,

「그래요. 난 小說과는 關係없지만, 應募 해야 돼요.」

다까야마(高山)의 말에 贊成한다. 이애는, 이야기를 할 때면, 가슴의 커다란 乳房이 흔들린다.

巨漢인 이와이·구니히꼬(岩井國光)는, 료헤이(良平)들보단 一年 先輩로, 그런 意味에서 發言權이 쎄다.

「좋은 찬-스가 아니냔 말이야.. 쓰고 싶은 사람은 쓰는 거야. 난 안 돼. 아직도 商業的인 雜誌에 發表할 만한 實力이 안 되거든.」

무레야마·지로(郡山次郎)는, 이와이·구니히꼬(岩井國光)와는 달리 료헤이(良平)보단 一年 後輩다.

「써야 하구말구요. 찬-스를 利用하지말란 法은 없걸랑요. 아마도 와세다(早稻田)의 모든 雜誌들이 모두 應募 할 거에요.」

히로가와·미찌에(廣川道江)도 다까야마(高山)에 贊成한다. 료헤이(良平)는 미찌에(道江)와 親하다. 그러나, 무라가미·가즈에(村上かずえ)나 히로가와·미찌에(廣川道江)나 但只 雜誌同人일 뿐이다. 討論이 될 수가 없었다. 떨어져 봤댔자 損害 볼게 없는 것이다.

밑져봐야 本錢 아닌가. 積極的으로 反對하는 理由를, 이이쓰까(飯塚)나 하야노(早野)는 갖고 있지 않다. 應募해 보기로 決定을 보았다.

헌데, 代表를 어떤 方法으로 뽑는다지.

「나이 順으로 하자꾸나.」

그렇게 主張한 것은 세끼모토(關本)였다. 나이가 더 많은 쪽은 하야노(早野)다. 그러나, 하야노(早野)는 應募할 뜻이 없다.

그렇게 되고 보면, 다음이 세끼모토(關本)와 이이쓰까

(飯塚)와 이와이(岩井)다. 이이쓰까(飯塚)나 이와이(岩井)에게도 應募할 意志가 없다. 그렇다면 세끼모토(關本) 혼자만 남는다.

「그러는 게 어디 있어요.」

미찌에(道江)가 얼른 反對 意思를 말한다.

「나이 順으로 하는 거, 들어 보지도 못했어요. 只今까지의 實績으로 뽑아야 해요.」

「實績이라고.?」

세끼모토(關本)가 입가에 비웃음을 흘린다.

「實績같은 거, 누구도 갖고 있지 않아. 서로가 똑같은 同一線上이다.」

「그렇지도 않아요.」

미찌에(道江)의 얼굴이 빨개져 왔다. 이 애는, 조그마한 일에도 興奮을 잘한다.

「와까스기(若杉)氏를, 난 推薦해요. 同人 雜誌評에서도 稱讚을 받았구 요, 『新作家』에도 發表 했잖아요.」

「『新作家』 같은 거, 同人雜誌의 하나에 不過 한 거야.」

세끼모토(關本)는 册床을 두들긴다.

「아마도, 『新作家』에서도 應募할꺼다. 『新作家』 程

度에 실렸다고 좋아 날뛰는 꼬락서니들 하곤.『新作家』代表에게 이길 턱이 없겠지. 그치들은 낡아 빠졌단 말이다. 그치들에게 꼬리를 흔드는 일은 없어야 돼.『街』에서 새로운 文學을 創出해 내지 않는다면 意味가 없다는 거다.」

「뭐가 새로운 거고 뭐가 낡은 건가요. 커-피를 카휘라 쓰는 것이 새로운 건가요.?」

이이쓰까(飯塚)가,

「글쎄, 글쎄, 興奮하지들 마.」

仲介에 나섰다.

「應募하고픈 者는 三十枚 程度의 作品을 쓰는 거다. 그것을 모두에게 읽히고, 제일 좋은 것을 뽑아서 應募하면 되는 거다. 討論을 하게 되면, 어렵게 될 테니까, 投票를 해서 第一 많이 얻는 쪽이 提出하면 되는 거다.」

「흥.」

세끼모토(關本)가 고개를 젓는다.

「文學에 多數決은 없어. 政治家의 選擧와는 다르다 이 말이야.」

「그러나, 너, 그렇게 되면 이야기가 끝이 없는 거다.」

이와이(岩井)가 미찌에(道江)의 案을 支持한다.

「모두 그렇게 쓰여 지는 게 아니야. 그래, 只今까지의 實績으로 봐서, 와까스기(若杉)에게 힘을 몰아 주자 구.」
「와까스기(若杉)의 小說같은 거,『新作家』의 훈도시 밖에 되지 않는단 말이야.」
세끼모토(關本)는 繼續 反對다.
「當身 말이요.」
고개를 미찌에(道江)에게로 들이민다.
「와까스기(若杉)에게 반한 거 아니요.?」
「엉뚱한 말은 하지 않기로 해요.」
쎄게 세끼모토(關本)를 나무란 것은 무라가미·가즈에(村上かずえ)였다.
「그것과 이것과는 무슨 相關이 있나요. 나도, 와까스기(若杉)氏에게 맡기고 싶어요. 入選의 可能性이 있는 것은, 아무것도 모르는 내가 봐서도, 와까스기(若杉)氏 밖에 없는 것 같아요.」
「너희들에게,」
세끼모토(關本)는 비웃음을 흘린다.
「小說이 뭔지나 알기나 하는 거냐.!」
「몰라도 좋아요. 느낌 이라는 게 있으니까요.」
료헤이(良平)보다도 한 學年 아래인 키리야마·다헤꼬

(桐山妙子)가, 낮은 목소리로,
「나두 요, 와까스기(若杉)氏가 좋을 것 같애요. 여기서 한 사람으로 定해 버리는 것이, 쓰는데 意慾이 생길 것 같아서요.」
「그렇다, 와까스기(若杉)로 定하자구나. 假令일러, 別 볼 것 없다고 치더라도, 實績은 實績이니까.」
다시 이러 저러한 이야기가 오고간 다음, 세끼모토(關本)는 입을 꼭 다물고 있는 료헤이(良平)를 바라본다.
「너, 應募해 볼 勇氣래도 있는 거냐?」
료헤이(良平)는 고개를 끄덕인다.
「있다.」
「흐-음, 시골 촌놈은 무서워. 글쎄, 좋다. 그래, 네가 應募해 봐라. 글쎄다, 如何튼 間에 學生으로서는 無理 일 테니까.」
「응, 그럴 테지.」
료헤이(良平)는 쓴웃음을 흘린다.
「그나마도, 鄭重하게 읽어 준다고 믿을 수도 없고. 카피를 해서 保管해 둘 必要가 있어.」
「하,하하하. 카피를 해 둘 만큼의 價値있는 作品을 쓸 것 같으냐, 너 말이다.」
세끼모토(關本)는 점잖게 앉아있는 키리야마·다헤꼬

(桐山妙子)에게로 向한다.
「와까스기(若杉)는 말이지, 요전번에, 신쥬꾸(新宿) 二町目 女子를 사기 爲해 갔었단다.」
료헤이(良平)를 만난 것을 記憶하고 있는 것 같다.
다헤꼬(妙子)는 疑心스런 表情을 짓는다. 純情한 女子로서는, 假令일러 료헤이(良平)에게 特別한 感情을 품고 있지 않다고 하더라도, 이런 것은 쇼-크인 것이다.
「거짓말.」
와세다(早稻田)의 女子學生들, 료헤이(良平)의 親舊인 사까다(酒田)와 初面인데도 잠자리를 같이했고, 더군다나 아쿠메(Acme＝絶頂感, 크라이막스)를 달린 가즈에가 있는가하면, 요전번에 만났던 오노끼·마사꼬(大野木まさ子)와 같은 女子도 있다.
그런가 하면 다헤꼬(妙子)와 같은, 철부지 純情派도 많이 있다.
『街』나 다른 同人雜誌에 關係없는 佛文科의 同級生들은 거의가 純情派 일게다. 고 료헤이(良平)는 생각했다.
「거짓말 이라고.? 너, 男子를 모르냐.? 난 二町目에서 이 親舊를 만났다니까.」
「그럴 턱이 없어요.」

미찌에(道江)도 否定을 한다.
「이 사람은 그럴 사람이 아니에요.」
「이런 이런.」
하야노(早野)가 한숨을 吐한다.
「當身은 小說깨나 쓴다고 하는 女子로서, 아무것도 모른다니까. 와까스기(若杉)도 平凡한 男子중에 그 한 사람이란 말씀이야. 나도 그날 밤 와까스기(若杉)를 만났었다. 니시모토(西本)에게 물어 봐. 우리들과 同級生이다 이 親舊. 니시모토(西本)와 둘이서 異常한 물건이래도 찾는 듯이 어정대고 있었단다.」
료헤이(良平)는 다헤꼬(妙子)의 어깨를 두드린다.
「한 盞 마시고, 장난질이나 할까하고 한 바퀴 서성거린 것 밖에 없단다. 勿論 登樓는 하지 않았지.」
「거짓말 마.」
세끼모토(關本)가 소리를 지른다.
「난, 말이야, 네가 遊女의 손에 이끌려 들어가는 것을 보았단 말이야.」
이야기가 언제부터인지 옆으로 흐르고 있다. 形勢가 不利하다고 느꼈을 때의 세끼모토(關本)의 솜씨다.
「보았다고.?」
「그럼. 니시모토(西本)는 빨간옷의 女子를 골라 잡고

있던 걸. 너의 相對는, 化粧을 짙게 한 뚱뚱한 女子였다. 그 女子, 틀림없이 病을 앓고 있을 거야. 그렇다면, 너 或是, 只今 病에 걸려있는 거 아니냐.?」
「뚱뚱한 여자라고.?」
「그럼, 아줌씨 같던데, 인마!. 그女子, 싸구려였지.? 三百円, 四百円? 於此彼 살거면, 반반한 것을 사거라.」
「레-디들 앞에서 넌 하지 않아야 할 말을 함부로 지꺼리고 있구나.」
「너 혼자서만 샀다고는 안했다. 나도 샀고, 하야노(早野)도 샀다. 난 이 女子에게 眞實을 말하고 있는 것 밖엔 없어.」
「어이, 세끼모토(關本).」
이이쓰까(飯塚)가 세끼모토(關本)를 나무란다.
「너 주제넘게 參見이 좀 지나치다. 그만 저만 해 둬.」
「아니야, 그만둘 수 없다.」
료헤이(良平)가 이이쓰까(飯塚)를 制止한다.
「이 子息, 거짓말을 하고 있단다. 글쎄, 샀던 사지 않았던, 그런 것은 아무래도 相關없어. 그러나, 그날 밤은 眞짜 아니야. 놀라지들 말어. 난 그날 밤, 와세다(早稻田)에서 잤단다. 신쥬꾸(新宿) 二町目이 아니었단 말이다.」

「와세다(早稻田)에서.?」

세끼모토(關本)는 妙한 表情을 짓는다.

「그렇단다. 다른科의 四學年 先輩인 女學生의 房이지. 美人이었다. 너희들. 재미있는 이야기가 될 런지는 모르겠다만, 들려 들 주지. 니시모토(西本)도 알고 있단다.」

오노끼·마사꼬(大野木まさ子)란 이름은 숨긴 채, 세끼모토(關本)를 만난 後에 일어났던 드라마를 료헤이(良平)는 곁 살을 부쳐가며 이야기 했다.

「創作 한 番 멋 들어 지구나 야.」

「니시모토(西本)에게 물어 봐라. 그 親舊도, 곧바로 집으로 돌아 간것 같애.」

「사람을 求한거네요.」

미찌에(道江)는 곧 믿는 눈치다.

「當身다운 이야기네요.」

「僞善者 새끼.」

세끼모토(關本)는 어깨를 으쓱한다.

「나 같으면 그女를 안고 잔다. 그곳이 나의 마음에 들지 않는 곳이야.」

「어째서.?」

다헤꼬(妙子)가 眞摯한 얼굴로 세끼모토(關本)에게 質問을 한다.

「와까스기(若杉)氏가 賣春 잠자리를 하지 않았는데도 했다고 거짓말을 하는 理由가 뭔가요.?」

「이봐, 잘 들어 둬. 들어가는 可能性이 크다고 내가 느꼈을 때에는, 이미 나의 世界에서는, 이 子息이 들어 간 것과 매 한가지다. 그래서 난, 나의 그 思想을 發表한거야. 小說이란 바로 그런 거다. 와세나(早稻田)의 리얼리즘(Realism=寫實主義)이라고, 그건 이미 낡아빠진 思想이란 말이다.」

「도무지 알 수가 없어.」

「글쎄, 글쎄.」

이이쓰까(飯塚)가 다시 세끼모토(關本)를 制止한다.

「너무 까닭도 알 수 없는 말 그만 지 꺼리 거라. 아까의 이야기도 그렇다. 나도, 와까스기(若杉)가 우리들 챔피언으로서 『新流』에 應募할 作品을 쓸 것을 支持한다.」

세끼모토(關本)가 소리를 버럭 지른다.

「부루투스, 너 마저도 그러기냐.」

　　※【부루투수, 너마저?】
　　　　라틴어=Et tu Brute?=로마皇帝 율리우스·카이

사르가 親舊인 마르쿠스·유니우스·부루투수를 包含 한 무리들에게 暗殺 當하면서 부루투스를 向하여 외쳤다고 여겨지는 有明한 引用文이다. 흔히 믿던 親舊나 相對에게 背信을 當하였을 때 使用되는 引用文이다. ※

「妥當한 線이라 생각한다. 亦是 實績은 實績이다. 『新流』에서는 每年 十二月에 할 것 같다. 今年度에는 와까스기(若杉)에게 맡겨 둬 보자. 落選하면, 와까스기(若杉)에게는 來年度에는 權利가 없는거다.」
「이 子息은, 來年度 이야기를 하고 난리야.」
「난 그래. 人生이란 길고도 긴 거다. 넌 若干 길을 急히 가려고 해. 그게 틀려먹은 게야.」
무레야마(郡山)도 贊成이고, 그렇게 되자, 생각보다 빨리 簡單하게 료헤이(良平)의 應募가 決定 되었다. 오래간만에 모처럼 모두가 얼굴을 合친 날이다. 그대로 헤어질 수야 없지. 모두는 다까다노바바(高田馬場)의 大衆 술집으로 向했다. 두 사람씩 짝을 지어 걸어가고 있다. 가즈에가 료헤이(良平)의 팔을 붙잡는다.
「사까다(酒田)氏, 健康하세요.?」
「健康하다마다. 健康萬点이지.」
「그로부터, 한 번도 만나지 못했어요.」

「當然한것 아니니.」

가즈에에게는 다니오까·다카시루(谷岡高志)라하는 戀人이 있다.

그 男子와 헤어지기 爲해서 료헤이(良平)의 下宿으로 찾아와서 사까다(酒田)와 交歡했다. 그 現場을, 료헤이(良平)는 보고 있었다.

그리고 그런 事實을 가즈에는 다니오까(谷岡)에게 말했다. 그러나, 가즈에는 그 다니오까(谷岡)와 헤어지지 않았던 것이다. 다른 男子와 情을 通했다는 事實이, 反對로 다니오까(谷岡)로 하여금 가즈에에 對한 情熱을 불타오르게 했는 것 같다.

只今, 가즈에는 다니오까(谷岡)와 繼續해서 同居하고 있다.

「그인, 只今도 사까다(酒田)는 架空人物 이고, 내가 바람피운 相對는 와까스기(若杉)氏라고 믿고 있어요.」

「困難하게 되었군. 난 다른 사람에게 미움 사는 거 싫어한단다.」

「그렇게 생각하고 있으니까, 眞짜로 그대로 되어 보지 않을래요.?」

「아서라, 그런 생각 쬐끔도 없단다.」

「오늘밤, 그인 없어요.」
「어째서.?」
「故鄉 집에 갔어요. 來週쯤에야 돌아 올 거 에요.」
「그럼, 오늘밤에는 프리(free) 겠군.」
「가지 않을래요.?」
「아니, 辭讓할래.」
「그럼, 當身 下宿집으로 데리고 가 줘요.」
乳房을 밀어붙이고 있다. 普通 女子의 倍 程度의 重量感이 있다.
「사까다(酒田)氏를 만나고 싶어.」
豊滿한 肉體를 주체하지 못 하는 것 같다.

이러저러한 사람들

저녁 무렵 이다.
료헤이(良平)들은 다까다노바바(高田馬場)로 向해 가고 있다. 地下鐵驛 方向이다.
저쪽으로 부터는 第二學部(夜間部)의 學生들이 무리지어 오고 있다.
그들의 大部分은 亦是 學生服을 端正하게 着用하고있다. 아르바이트(Arbeit=독=Part Time Job)가 아니더라도 定式으로 採用되어 있는 學生들도, 學生服을 입고 있는 때가 많다. 官廳이나 큰 會社에서는 그런 靑年들을 많이 볼 수 있다.
學生服은 한 벌로 足하다. 奢侈(사치)하는데 돈을 쓰지 않아서 좋다. 스쳐 지나가는 第二學部 學生들은 姿勢마져도 또렷하다.
誠實한 表情으로, 바른 姿勢로 걷는다.
그에 比해서, 료헤이(良平)들의 一行은 어딘지 모르게

뼈가 빠진 걸음걸이를 하고 있다. 어디까지나 頹廢的인 文學靑年의 集團이다.

첫째, 세끼모토(關本)와 하야노(早野)는 學生服은 아예 입지 않는다. 꾸깃꾸깃한 紳士服을 입고, 일부러 넥타이도 구겨서 매고서, 천천히 걷는다. 더군다나, 女子를 帶同하고서 말이다.

얼굴을 찡그리고서, 그들 學生들은 료헤이(良平)들을 바라본다.

료헤이(良平)가 가즈에에게 속삭인다.

「이 손 놓아. 부끄러운 생각이 든다.」

「하는 수 없는 사람이로군요. 사람 눈이 그렇게도 神經이 쓰이나요?」

가즈에는 그러면서도 率直하게 손을 놓는다. 료헤이(良平)는 그 乳房으로부터 解放되었다. 氣分이 환해졌다. 첫째, 氣分좋게 느껴지는 乳房을 繼續 눌러오게 되면, 自然히 몸이 興奮狀態가 되어서, 걷기가 苦痛스러워진다. 正面에서 걸어오는 學生들에게 보여질 念慮가 있기 때문이다.

「난 말이지,」

료헤이(良平)가 말한다.

「일하면서 배우고 있는 저들에게서, 그 어떤 劣等感

을 느끼고 있단다. 저들을 봐 보라 구. 堂堂하고, 誠實하면서, 自立하고 있거든. 뭐라 해도 이쪽은 부모님의 옆구리를 긁고 있으니까.」

「그보다도, 오늘밤, 當身의 下宿집으로 데리고 가줘요.」

「안 돼. 자네에게는 다니오까(谷岡)氏가 있어.」

「오늘밤에는 없는걸요.」

「오늘밤에는 없다고 해도, 있는 것은 있는 거야.」

「頑固한 아저씨로군요.」

가즈에는 앞서 걸어가는 이이쓰까(飯塚)를 쫓아가서는 그의 팔을 붙잡는다. 머리를 두번 세번 이이쓰까(飯塚)의 어깨에다 부딪치면서, 무언가 이야기를 하는 것 같다.

「왜 그러는데.?」

히로가와(廣川)가 료헤이(良平)와 나란히 했다.

「가즈에氏를 火나게 했나요.?」

「오늘밤, 바람을 피우고 싶대요.」

「拒絶했단 말인가요.?」

「아니, 내가 아니야. 사까다(酒田)요.」

이미 몇번이고 료헤이(良平)의 房으로 놀러갔던 미찌에(道江)는, 사까다(酒田)를 잘 알고 있다.

「생각나요. 그 사람, 女子에게 人氣가 있는 타입 이세요.」
「나도, 그치의 手腕에 놀라고 말았다 니까.」
미찌에(道江)는 男子에게 끈적대는 타입-이 아니다. 료헤이(良平)의 팔도 잡지 않는다. 自然스럽게 걷고 있다.
「보여 주던가요.?」
「그럼.」
료헤이(良平)는 아쓰꼬(原子)와 사토꼬(惠子)의 이야기를 했다.
그러나, 사까다(酒田)가 相對를 바꿔 하자고 한 말에 對해서도, 미찌에(道江)는 그렇게 놀라지도 않았다.
「左翼性의 사람들에게는 그런 点이 있는 사람이 있다 고 해요.」
하고 말했다.
「그런데요. 당신도 바랬던 일 아니던가요.? 사토꼬(惠子)라는 女子와는 一旦 즐겼으니까요.」
「남은 국물 한 방울 티어 온 거야.」
「언제쯤 이야기?」
「몇 日前.」
「그 後론 만나지 않았나요.?」

「더 以上 만나지 않겠지. 슬쩍 스쳐간 불장난 이었으니까.」

「女子는, 그렇지가 않아요. 빠른 時日 內에 반드시 찾아 올 테니까요.」

다까다노바바(高田馬場)의 모퉁이를 돌아서 若干 걸어가자면 왼편에 大衆 술집이 있다. 넓은 집으로, 二十名 程度의 손님을 받을 수 있다.

아직 時間이 이르기 때문에, 손님은 없었다. 모두는 나란히 자리에 앉았다. 미찌에(道江)는 료헤이(良平)의 옆자리에 앉았다.

燒酒 컵으로 乾杯를 한다. 컵은 됫박 속에 들어 있고, 술집 男子는 컵이 흘러넘치도록 燒酒를 따른다. 그렇게 함으로서 正味 한 홉이 되는 것이다.

「이께다·오사또(池田小里)氏, 그 後론 어떻게 했어요.?」

「最後의 線앞에서 멈추고 있는 狀態죠. 더 進行할 것인가, 말아야 할 것인가. 純眞한 애니까, 아무렇게나 안을 수는 없어.」

「아직 處女라는 까닭으로.?」

「그런가 봐요.」

미찌에(道江)와 이런 이야기를 하고 있는데, 瞥眼間

저쪽에서 세끼모토(關本)가,
「아무리 생각해 봐도, 와까스기(若杉)를 代表로 하는 것은 불리해.」
그렇게 말한다. 미찌에(道江)가 反駁(반박)한다.
「그렇게 定했잖아요.」
「아니야, 이제부터래도 바꿀 수 있어. 어이, 와까스기(若杉). 너도 自身이 없는 거지.?」
「그건 그래.」
료헤이(良平)는 率直하게 말했다.
「自身은 없다.」
「그렇다면, 내려라. 自身있는 내가 應募 하겠다.」
「當身은 안 돼요. 獨善的인 제멋대로의 小說이니까요.」
全國에는 數도 없이 많은 同人誌가 있다. 그것을 構成하고있는 사람들 사이에, 이번의 『新流』의 發表는 커다란 波紋을 불러 일으켰음에는 틀림없다. 强力한 리-더(Leader＝指導者)가 있는 것은 그렇다 치고, 도토리키 재기의 論爭이 될 수밖에 없을 것이다. 大槪 小說을 쓴다는 사람들은 原來 自慢心이 强하다. 와세다(早稻田)의 다른 그룹에서도 엇비슷한 論爭이 벌어지곤 했다.

미찌에(道江)를 뒤따라서 모두가 세끼모토(關本)를 몰아세우자 세끼모토(關本)는 자리를 박차고 일어섰다.
「그렇다면, 난 돌아 갈랜다. 나의 眞價를 모르는 子息들과는 난 함께 마실 수 없어.」
컵의 燒酒를 단숨에 마셔버리고, 그대로 나가버렸다.
「저 子息, 會費도 내지 않고 가 버렸잖아.」
「내버려 둬.」
누구도 뒤쫓지를 않는다. 모두는 아무 일 없는 듯이 이야기를 繼續했다. 료헤이(良平)도 미찌에(道江)와 이야기를 하면서, 세끼모토(關本)에게 一種의 羨望을 느꼈다. 어떻게 해서도, 료헤이(良平)에게는 세끼모토(關本)와 같은 自信感이 없는 것이다.
「暫間.」
갑자기 이야기를 멈추고, 미찌에(道江)가 료헤이(良平)의 소매 자락을 끈다.
「저쪽을 봐 봐요.」
視線을 따라가자니, 무레야마(郡山)가 키리야마·다헤꼬(桐山妙子)의 어깨를 껴안는 모습으로 무언가를 繼續 이야기 하고 있다.
다헤꼬(妙子)는 困難스런 表情으로 몸을 움츠리고선

이야기를 듣고 있는 것 같다.
「꼬득이고 있는 거 아닌가요.?」
「그런지도 모르지.」
「저 애, 숫處女에요.」
「그러니까 興味가 있었겠지요.」
「좀 도와줘요.」
무레야마(郡山)가 非常한 솜씨의 蕩兒라는 것은, 미찌에(道江)도 잘 알고 있다.
「내버려 둬요. 저 애는 나름대로, 쉽게 속아 넘어가지 않아.」
「當身, 試圖해 봤어요.?」
「설마, 그러리라는 마음이 들어서 그래요.」
이 술집에서 모두는 두 時間 程度 있었다. 술집을 나서자, 모두 빙 둘러서서 圓을 만들고 서는,
「그럼,」
이이쓰까(飯塚)가 말했다.
「오늘밤에는 이것으로 散會한다. 난 신쥬꾸(新宿)로 가겠다. 함께 갈 사람은 같이 가자.」
「난 곧장 집으로 갈래.」
하고 다까야마(高山)가 말한다.
「난 來日 아침 일찍 出勤 해야 해.」

미찌에(道江) 곁으로 다헤꼬(妙子)가 다가왔다.
「히로가와(廣川)氏, 함께 돌아가요.」
아마도, 무레야마(郡山)의 計劃이 失敗로 끝난 것같다.
「에에, 같이 돌아가요.」
미찌에(道江)는 다헤꼬(妙子)의 어깨를 안았다. 가즈에가 료헤이(良平)의 앞으로 다가 왔다.
「眞짜로 나를 데리고 갈 마음이 없으세요.?」
「없이.」
「그럼, 사까다(酒田)氏에게 安否 傳해 줘요.」
結局, 돌아갈 사람은 돌아가고, 이이쓰까(飯塚)들은 신쥬꾸(新宿)로 나가기 爲해서 驛으로 向했다. 료헤이(良平)는 미찌에(道江)와 相議해서 이께부꾸로(池袋)로 가기로 했다.

료헤이(良平)에게는 돌아가는 方向이다. 다헤꼬(妙子)도 함께였다.

홈에서 일단 만났다. 이께부꾸로(池袋) 方面의 車가 먼저 到着해서,

세 사람은 올라탔다. 미찌에(道江)도 다헤꼬(妙子)도 反對方向이었지만, 미찌에(道江)로서는 다헤꼬(妙子)를 무레야마(郡山)로부터 保護하는 생각에서였다.

이께부꾸로(池袋)의 西쪽 出入口를 나서서,『珊瑚』로

들어갔다.」」

多幸스럽게도, 손님은 한 双의 男女가 있을 뿐이었다.
이번에는 燒酒보다도 若干 强한 아와모리(泡盛り)였다.
그 代身에, 곁에 물 컵을 두고, 술 한 盞 마시고, 물을 마신다.
「무레야마(郡山)氏가 꼬셨지.?」
미찌에(道江)가 묻자, 다헤꼬(妙子)는,
「글쎄요, 誘惑을 當하고 있었는지, 놀림을 當하고 있었는지……」
고개를 갸우뚱 해 보인다.
「操心하세요. 그 사람 걸렸다하면 그만이니까.」
「그렇게는 보이지 않았는데.」
「보이지 않는 것이 危險한거야. 文學論이나 藝術論으로 煙幕을 쳐 놓고서, 멍청해 있는 사이에 앗 하는 瞬間에 파고든다니까요.」
「싸르트르에 對해서만 이야기 하던걸요.」
「베토벤-으로 誘惑 當한 사람도 있고, 싸르트르나 까뮤로 當한 사람도 있어요.」
료헤이(良平)는 두 사람의 女子의 이야기를 듣고만 있을 뿐이다.

미찌에(道江)가 언니役을 톡톡히 發揮하고 있다. 나이도 틀리고, 經驗도 다르다.

그런 後에, 료헤이(良平)는 미찌에(道江)에게 낮을 소리로 물어본다.

「요전번에, 내가 當身 房에 머무르고 있을 때의 그 사람, 요즈음에도 오나요.?」

미찌에(道江)는 고개를 젓는다. 다헤꼬(妙子)가 놀라고 있다. 미찌에(道江)가 說明해 준다.

「그날 밤, 이 사람, 愛人과 함께 자고 갔단다.」

료헤이(良平)도 덧 부쳐 말했다.

「어느 한쪽도, 난 아무 일도 없었지.」

「그건 믿겠어요.」

미찌에(道江)도 首肯한다.

「이 사람, 그 愛人을 대단히 所重하게 여기고 있단다. 아직까지, 아무것도 하지 않은 것 같애.」

「그건 事實이다.」

료헤이(良平)는 아와모리(泡盛り)를 마신다.

「그러니까, 너무 不便스러워 죽을 지경이다. 아까 적에 當身에게 말한 사토꼬(惠子)라 하는 女人, 그 女人과 즐기고 난 後, 只今까지 童貞이라니깐.」

「그거, 언제쯤의 일인데.?」

「二週日 前쯤.」
「그렇담, 別거 아니잖아요.?」
「난 한창때에요. 어때요.? 두 사람 함께, 여기서부터는 나의 自炊房이 더 가까우니 까요. 자고 가요.」
하자, 다헤꼬(妙子)가 眞摯한 얼굴로 質問한다.
「와까스기(若杉)氏, 佛文科 크라스·메이트에는 親한 사람 없으세요.?」
「없어.」
료헤이(良平)에게 만이 아니고, 一般的으로 同人雜誌에 加入해 있는 學生들은, 크라스·메이트보다도 同人에게 連帶感을 갖게 되고, 交際의 重点도 그곳에 둔다. 크라스·메이트와 交際가 깊은 사람은 大學工夫에만 熱中하는 사람들이다. 다헤꼬(妙子)는, 『街』의 同人이기는 하지만, 一般學生의 部類에 屬한다.
「거짓말.」
미찌에(道江)가 고개를 젓는다.
「當身, 혼다·도모꼬(本田友子)氏에게 關心이 많은 거 아닌가요.?」
크라스의 女學生 이다. 야마카다(山形＝큐우수에있는 地名)의 美人으로, 途中에 다른 科로부터 轉科해 온 사람이다. 느긋하고 柔軟한 타입으로서, 그 얼굴型도 료헤이(良平)가 좋아 하는 타입이다.
「關心이 있다는 것과는 若干 달라요. 멀리서 바라보고만 있을 뿐이죠. 술값이 없는데 마시고 싶을 때에, 잘빌려 주거든. 좋은 애에요.」
「함께 마신 적은요.?」
「크라스의 콘파 일 때 程度. 個人的인 交際는 없어.」
　※【콘파=Company=費用이 共同負擔인 茶菓會 또는 親睦會】
크라스의 거의 三分의 一은 女學生으로서, 亦是 그 안에서 여러 因果關係가 일어나게 마련이다.
그러나, 료헤이(良平)들이 크라스·메이트와 接觸하는 것은, 主로 試驗때 이다. 노-트를 빌린다. 또는, 이따금씩 試驗場에서 女子·學生의 옆이나 뒤座席에 앉는다. 答案紙를 보고서, 그것을 參考로해서 自身의 答案紙를 메꾸기도 한다. 簡單히 말해서 컨닝(Cunning=不正한 手段을 써서 目的을 達成하는 術策) 이다.
이렇듯 試驗때에, 工夫派인 女學生 周邊에는 工夫에 別로인 男學生의 텁수룩한 얼굴들이 모여들게 된다.
혼다·도모꼬(本田友子)도 그 中에 하나다.
「정말일까.?」
미찌에(道江)가 고개를 갸우뚱 한다.

「行動的인 當身이 그 사람에게 接近하지 않을 까닭이 없어요.」
「아니야, 그게 事實인 걸. 이렇게 보여도 난 마음이 여려. 더군다나, 相對는 誠實한 아가씨거든. 그보다도, 오늘밤, 내 房에서 자고가요.」
「어 떡 할 꺼나.?」
미찌에(道江)가 다헤꼬(妙子)와 相議한다.
「가 볼 꺼나?」
「히로가와(廣川)氏가 간다면, 나도 가도 좋아요.」
「이 런 이런, 當身도, 眞짜 어린애로구먼.」
미찌에(道江)는 한숨을 내쉰다.
「자고 가지 않겠냐고 묻기 前에, 이 사람, 무슨 말을 했는지 알겠어요? 요 몇日間 女子를 안지 않았다고 했 단 말이야.」
「아, 그랬던 가요.」
「當身을 데리고 갔다간, 고양이 앞에 다랭이脯 란 말이야.」
「바보. 그런 일 없어요. 아무 짓 하지 않아. 곁에 있는 것만 해도 즐거워요. 무슨 짓을 한다는 거야.?.」
「眞짜.?」
「勿論.」

「내게도.?」

「勿論.」

「그렇담, 가 볼 꺼나.」

이야기가 簡單하게 끝났다. 이미 미찌에(道江)는 몇 번이고 료헤이(良平)와 같은 房에서 잤다. 한 이불 속에서 잔일도 있다. 료헤이(良平)가 强制的이 아니라는 것은 잘 알고 있다.

열 한 時가 조금 지나서, 제법 醉한 료헤이(良平)는, 亦是 제법 醉한 미찌에(道江)와, 別로 마시지 않은 다헤꼬(妙子)를 데리고, 電車에 올랐다.

미찌에(道江)가 료헤이(良平)의 팔을 잡는다.

「『新流』에 應募하는 거 腹案이래도 있는 건가요.?」

「있지요. 美軍 基地에서 본 것을 쓰려 해요. 基地村에서 꿈틀거리고 있는 人間像을 쓸 겁니다. 基地問題를 正面으로 들추어내는 것은 너무 過하기 때문에요.」

두 사람의 女子를 데리고 돌아오기에는, 若干은 좁은 房이다. 이불은 하나밖에 펼 수가 없다.

미찌에(道江)는 그것을 알고 있다. 다헤꼬(妙子)도 今方 알아 챌 것도 같다. 그런데도, 익숙해 있는 미찌에(道江)는 그렇다 치고, 처음인 다헤꼬(妙子)도 아무렇지도 않는 눈치다. 安心해도 좋았다.
그 옆얼굴을 보고서,
(정말로, 이애는 아직도 어린애로구나.)
그렇게 생각했다.
와세다(早稻田)에는, 이러한 純眞한 계집애들이 例外로 많이 있다.
良家의 아가씨로 키워져서, 無菌 狀態로 學生生活을 보내고 있는 것이다.
男子도 女子도, 사람에 따라서 그 生活內容이 千差萬別인 것이다.
같은 『街』의 同人 이면서도, 세끼모토(關本)와 다헤꼬(妙子)는 完全히 다른 世界에 살고 있다.
세끼모토(關本)에 있어서의 다헤꼬(妙子)와 같은 女子는, 但只 길가에 널려있는 路傍草에 不過하다. 다헤꼬(妙子)에 있어서는, 세끼모토(關本)는 까닭도 알 수 없는 異常한 『아저씨』인 것이다.
電車를 내려, 건널목을 건너서 어두컴컴한 길을 걸어 갔다. 다헤꼬(妙子)는 크게 숨을 드려 마신다.
「空氣가 너무 맛있다.」
오른쪽이 山이고, 왼쪽이 논밭이고 山을 끼고 있다.
「그래서 난 여기서 살고 있어요. 도쿄市內에 살고 있

었다면, 벌써 病에 걸려 있을는지도 몰라. 난 세끼 모토(關本)들과는 달리 健康하지가 못하거든.」
벌써 앞뒤의 사람들이 지나 가고 보이지 않는다.

불놀이

醉해서 아무 일 없이 女子와 한 이불 속에서 자는 것에는, 료헤이(良平)는 익숙해 있다.
그런 體驗이 없는 사람들은 그것이 異常스럽게 여겨지는 것 같다.
또한,
「아무 일도 없었다니, 거짓말.」
그렇게들 斷言해 버린다. 男子와 女子는, 한 이불 속에 들어가면, 되는대로 흘러가게 마련이다. 頑强하게 그렇게 말하는 사람도 있다. 되는대로 흘러가는 可能性이 있긴 하지만, 되는대로 되지 않는 境遇도 없는 것은 아니다.
女子와 노는데 익숙한 사람일수록, 그것을 體驗的으로 理解하고 있다. 미찌에(道江)와 다헤꼬(妙子)는, 이께부꾸로(池袋)에서 보자면 自身의 下宿집으로 가는 것보단, 료헤이(良平)의 房으로 오는 것이 훨씬 가깝다. 그래서 따라 왔던 것이다.

勿論 그 뒤 깊숙한 곳에는 微妙한 女子의 心理가 있긴 하지만, 그것은 매우 작은 것이다.

미찌에(道江)는 體驗的으로 료헤이(良平)를 信用하고 있고, 다헤꼬(妙子)는 天眞스럽게 믿고 있다.

세 사람이서 하나의 이불이므로, 옆으로 폈다. 먼저 료헤이(良平)가 속옷차림으로 이불 한 가운데로 들어 갔다. 미찌에(道江)가 다헤꼬(妙子)에게 說明한다.

「男子가 한 사람 일 때에는, 가운데 눕히는 것이 에티켓(Etiquette＝禮法)이라 하더군.」

「호-음.」

그런 것쯤은 다헤꼬(妙子)도 알고 있겠지.

아무것도 모르는 숫處女의 心情이라 해도, 亦是, 어린애가 아닌 것이다. 反對하지를 않는다.

미찌에(道江)가 스탠드의 불을 켠 채로 洋裝을 벗고 스립-모습으로, 窓門쪽으로 들어 가 누웠다.

료헤이(良平)는 반듯하게 누워있다.

勿論 몸을 아무렇지도 않고 平靜 그대로 이다.

그러나, 그냥 자려하지는 않았다. 이렇게 누워서, 이야기를 나누다가, 그러는 中에 잠이 오면 자려는 것이다.

다헤꼬(妙子)가 말한다.

「電燈. 꺼도 괜찮은가요.?」
밝은 電燈불빛 아래에서 속옷차림이 되는 것이 부끄러웠기 때문이다.
「아아, 괜찮 구 말구.」
그렇게 對答한 다음,
「그러나, 事實로 말해서 너의 속옷 입은 모습이 보고
  싶단다.」
시치미를 뚝 따고서 그렇게 말한다.
옆에서 미찌에(道江)도,
「辭讓할 必要 없어. 그대로 벗어요. 멋진 스타일-을
  한 껏 뽐내보라 구요.」
하고 말한다.
그러나, 망설이던 다헤꼬(妙子)는 亦是 電燈을 끈다.
暫時동안 껌껌해졌던 房도, 亦是 두개의 窓門이 있기 때문에, 어두컴컴하게 보인다.
다헤꼬(妙子)는 옷을 벗고, 바로앉아서 그것을 반듯하게 개어놓는다.
료헤이(良平)에게 禮義도 바르게 人事를 하고, 이불자락을 살짝 들치고서, 다리부터 밀어 넣고서 반듯하게 눕는다.
이불을 가로로 폈기 때문에, 무릎 쪽에서 그 아래는

그냥 다다미다. 그렇지만 추운 季節은 아니다.

료헤이(良平)의 兩어깨는 女子들의 어깨에 닿아 있다. 그런데 닿아 있는 程度를 본다면 미찌에(道江)쪽이 强하다. 그것은 미찌에(道江)는 익숙해 있기 때문이다.

「이봐요, 다헤꼬(妙子)氏.」

미찌에(道江)가 몸을 돌려 이쪽으로 向했다.

그 팔은 료헤이(良平)의 가슴위에 놓여졌다.

료헤이(良平)의 얼굴 너머로 다헤꼬(妙子)를 넘겨다 본다.

「다헤꼬(妙子)氏, 男子와 이렇게 해서 같은 이불속에서 함께 자는 거, 처음이겠죠.?」

「에에, 처음이에요.」

다헤꼬(妙子)는 고개를 끄덕이면서 말했다.

「어떤 氣分이 드나요.?」

「…………..」

「아무렇지도 않나요.?」

「若干, 가슴이 두근거리네요.」

「이 사람이 안아 오면,」

미찌에(道江)는 료헤이(良平)에게 바싹 密着시켜 온다.

「어쩔래요.?」

아마도, 제법 醉해오고 있는 미찌에(道江)는, 다헤꼬
(妙子)를 한 番 놀려줄 心算인가 보다.
「困難해요.」
「뺏으려는 마음은 없다 해도, 男子란, 안으려는 것쯤
　은 하고 싶어 해요.」
「그래도, 困難해요.」
다헤꼬(妙子)는 료헤이(良平)쪽으로 고개를 돌리고서,
「그런 거, 하지 말아요.」
「아 아니, 나도 몰라.」
「그리고,」
미찌에(道江)는 말을 繼續한다.
「이렇게 해서 같이 자는 境遇, 一旦은 要求하는 것이
　男子의 에치켓 이에요.」
「설마.」
「글쎄, 와까스기(若杉)氏.」
미찌에(道江)는 료헤이(良平)를 슬슬 들쑤신다.
「내 걱정은 하지 말고, 要求 해 보면.?」
漸漸, 미찌에(道江)는 本格的으로 놀려대기 始作 했다.
미찌에(道江)와 같은 體驗者는, 純眞한 女子애를 놀리
고 싶어지는 가보다.
료헤이(良平)는 一旦은 共犯者가 되어 보기로 했다.

다헤꼬(妙子)가 어떤 反應을 나타 낼 것인가 試驗해 보는 것도 興味로운 일이다.
다헤꼬(妙子)쪽으로 얼굴을 돌린다.
너무 가까운 거리이므로 마주하고 누워 있는 모습이다.
「미찌에(道江)氏가 이렇게 말하고 있단다. 어떻게 할까.?」
다헤꼬(妙子)는 고개를 젓는다.
「弄談 그만해요.」
「萬一 내가 미찌에(道江)氏에게 協力을 求해서 너를 犯하기 爲해서, 여기로 데리고 왔다고 한다면, 어찌겠니.?」
다헤꼬(妙子)는 손을 뻗어 電氣스탠드의 불을 켰다.
두려워졌기 때문에 밝게 한 것이다.
「그럴 理가 없어요.」
「男子를 믿으면 못써. 아무 짓도 하지 않겠다는 約束을 믿고, 같은 房에 누워서, 結局에는 純潔을 빼앗기고 말아. 이건 흔히 있는 일이야.」
「하지만 미찌에(道江)氏가 있는걸요.」
「그런 생각이 어리석어. 女子에 있어서, 女子親舊는, 언제 信賴를 背反할지, 保證 할 수 없는 거야.」
「이제 그만, 이 以上 놀래 키지 말기.」

「놀래 키고 있는 게 아냐요. 忠告해 주고 있는 거지.」
료헤이(良平)는 다헤꼬(妙子)가 今方 켠 電燈을 끄고, 이번에는 몸 全體를 다헤꼬(妙子)쪽으로 돌아 누워, 다가가서, 그 어깨를 껴안았다. 미찌에(道江)는 아무 말 없이 가만히 보고만 있다.

다헤꼬(妙子)는 몸을 빼려고 했다. 힘을 주면서 료헤이(良平)는 그것을 許諾하지 않았다.

그러자 다헤꼬(妙子)도 얌전해졌다.

「어쩌려 구요.?」

意外로 이것은 秘密스런 목소리이기도 했다.

「어떻게 할까.? 어쨌든 간에 于先, 키스는 해야지.」

只今, 다헤꼬(妙子)는 료헤이(良平)의 팔에 안긴 채 가만히 있다.

료헤이(良平)는 그 뺨에 뺨을 密着 시켰다. 머리 냄새가 香氣롭다.

다헤꼬(妙子)는 兩팔로 가슴을 안고 있다. 그래서, 료헤이(良平)의 손은 그 乳房에 닿을 수가 없다.

「좋아하지도 않으면서 이렇게 할 수 있어요.?」

「아니야, 좋아해. 男子는 女子를 좋아하게 돼 있어.」

「놓아줘요. 답답해요.」

「그보다. 이쪽으로 돌아 누워요.」

료헤이(良平)는 다헤꼬(妙子)의 어깨를 돌려 세우고 다리를 허리에 감았다. 아무런 抵抗없이 다헤꼬(妙子)는 료헤이(良平) 쪽으로 몸의 方向을 바꾸었다.
료헤이(良平)는,
「이 손이 거치적거리는군.」
그렇게 속삭이고서는, 다헤꼬(妙子)의 오른팔을 붙잡고, 自身의 등 쪽으로 이끌었다. 그렇게 되니까, 模樣上으로는 서로 끌어안고 있는 모습이 되었다.
등을 쓰러주면서 감고 있는 다리에 힘을 주었다.
「이봐, 얼굴을 들어 봐.」
그러나, 다헤꼬(妙子)는 얼굴을 숙인 그대로 있다.
그때쯤 되어서 드디어 미찌에(道江)가 꿈틀거리기 始作했다.
료헤이(良平)의 어깨에 팔을 걸치고, 上體에 中心을 두면서, 위로부터 드려다 보고 있다.
「이젠, 더 以上 괴롭히는 거 그만 둬요.」
「응.」
료헤이(良平)는 팔을 헐겁게 했다.
「이 사람, 너무도 純眞해. 이렇게 사람을 쉽게 믿어 버리면, 나중에 크게 當할꺼야. 그것을 가르쳐 주고 있는 거 에요.」

「그만하면, 알아 들었어요.」
료헤이(良平)는 팔을 풀고, 다헤꼬(妙子)의 얼굴에 입을 맞추고는, 허리에 감겨있는 다리를 풀고 서, 반듯하게 누웠다.
여전히 미찌에(道江)가 위에서 내려다보고 있으므로, 이번에는 그의 어깨를 안았다.
미찌에(道江)는 避하지를 않는다. 그대로 上體의 무게 中心이 료헤이(良平)의 가슴위로 옮겨졌다.
「이번에는 내 차례.?」
「아까 말했잖아요. 벌써 十余日 間, 女子를 안지 않았다 구요.」
하자, 미찌에(道江)는 떨어져 있던 다리를 료헤이(良平)의 허벅지위로 올려놓았다. 自身의 허벅지로 료헤이(良平)의 허벅지를 문지른다. 그런 動作을 漸漸 크게 했다. 드디어 미찌에(道江)의 다리는 료헤이(良平)의 허벅지의 맨 위쪽을 문지른다.
「거짓말쟁이. 하고 싶어 하지도 않잖아요.?」
료헤이(良平)의 몸은 부드럽게 누워 있는 그대로다.
료헤이(良平)는 다헤꼬(妙子)쪽으로 向했다.
다헤꼬(妙子)는 이쪽을 向한채로, 눈을 뜨고 있다.
「이 사람이 只今 무엇을 하고 있는지 알겠니.?」

다헤꼬(妙子)는 고개를 젓는다.
「모르겠는데요.」
「허벅지로 나의 섹쓰를 문지르고 있단다. 난 興奮狀態가 아니고, 平常時 그대로 있단다.」
「……………..」
미찌에(道江)는 발의 動作을 멈췄다. 손이 료헤이(良平)의 옆구리를 훑어 내려오면서, 허리에서 앞쪽으로 돌았다. 그런 다음 動作도 재빠르게, 료헤이(良平)의 부드럽게 누워있는 그것을 잡아보더니. 얼른 손을 떼었다. 그 손은 료헤이(良平)의 어깨 쪽으로 되돌아왔다.
「그렇지, 그것 봐. 事實은 그냥 자고 싶죠.?」
다헤꼬(妙子)쪽을 보면서,
「그러니까, 安心하고 자도 되겠어.」
헌데, 쥐어주는 刺戟 때문에, 急速度로 료헤이(良平)는 부풀어 오르기 始作했다. 漸漸 부풀어 오르더니, 찌르르한 痛症이 오기 始作 했다. 끄덕거리는 것을 自身도 알 수가 있었다.
료헤이(良平)는 미찌에(道江)의 乳房을 손바닥으로 감싸 쥐었다. 미찌에(道江)는 拒絶하지를 않는다.
「다시 한 번 쥐어봐 요. 이번에는 달라져 있을 걸.

잠자고 있는 애를 깨우는 것은 이를 두고 한 말입니다.」
「그렇게 强한체 말해도 틀렸어.」
「아니야, 眞짜라니깐.」
미찌에(道江)의 가슴은 료헤이(良平)의 가슴 아래쪽에 있다. 손이 료헤이(良平)의 손목을 잡고, 乳房에서 끌어 내린다.
「자아, 弄談은 이 程度로 하고, 이젠 자요.」
「자지. 그렇지만 자기 前에 한번만 더 確認 해 봐요.」
「흐물흐물 한 게 틀림없다니까.」
미찌에(道江)의 손이 이불속에서 움직이더니, 이번에는 腹部에서 直行으로 내려갔다.
다시, 속옷위로해서 료헤이(良平)를 붙잡는다. 이것은 圓錐形을 이루고 있고, 아까와 比較해서 미찌에(道江)는 時間이 걸리지 않았다.
얼른 그 손을 빼었다.
「眞짜네.」
上氣된 목소리다. 눈이 료헤이(良平)의 눈을 드려다본다.
「어쩌지.?」
「어떻게든 해 줘요.」

「그건 안 돼요.」

그때에 다헤꼬(妙子)가 다가와서는, 료헤이(良平)의 어깨를 흔든다.

「무엇이 어쨌는데요? 내게는 도무지 알 수가 없는걸요. 說明해 줘요.」

「저-, 말이야.」

미찌에(道江)가 要領도 좋게 說明하고,

「그러니까, 이 사람, 저쪽으로 눕히는 게 좋겠어. 當身 곁에 눕혔다간 危險해서 안 돼. 내가 맨 가운데 누어야겠어.」

하고 말한다.

료헤이(良平)도 同意했다.

「그러는 게 좋겠다. 맨 가운데는 어쩐지 不便해. 더군다나 난 콧노래를 甚하게 부르거든.」

「기다려요.」

다헤꼬(妙子)가 료헤이(良平)의 팔을 붙든다.

「나도 確認해 보고 싶어요.」

「호오.」

료헤이(良平)는 다시 몸 全體를 다헤꼬(妙子)쪽으로 돌렸다.

「確認하고 싶어?」

「에에. 나요, 아직 한 번도 보지 못했거든요.」
「암 암, 興味를 가질 만하군.」
「그럼요.」
「그렇담, 나도 네 꺼를 確認 할거야.」
「……………」
「걱정일랑 말어. 但只 옷 위에서 손바닥으로 確認하는 것 뿐 이니까. 그 以上의 짓은 하지 않아.」
「……………」
등 뒤에서 미찌에(道江)가 듣고 있다. 미찌에(道江)도 생각지도 못했던 다헤꼬(妙子)의 大膽한 發言에 놀라고 말았을 것이다.
「자아, 손을 이쪽으로 돌려 봐.」
「괜찮아요.?」
「응.」
「미찌에(道江)氏, 괜찮을까요.?」
「이 사람은 걱정 없어요. 불끈하는 性格이 아니니까.」
다헤꼬(妙子)의 손이 이불속으로 들어갔다. 움직인다. 躊躇 躊躇하면서 가까이 다가간다.
그러나, 亦是 그 動作은 途中에서 멈춰 버렸다.
다헤꼬(妙子)는 고개를 도리질 한다.
「안 되겠어.」

큰 한숨을 내리쉰다. 그 呼吸이 떨리고 있다.
「그렇겠지. 할 수 없을게야.」
료헤이(良平)는 納得이 되고도 남는다.
「그러나, 난 實行시키고 말거야. 그럼 내 쪽에서 먼저 하겠다.」
료헤이(良平)는 오른팔을 다헤꼬(妙子)의 목 아래로 들이밀고서, 그 오른쪽 어깨를 안았다.
다헤꼬(妙子)는 避하지도 않고서,
「어째서 가즈에氏의 誘惑에 應하지 않았나요.?」
하고 물어 왔다.
「그女는 同居하고 있단다. 사람에게서 미움 받는 거 좋아하지 않거든.」
왼손은 먼저 乳房을 감싼다.
브래져(Brassiere(프)＝Falsies(영))를 하고 있다. 意外로 重量感을 느꼈다.
「여기를 이렇게 하는 거, 처음이겠지.?」
「에에.」
「이거, 틀림없이 예쁜 모양을 하고 있을 거야.」
「쬐그만 해요.」
「自身으로부터는 쬐그만 하게 보이는 거야. 눈 바로 아래쪽이니까, 全容이 보이지 않거든.」

만져준다. 다헤꼬(妙子)는 가만히 그대로 있다.
「어떻니.?」
「……………..」
「氣分, 別로니.?」
「좋지 않은 건 아닌데.」
다헤꼬(妙子)의 오른 손은 료헤이(良平)의 사타구니로 가는 것을 그만두고, 등으로 돌려졌다. 왼손은 시-트 위에 놓여있는 그대로다.
료헤이(良平)의 愛撫를 妨害하려고도 하지 않는다.
「무얼 하고 있는 거야.?」
미찌에(道江)가 다시 료헤이(良平)의 어깨에 손을 얹고서, 密着해온다.
(어찌됐던 간에, 세 사람 모두 자고 싶은 氣分이 아니다. 무언가 에로틱(Erotic＝色情的인)한 무-드를 즐기고 있는 것이다.)
그러나, 미찌에(道江)도 다헤꼬(妙子)도, 료헤이(良平)와 關係를 갖고 싶다는 氣分은 들지 않을 것이다. 놀고 있는 것뿐이다.
結局에는, 료헤이(良平)는 欲望을 滿足 시키지 못한 채 그냥 자버리고 마는지 모른다.
(그래, 그래도 相關없어.)

료헤이(良平)는 미찌에(道江)에게 說明해 준다.
「흐-음, 다헤꼬(妙子)氏, 이 사람이 좋았었나요.?」
乳房의 愛撫를 快히 承諾한 것이 미찌에(道江)에게는 意外였던것같다.
若干은 멋쩍은 듯한 목소리다.
「글쎄요, 어떻게 對答해야 하나.」
료헤이(良平)의 눈을 드려다 보면서, 다헤꼬(妙子)는 曖昧模糊한 對答을 흘린다.

愛撫의 손

료헤이(良平)와 다헤꼬(妙子)는 서로 껴안고 있다. 그런 료헤이(良平)에게, 등 뒤에서 미찌에(道江)가 껴안아 왔다.

료헤이(良平)는 두 사람의 女人이 껴안고 있는 形態로 되어버렸다.

오늘, 同人總會가 있었다. 勿論, 男子 數가 훨씬 많았다.

료헤이(良平)는 두 사람의 女人을 데리고 왔다.

(모두가 알게 되면, 火를 낼게 틀림없어.)

그러나 이것은, 어디까지나 미찌에(道江)와 다헤꼬(妙子)의 自身들의 意志에 依한 것이다.

더군다나, 세끼모토(關本)나 하야노(早野)는, 알더래도 코 방귀를 뀔게 틀림없겠지.

두 사람 모두 女學生들에게는 全然 興味를 갖지 않고 있다. 欲望의 對象은 娼婦이고, 거리를 서성거리는 女子이거나, 술집의 女子들인 것이다.

료헤이(良平)는 천천히 다헤꼬(妙子)의 乳房을 愛撫해 준다. 미찌에(道江)의 乳房은 료헤이(良平)의 등에 찰싹 붙어있다.
료헤이(良平)가 속삭인다.
「漸漸 단단해져 오는데.」
「저두요.」
하고 다헤꼬(妙子)가 對答한다.
「그런 氣分이 드네요.」
「이거 벗어버리지.」
료헤이(良平)는 다헤꼬(妙子)의 브래져를 벗기려했다. 다헤꼬(妙子)가 抵抗을 한다.
「싫어요, 부끄러워요.」
「이미 이렇게 되었는데 벗은 것과 다름없잖아.」
抵抗을 하건말건 벗긴다. 途中에 다헤꼬(妙子)는 斷念을 한 채, 미찌에(道江)에게,
「도와줘요.」
하고 말한다.
미찌에(道江)는 고개를 젓는다.
「乳房 程度, 만지게 해 줘요.」
사랑스런 젖꼭지다. 료헤이(良平)는 그것은 비벼준다.
「基地村의 팡팡 집에서, 女子들의 이것을 보았다.

이것의 다섯倍 程度는 되는 것 같다. 亦是, 젊은 女子는 이래야만 되는 거야.」

그렇게 말하면서, 몸을 웅크리고 그 젖꼭지를 입에 머금고 빨아준다. 조용히 빨아준다. 빨아주면서, 한쪽 손으로 왼쪽 乳房을 만져 준다.

이것은 료헤이(良平) 自身도 豫期치 못했던 狀況으로서 自身도 놀라고 말았다.

(이렇게 簡單하게, 이 애의 가슴을 自由롭게 할 수 있다는 것은.)

普通境遇에 比較해 보더라도, 너무 飛躍된 것이다. 입술과의 입맞춤이 省略되어진 狀態다. 처음 가져 보는 體驗이기도 했다.

사랑의 무-드가 아니고, 놀이의 하나로서 進行 되어버리고 말았던 것이다.

다헤꼬(妙子)는 낮은 소리로,

「마치 어린애 같애.」

하고 말한다. 그 목소리는 차분해 있다. 착 가라앉아 있다. 료헤이(良平)의 欲望도 自身의 欲望도, 아마도 意識하지 못하고 있는 것 같다. 그러는 다헤꼬(妙子)에게서 어린애 같은 感情이 물씬 풍겨져 온다. 료헤이(良平)는 繼續 빨아주고 있다.

등 뒤에서 미찌에(道江)가 덮쳐 안아왔다.
「맛있어요.?」
「응.」
료헤이(良平)는 首肯하면서, 그 작은 젖꼭지를 혀로 이리저리 문지른다. 性感을 일으키기 爲함이 아니고, 갖고 놀고 있는 것이다.
「이 사람.」
다헤쇼(妙子)가 미찌에(道江)에게 묻는다.
「언제나, 이런 장난을 하는 건가요.?」
「아 아니.」
미찌에(道江)는 고개를 젓는다.
「그렇지 않아. 當身이 얌전하게 받아 주니까 버릇없이 굴고 있는 거라니까..」
「버릇없는 애기 네요.」
「그 럼 그럼.」
미찌에(道江)의 손이 뻗치더니, 속옷을 끄러 내린다. 손이 주저함 없이 내려 와서는, 료헤이(良平)를 꼭 감아쥐었다.
「이런, 欲望의 불덩어리로 變해 있구나. 아까와는 달리, 너무 땅땅하고 健壯해.」
미찌에(道江)의 그 목소리가 若干 흐트러져 나온다.

「능글맞아. 이 사람. 實은 欲望으로 當身에게 이렇게 하고 있으면서도, 어린애 장난 같은 짓을 하고 있는 거라 구.」
「危險하지는 않나요.?」
「글쎄다, 어떨 런지.?」
미찌에(道江)는 세게 쥐어 온다.
「자아, 그만 해 둬요.」
료헤이(良平)는 젖꼭지에서 입을 떼었다.
「이번에는 이쪽.」
그대로 왼쪽 젖꼭지를 빨아준다. 다헤꼬(妙子)는 가슴을 움츠리면서, 낮은 목소리로,
「아-아-.」
하고 말한다. 官能的인 목소리로 變한다. 그런 表情을 나타내어 보이지 않으려고 애쓰고 있다는 것이 어렴풋이 느껴져 왔다.
「끈질기시네. 그만 해요.」
미찌에(道江)는 焦燥스런 목소리로 變했다.
(火를 내게 해서는 안 되지.)
反對로 다헤꼬(妙子)는 가슴을 밀어왔다. 몸 全體의 狀態도, 불이 붙기 始作한것처럼 느껴져 왔다. 亦是 女子인 것이다.

그러나, 여기는 미찌에(道江)의 要請대로 물러서지 않으면 안 되었다.

료헤이(良平)는 젖꼭지에서 입을 떼고서, 속옷으로 덮어주었다.

「장난꾸러기 애기 네요.」

呼吸을 누르는 목소리로 다헤꼬(妙子)는 그렇게 말한다. 年下이고 處女인 주제에, 손위 누님처럼 말한다.

언제까지나 미찌에(道江)에게 등을 돌려서는 안 되는 것이다.

료헤이(良平)는, 다시 재빠르게 다헤꼬(妙子)의 뺨에다 입을 맞추고 서는 곧바로 누웠다.

미찌에(道江)는 료헤이(良平)를 놓고서 잠옷 속으로부터 自身의 손을 빼었다. 그리고선 이번에는 발을 가볍게 다리에다 휘감아왔다.

「그렇게 하니까, 이젠 잘 수 있나요.?」

「아니, 아직도 잠이 오지 않아.」

다헤꼬(妙子)를 껴안은 以上, 미찌에(道江)에게도 같은 人事를 하지 않으면 안 된다. 다헤꼬(妙子)는 눈을 뜬 채로 天井을 쳐다보고 있다.

료헤이(良平)의 다음動作을 기다리고 있는 것처럼 생각되었다. 료헤이(良平)는 다시 그 뺨에 입을 맞추었다.

뺨의 입맞춤에는 辭讓할 必要가 없다. 그리고 이것은,
(暫間 이쪽으로 돌아 누울 테니까.)
하는 信號이기도 하다.
몸 全體를 미찌에(道江) 쪽으로 돌아 누웠다. 兩팔을 뻗어서 어깨를 안았다.
「어떡하려고.?」
미찌에(道江)는 拒否하려는 뜻을 비쳐 보이다가, 얼른 어깨의 힘을 빼었다.
「나 그만 잘래요.」
「그럼, 이렇게 하고 자요.」
「싫어요, 不便해요.」
오른손의 位置를 아래쪽으로 내린다. 그 자그마한 엉덩이를 끄러 안는다.
「나를 犯할려고 그러나요.?」
「싫으세요.?」
「싫어요.」
「그렇담, 아무 짓 하지 않을 께요.」
엉덩이를 쓰다듬어 준다.
「眞짜 자그마한 엉덩이 네요. 이 작은 엉덩이로, 男子를 알고 있다고는 생각되지 않아요.」
「그것과는 相關 없는 것이네요.」

료헤이(良平)는 미찌에(道江)의 입술을 찾아 自身의 입술을 포개었다. 미찌에(道江)는 하는 대로 가만히 있다. 입술을 떼었다.

「當身 德分에, 이렇게 퉁퉁 부어 있단 말입니다.」

「후,후후후, 좋은 氣分이네요.」

다시 미찌에(道江)는 健壯한 료헤이를 잡아 흔들어 준다. 이번에는 잠옷 위에서이다.

「걸어가고 있을 때에 이렇게 되면, 어떻게 하나요.?」

「그대로 가야지. 그러나, 걷는 데는 支障 없어요. 그点, 女子는, 도저히 걸을 수가 없을 때가 있겠지요.?」

「그런 일, 別로 없어요.」

미찌에(道江)는 잘록한 部分을 만지면서 놀고 있다.

「別로 없다는 것은 있을 때도 있다는 말인데.」

「그야, 그렇지요.」

「只今, 젖어 있겠네요.?」

「글쎄요.」

「確認해 볼래요.」

「안 돼.」

「아니, 確認하는것 밖엔 하지 않을 께요.」

「다헤꼬(妙子)氏에게 하면 어때요.?」

「다헤꼬(妙子)氏는 두려워해요.」

「나도 마찬가지에요.」
「그렇죠. 다헤꼬(妙子)氏.」
미찌에(道江)는 다헤꼬(妙子)에게 목소리를 보낸다.
「이 사람, 다헤꼬(妙子)氏의 第一 重要한 곳을 確認하고 싶대요.」
하니까 다헤꼬(妙子)는 意外로,
「確認하는 것만으로 끝나는가요.?」
그런 反問을 해오는 것이다.
「끝나겠죠. 本人이 그렇게 말하고 있으니까요.」
「…………..」
「確認만 하는 것이라면 괜찮겠어요.?」
「이 사람, 醉해 있으니까, 亦是 그만 둘래요.」
「괜찮아요.」
「危險해요.」
료헤이(良平)는 오른손을 끌어당겨, 스립 아래로 집어넣고서, 엉덩이를 쓰다듬어 준다.
미찌에(道江)는 그러는 료헤이(良平)의 손의 움직임을 아랑곳 하지 않고, 다헤꼬(妙子)에게 이야기를 걸고 있다.
「다헤꼬(妙子)氏, 내일, 빨리 가지 않아도 괜찮죠.?」
「글쎄요, 사보타주(Sabotage)해도 괜찮아요. 미찌에

(道江)氏는요.?」

　　※【Sabotage＝(프)태업, 게으름 피움】

「大學에는 괜찮지만, 出版社에는 가야만 해요. 이르 바이트의 飜譯 資料를 가지러 가야 하니까요.」

「몇 時 頃.?」

「午後.」

료헤이(良平)의 손은 사타구니의 맨 끝에 到達했다. 하자, 료헤이(良平)의 팽팽한 몸을 잡고 있는 미찌에(道江)의 손이 크게 움직이면서, 다시 直接 옷 속으로 들어왔다. 꼭 쥐어 잡는다. 그러면서도 다헤꼬(妙子)와의 이야기는 繼續하고 있는 것이다.

「다헤꼬(妙子)氏는 只今 아무런 아르바이트도 하지 않고 있나요.?」

「아무것도 하지 않고 있어요. 家庭敎師래도 해 보려고 하고는 있지만……」

료헤이(良平)의 손은 미찌에(道江)의 허벅지에 安寧을 告하고, 허리 쪽으로 옮겼다. 매끄러운 皮膚다. 팬티의 고무끈을 들친다. 미찌에(道江)와 다헤꼬(妙子)의 이야기는 繼續되고 있다.

「家庭敎師는 高級 알바이긴 하지만, 돈이 되지 않잖아요.」

「다른 것은 생각나지도 안구요, 每日 할 수도 없거든요.」

秘毛에 닿았다. 엷고, 부드럽다. 미찌에(道江)는 모르는 척 다헤꼬(妙子)와 이야기만 繼續하고 있다.

只今까지 없었던 일이다. 다헤꼬(妙子)가 있기 때문에 安心하고 있기 때문일까. 아니라면, 競爭意識을 품고 있단 말일까.

只今까지의 미찌에(道江)의 言動을 생각해본다면, 다헤꼬(妙子)가 곁에 있기 때문에 安心하고 어느 程度까지의 스릴만을 맛보고 있는 것뿐이라고 推理하는 것이 옳을 것 같다.

秘毛를 쓸어준다. 미찌에(道江)와 다헤꼬(妙子)의 이야기가 멈췄다.

미찌에(道江)의 손가락은 쥐고 있는 힘의 强弱을 되풀이하고 있다.

다시 료헤이(良平)는 손을 뻗는다. 꽃잎을 만져준다. 손바닥 全體로 그 花園을 덥고 눌러 준다.

샘이 꿀물로 넘쳐 있다. 아까부터 건방스런 말만 하고 있었는데도, 亦是 女子는 女子인가 보다.

「어때.?」

미찌에(道江)는 아주 낮은 소리로 물어온다.

「바싹 매 말라 있죠.?」
「이런, 自身이 그것도 모르고 있는가요.?」
「몰라요.」
「亦是, 醉해 있구먼. 기름을 발라 놓은 것처럼 되어 있어요.」
「거짓말.」
손가락을 집어넣어 본다. 꽃잎을 헤치고, 熔岩속으로 들어갔다.
미찌에(道江)는 짤막하게,
「으-음.」
하고 呻吟하면서 사타구니를 오므린다.
「그렇게 하면 안 돼요.」
료헤이(良平)의 손이 自由를 잃어버렸다. 손가락 끝으로 꽃눈을 찾아 헤맨다. 그것을 곧 찾아내었다. 손가락을 律動시킨다.
「그러면 안 돼.」
「왜.?」
「興奮되지 않아요.」
「興奮시켜야 해.」
「안 돼요.」
「어째서.?」

「아-아-, 안 된다고 했는데.」

저런 性質하곤, 미찌에(道江)의 손가락은 여전히 료헤이(良平)에의 愛撫를 繼續하고 있는 것이다.

「아니야, 繼續 할래요.」

「이봐요, 이봐. 으으응, 좀 기다려요.」

미찌에(道江)는 切迫한 소리를 지르자, 료헤이(良平)는 손을 멈췄다.

미찌에(道江)의 손가락도 멈췄다.

「자아, 놀이는 이 程度로 끝내요. 아무 짓도 하지 않기로 約束 했잖아요.」

「벌써 이 程度로 되었는데 最後까지 사이좋게 끝내자구요.」

「다헤꼬(妙子)氏가 옆에 있는데, 안 돼요.」

「그럼요.」

제법 힘이 들린 語調로 등뒤의 다헤꼬(妙子)가 말한다.

「제가 여기 있잖아요. 그만 두세요. 무얼 하고 있는지 알 수는 없지만요.」

「좋아, 알겠다.」

료헤이(良平)는 손을 빼었다. 미찌에(道江)도 손을 뺀다. 료헤이(良平)는 天井을 보고 반듯하게 누웠다.

「그럼, 잡시다.」

「그렇게 해요.」
다헤꼬(妙子)는 등을 돌려 저쪽으로 向했다.
「그게 좋은 거 에요.」
미찌에(道江)도 그렇게 말하고선 반듯하게 누웠다.
료헤이(良平)는 눈을 감는다. 틀림없이 이것이 限界인 것이다. 자려는 姿勢를 取했다.
 一分 程度 지났을까,
「잠이 와요.?」
미찌에(道江)가 걱정스럽다는 듯한 목소리를 내었다.
「자려고 해요.」
「그렇다면 좋으련만…….」
「잠이 오지 않는다고 했더라면, 어쩔 뻔 했는데.」
「내가 손으로 해 줄게요.」
「그럼, 그렇게 해 줄래요.」
「나보다도 다헤꼬(妙子)氏가 하는 게 더 좋지 않으세요.?」
「이쯤 되면 누구라도 相關 없어요.」
「男子란 이러니까 싫다니깐. 그렇죠, 다헤꼬(妙子)氏.」
여전히 놀이는 繼續되고 있는거다. 세 사람 모두, 빨리 잘 必要는 없다. 來日, 正午가까이까지 자면 되는 거다.

「무얼 가지고 그래요.?」

다헤꼬(妙子)가 이쪽으로 돌아 눕는다.

「이봐요, 이 사람, 欲望이 넘쳐 터져버릴 것만 같아서 이대로는 도저히 잘 수가 없대요. 그렇다면 우리도 安心하고 잘 수 가 없어요.」

「그럼, 팔다리를 꽁꽁 묶어 놓고 잘까요.?」

「그렇게까지 한다면 너무 불쌍하지 않아요. 그래서요, 安心하고 자기 爲해서요.」

미찌에(道江)가 說明을 해 준다. 그러나, 簡單한 說明만으로서는 다헤꼬(妙子)는 理解하지를 못했다.

「어머!, 純眞하긴. 當身 眞짜로 純眞하군요.」

感心한 後에, 미찌에(道江)는 仔細하게 說明해 준다.

「어머나, 그런 方法도 있나요.? 眞짜 몰랐네.」

「큰 經驗이 될 거에요. 當身, 이 사람에게 그렇게 해 드리세요.」

다헤꼬(妙子)는 고개를 젓는다.

「난, 할 수 없을 거 에요. 아직 直接 본 일도, 잡아 본 일도 없는걸요. 이건 亦是, 미찌에(道江)氏 役割 같으네 요.」

「그럼, 보고 있을래요.?」

「보고 있어도 괜찮은가요.?」

「그럼요. 이봐요, 와까스기(若杉)氏. 괜 찮겠죠?」
「이미, 이렇게 되어버렸는데 하는 수 없지 뭐.」
료헤이(良平)는 한숨을 내어 쉰다.
「난 이미 도마 위에 오른 잉어다. 어떻게 하든 마음 대로 해 버려요.」
「그럼, 그렇게 할 게요.」
미찌에(道江)는 上體를 일으키고, 이불을 벗었다.
료헤이(良平)를 向하여 바르게 앉았다.
「어둡네요. 電燈을 켤까요. 괜찮겠죠?」
「좋을 대로……. 무언가, 普通때와는 完全히 正反對로 군, 난 두 사람의 女子에게 번갈아 가며 當하고 있는 것 같아.」
「같아가 아니죠. 事實이 그렇잖아요.」
미찌에(道江)는 電氣 스탠드에 손을 뻗어서 불을 켰다. 房안이 눈이 부실 程度로 밝아졌다. 다헤꼬(妙子)도 上體를 일으켰다.

세 사람의 裸像

료헤이(良平)는 天井을 바라보고 반듯하게 누워 있다. 이불은 홀랑 벗겨져 있다. 스탠드의 電燈 불빛이, 료헤이(良平)의 左右에 앉아 있는 女子들의 얼굴을 비춰주고 있다.
(난 醉해있다. 그건 알고 있다. 내가 생각하고 있는 것만큼 이 女子들도 醉해 있는 것 같다.)
그렇지 않고서는 이러한 狀況으로는 될 수 없는 것이다. 그点을 强하게 意識하고 있다.
人間, 醉해 있을 때에는,
(이 程度까지는 괜찮겠지.)
醉한 머리로 그렇게 判斷하고, 말도 한다. 그렇지만 醉해있는 狀態에서의 判斷이므로, 뒷 責任은 없다. 그래도 平常時로 돌아왔을 때에는 後悔할 때가 많다.
醉해있을 때에는, 五十步나 六十步 程度 後退한 곳에 限界線을 그어 야만 한다는 것은, 只今까지의 經驗에

依한 료헤이(良平)의 마음가짐 이었다. 이것은 友人과의 言爭이나 論爭에서도 그렇고, 윗사람과 이야기를 할 때도 그렇다. 女子에 關해서는 勿論이다.
그런 自己 스스로의 訓戒를 지키지 않았기 때문에, 本心으로 돌아왔을 때에 後悔의 꼭지를 씹는다. 이것이 젊은 靑年에게 수없이 反復되고 있는 것이다. 료헤이(良平)에게도 例外는 아니다.
다시금 또한,
(난 性의 장난을 즐기면서, 이 女子들의 反應을 즐기고 있다고 하지만, 이 女子들 便에 서서 본다면, 나를 오히려 戱弄(희롱)하고 있다고 생각하고 있는 것은 아닐까.)
라고도 생각되는 것이다.
료헤이(良平)는 번가라 미찌에(道江)와 다혜꼬(妙子)를 바라보고서,
「그런데 말이지.」
一旦 생각을 깊이 한 듯한 목소리를 보냈다.
「어떡하지.? 이렇게 하여 나를 도마위의 잉어로 만든 以上, 當身들도 똑같은 狀態로 되어주지 않으면 困難해. 그리고 더워. 나, 발가벗을 테니까, 當身들도 발가벗어요. 그렇게 되어야 피프티(Fifty(50))·피프

티가 되지.」

료헤이(良平)는 兩다리를 쭉 뻗고 있다. 上半身은 언더·셔츠, 下半身은 짧은 잠옷바지와 팬티 이다. 그 두 겹의 천을 떠받치면서 피라미드(Pyramid＝角뿔 金字塔)를 形成하고 있는 것이다.

普通 때라면 그것을 女子들에게 보이는 것마저노, 삼가 해야 할 行爲인 것이다. 그러나, 只今에는 하는 수 없게 되어버렸다.

다헤꼬(妙子)는 아무 말 없이 그곳을 쏘아보고만 있다. 好奇心에 가득 찬 童女의 눈이 아니라면, 먹이를 노리는 암표범의 눈을 聯想 시키고 있다. 그런 雙方의 要素가, 다헤꼬(妙子)의 눈 속에 숨어 있는 것이다.

미찌에(道子)는 고개를 도리질 한다.

「그런 게 어디 있어요. 우리들은 이대로 잘 수도 있어요. 當身이, 우리들의 손의 서비스를 通해서 欲望을 發散시키고 마음을 가라앉히고 싶은 거 아닌가요.?」

「그건 그렇지만.」

「우리는 그대로 있을래요. 우리들까지 벗는다는 거 異常해요.」

當然한 理由다.

「그건 글쎄 그렇겠지. 그러나, 그것은 서로가 妥協하면 되는 거 아닌가요.」

「안 돼. 자아, 이대로 요. 꺼내기나 해요.」

「그렇게 말한다 해도, 그냥 꺼낼게 아니야. 어느 쪽이래도 相關없어. 벗어줘요. 아무 짓도 하지 않는다니까. 그냥 鑑賞할 뿐이야.」

「난 벗지 않을래요. 누-드(Nude)에는 全然 自信이 없으니까요. 빼빼 말라 있거든요. 가슴도, 다혜꼬(妙子)氏의 半쪽밖에 되지 안구요. 가즈에氏의 五分의 一도 못돼요.」

미찌에(道江)는 한숨을 쉰 다음, 다혜꼬(妙子)쪽으로 고개를 돌린다.

「이 사람. 바란스를 取하고 싶은가 봐. 어때요.? 다혜꼬(妙子)氏. 當身 틀림없이 아름다운 몸매를 하고 있다고 생각되어요. 벗을래요.」

「어림도 없어요.」

다혜꼬(妙子)는 唐慌해서 고개를 좌우로 절레절레 흔든다.

「그런 일, 저로서는 도저히 할 수가 없어요. 발가벗는다는 거.」

「팬티만이라면.?」

「안 돼, 안 돼.」
「그렇담, 이 企劃은 中止다.」
료헤이(良平)는 上體를 일으켜 아래에서 위쪽으로 이불을 끌어올리고선 다시 반듯하게 누웠다.
「나 혼자만이 氣分을 낸다는 거, 마치 自慰現場을 보여주는 거와 같아. 子子孫孫의 羞恥가 될 테니까요.」
「意外로 勇氣가 없네요. 그렇군, 當身, 다헤꼬(妙子)氏를 좋아하죠.?」
「그렇지 않아요. 자아, 그냥 잡시다. 男子란 말입니다 發起해있어도, 그건 生理的인 現狀으로서, 아무렇지도 않는 거 에요. 아침에는, 欲望과는 關係없이 發起 하거든요.」
狀況이, 제법 開放的로서 지나칠 程度로 進行되어버린 것 같다.
다헤꼬(妙子)가 나지막한 목소리로,
「섭섭하게 되었네. 내게는, 처음 가져보는 絶好의 찬 - 스 였는데….」
그렇게 중얼거린다.
「이런 이런, 다헤꼬(妙子)氏가 이렇게 말하고 있잖아요. 勇氣를 내세요.」

「勇氣問題가 아닙니다. 이쪽은, 똑같지는 않더라도, 엇비슷한 立場에서 하고 싶다 이 말 입니다.」
「알만해요.」
다헤꼬(妙子)가 決心을 했다는 듯한 語調로 말했다.
「나요, 위쪽 만이라면 벗겠어요.」
假令일러 上半身 만이라도, 純眞한 다헤꼬(妙子)에 있어서는 대단한 冒險이고, 革命的인 勇氣이다. 그렇다 하더레도, 료헤이(良平)는 이미 다헤꼬(妙子)의 乳房은 알고 있는 狀態다. 보았고, 그 젖꼭지까지 빨아 주었었다. 그것이 只今에 와서는 다헤꼬(妙子)의 讓步가 될 수가 없는 것이다.
「위쪽만은 안 돼. 海邊에 가보면, 여기저기 널려 있어. 全部 벗어요.」
「그건 無理에요.」
그런 다음, 다헤꼬(妙子)는, 료헤이(良平)에 있어서 興味깊은 것을 말한다.
「미찌에(道江)氏도 있구요.」
「그럼, 나 혼자라면 벗을 수 있다 이건가.?」
「어머나!.」
唐慌스런 모습으로, 다헤꼬(妙子)는 손바닥으로 입을 가린다.

「나, 異常한 말을 했네요. 싫어요. 그런 意味가 아니었는데.」

미찌에(道江)가 웃으면서,

「나 때문이라면, 이불을 둘러쓰고 눈을 꼭 감고 있을께요.」

그렇게 말한다.

「그게 아니에요, 그렇지 않다니까요. 그런 意味가 아니에요.」

「이봐요.」

료헤이(良平)가 미찌에(道江)에게 말한다.

「當身이 발가벗으면, 다헤꼬(妙子)氏도 벗겠다는 意味란 말이요. 빼기지 말고 벗어요.」

「나의 누-드 같은 거, 別 볼일 없다니까요. 失望시키고 싶지 않아서 그래요.」

료헤이(良平)는 게임을 즐기고 있는 氣分이었다.

미찌에(道江)는, 萬一 다헤꼬(妙子)가 없었다면 료헤이(良平)의 欲望에 應해 주었을 것이다. 료헤이(良平)의 손가락을 許諾한 것이, 그것을 半 程度 證明하고도 남는다.

다헤꼬(妙子)도 亦是, 미찌에(道江)가 없다면, 어느 程度까지는 許諾했음에 틀림없다.

이렇든 저렇든 間에, 이런 程度에까지 狀況이 進陟되어 온 것은 女子가 두 사람이라는 安心感 때문이었을 것이다.
「이봐요, 다헤꼬(妙子).」
료헤이(良平)는 다시 다헤꼬(妙子)쪽으로 向하고는,
「미찌에(道江)氏가 벗겠다면 當身도 벗겠어? 벗더래도 반듯하게 앉아만 있게 되니까, 別일은 없어요. 드려다 보거나 하지 않을 테니까.」
「어떡할까.?」
다헤꼬(妙子)가 미찌에(道江)와 相議를 한다.
(脈이 通할것 같은데.)
아마도 다헤꼬(妙子)는, 本人이 말 한 것과 같이 處女임에 틀림없다.
處女라도, 戀人이 끈질기게 要求하고, 모든 것을 許諾할 마음이 든다면, 발가벗을 수도 있다.
그러나, 료헤이(良平)는 다헤꼬(妙子)의 戀人도 아니다. 但只 同人 雜誌의 同僚에 지나지 않는다. 그런 다헤꼬(妙子)를 발가벗길 수만 있다면, 그것만으로도 하나의 대단한 功績이 되는 것이다.
「이봐요, 미찌에(道江)氏, 固執부리지말고, 沐浴湯에라도 들어간다는 마음으로 벗어요. 여긴 男子라곤

나밖에 없잖아요. 누구 들어올 사람도 없 구요, 우리들 只수 醉해있어요. 來日이 되면 무슨 일이 있었는지 깡그리 잊어버려요. 벗는다 해도 두 사람 뿐이잖아요. 덤비거나 하지 않아요. 但只 벗은 그대로 마주하고 싶다는 것밖엔 없어요.」

그런 다음, 세 사람 사이에 이러 쿵 저러 쿵 말들이 오고간 다음, 結局, "來日이 되면 세 사람 모두 完全히 잊어버린다."라는 것으로 하 기로 하고, 세 사람 모두 발가벗기로 했다.

료헤이(良平)는 반듯이 누운 채, 이불속에서 모든 것을 벗었다.

미찌에(道江)가 電燈을 껐다. 어두컴컴한 속에서, 두 사람의 女人은 옷을 벗기 始作했다.

「눈을 감고 있어요.」

女子들은, 벗은 後 보다도 벗는 行爲 그 自體를 부끄러워하고 있는 것이다.

一分 程度 지나서 눈을 떠 보니, 窓쪽의 미찌에(道江)나 도어 쪽의 다헤꼬(妙子)나, 발가벗고 앉아 있다.

어두컴컴한 속에, 하얀 裸像이 떠오른다. 미찌에(道江)의 어깨線이 가냘프다. 比해서 다헤꼬(妙子)는 豊滿하게 느껴졌다.

「자, 이젠 當身도 이것을 벗어야죠.」
미찌에(道江)가 上氣된 목소리로 그렇게 말하면서, 료헤이(良平)의 腹部에서부터 덥혀 있는 이불을 걷었다. 료헤이(良平)는,
「電燈을 켜지요.」
豫告를 하고 나서 손을 뻗는다.
房안이 환하게 되고, 다헤꼬(妙子)는 兩팔로 自身의 가슴을 가린다.
료헤이(良平)는 다헤꼬(妙子)를 보고, 미찌에(道江)를 본다. 똑같이 보아 주어야 한다고 생각했다.
「으-음, 너무 아름다워. 난 只今 두 사람의 비너스(Venus)를 對하고 있는 셈이다.」
미찌에(道江)나 다헤꼬(妙子)는 무릎을 가지런히 꿇고 있고, 허벅지를 꼭 붙이고 있다. 검은 秘毛가 보인다. 허지만 重要한 그림들은 허벅지 안에 감추어져 있다. 그러나 료헤이(良平)는, 下半身에는 執着하지 않았다. 女子들의 몸 全體를 鑑賞하고 있는 것이다.
「豊盛한 氣分인데요. 다헤꼬(妙子), 그 손 치워.」
팔에 손을 얹는다. 다헤꼬(妙子)는 료헤이(良平)의 힘에 拒絶하지않고 팔을 내렸다.
미찌에(道江)가 바싹 다가앉으면서, 다헤꼬(妙子)에게

말한다.
「보여주고 있다는 것을 意識하지 말아요. 자아, 다헤꼬(妙子)氏, 봐 보라 구요. 只今까지의 女子는 受身一邊倒였지만, 우리들은 能動的인 姿勢로 되어야 해요.」
「그렇네요.」
다헤꼬(妙子)는 首肯을 하고 드디어 료헤이(良平)의 中心에 焦点을 맞추고 서는,
「나, 처음이에요.」
다시 그렇게 말한다.
미찌에(道江)의 손이 뻗치더니, 興奮해서 어쩔 수 없이 끄덕거리고 있는 료헤이(良平)의 뿌리를 누른다. 血管이 한결같이 도톰하게 튀어나 있고, 화살 끝이 팽팽해 있다.
「이것 봐요, 이것이 男子라는 거 에요.」
「宏莊하네요.」
다헤꼬(妙子)는 어쩐 일인지, 왼손으로 自身의 입을 가린다. 上體를 기우려 얼굴을 가까이 들이민다.
「자아, 다헤꼬(妙子)氏, 쥐어 봐요.」
미찌에(道江)가 勸한다.
「두려워.」

「이런 찬-스, 別로 없을 껄요. 當身은 아무것도 하지 않고 끝날 테니까요. 普通, 이렇게 되어있는 것을 女子에게 보여 주었을 때에는, 그 女子를 빼앗거나 서로서로 사랑을 할 때에요.」
「그렇네요.」
고개를 끄덕이는 다헤꼬(妙子)는, 료헤이(良平)의 얼굴을 바라본다.
「괜찮아요.?」
「괜 찮구 말구. 나로서는 쥐고 흔들어 주기를 바랄 뿐이야.」
료헤이(良平)는 自身이 들어내어 보이고 있다는 것을 모르는 체, 두 女人의 裸像을 鑑賞하고 있는 것이다.
미찌에(道江)의 皮膚는 푸른 끼가 엿보인다. 틀림없이 가슴이 貧弱하다. 少女같은 乳房이지만, 體驗이 있는 때문인지, 젖꼭지만은 다헤꼬(妙子)의 것보다 크다.
다헤꼬(妙子)의 皮膚는 복숭아色을 띄고 있다. 살이 팽팽한 느낌이다.
두 사람 모두 腹部의 처짐이 없다. 배꼽은 동그랗게 움푹 들어가 있다.
(나도 아무 짓도 하지 않는다는 條件으로 女子를 발가벗긴 것은 이번이 처음이다.)

다헤꼬(妙子)의 손이 움직인다.

躊躇 躊躇 하고 있다. 좀처럼 뻗어 오지를 못하고 있다.

「와까스기(若杉)氏,」

미찌에(道江)가 忠告를 한다.

「當身이 손을 잡고 끄러 案內를 해 주지 않으면, 다헤꼬(妙子)氏, 스스로 손을 뻗을 수 없잖아요.」

「응, 그렇구만.」

료헤이(良平)는 머리를 들어 다헤꼬(妙子)의 손목을 붙잡는다. 살며시 끌어당긴다.

「자아, 손에 힘을 빼라 구.」

다헤꼬(妙子)의 손이 뻗쳐지고, 드디어 료헤이(良平)에게 기댄다.

미찌에(道江)가 그러는 다헤꼬(妙子)의 손가락을 동그랗게 말아준다.

겨우, 다헤꼬(妙子)는 검어 쥐었다.

그 눈은 울고 난 後의 눈처럼 젖어 있다.

「어떠니.?」

미찌에(道江)가 鑑賞을 물어본다.

「땅땅하죠.?」

「아니.」

료헤이(良平)가 고개를 젓는다.

「아직 쥐지 않았어. 힘이 들어있지 않아. 살짝 대고만 있을 뿐이야.」
「힘을 넣어 봐요.」
미찌에(道江)는 다헤꼬(妙子)를 督促한다.
「두려워요.」
다헤꼬(妙子)의 목소리가 떨려 나온다.
「그렇게 두려워서 흠칫거리지 말고, 세게 쥐어도 괜찮아요.」
조금 씩 조금씩, 다헤꼬(妙子)의 손에 힘이 실려 온다. 료헤이(良平)의 몸은 그 손바닥에 脈搏을 傳해주고 있다.
「알만해요.?」
다헤꼬(妙子)가 고개를 끄덕인다.
「想像하고 있었는 것과 어떻게 다른데.?」
「나, 머리가 멍해져와요. 心臟이 터질 것 만 같구요.」
다헤꼬(妙子)의 목소리는 上氣되어 흐트러져 갔다. 손은, 료헤이(良平)에게 꼭 달라붙어 있는 모습이다.
「이봐요, 와까스기(若杉)氏.」
뿌리근처를 누르고 있는 미찌에(道江)의 손이 若干 움직였다.
「다헤꼬(妙子)氏가 해주는 게 더 氣分이 좋겠죠.?」

「어느 쪽도 相關 없어요.」

「純眞한 女子쪽이, 心情的으로 더 즐거운 거 아닌가요?」

「음.」

「그럼, 가르쳐 줘야지. 아니, 그보다, 좀 더 익숙해지는 게 좋겠네요.」

미찌에(道江)는 료헤이(良平)에게서 손을 떼고서, 쥐고 있는 다헤꼬(妙子)의 손으로부터 튀어나와 있는 둥그런 部分을 살짝 만져 준다.

快感이 全身을 타고 흐른다.

「이봐, 여기, 반짝이고 있는 거. 깨끗한 色이죠?」

「에에.」

료헤이(良平)는 自身이 女子들에게 장난감 取扱을 當하고 있다는 氣分이 들었다. 特히 미찌에(道江)의 言動에는 그런 色깔이 짙게 깔려있다.

료헤이(良平)를 欲情의 對象으로 여기는 것이 아니고, 장난감을 硏究의 對象으로 하고 있다는 姿勢를 取함으로 因하여, 餘裕를 풍기려 하고 있는지도 모른다. 두 사람 뿐이었다면, 이렇게는 되지 않는다. 純眞스런 다헤꼬(妙子)에게 說明해주고 있는 役割이, 미찌에(道江)의 立場을 有利하게 해주고 있다.

「이 색깔도, 形體도, 사람에 따라 틀리는 것 같아요. 그렇죠.?」

「옳아요. 그러나, 무언가 不公平하군요. 난 一方的으로 硏究材料를 提供하는것 밖에 없잖아요. 當身네들 누-드라고는 하지만, 分明히 감출 곳은 全部 다 감추고 있단 말이요.」

「그런 約束인걸요. 只今 새삼스럽게 不平하면 쓰나요.」

「不平하는 것은 아니지만, 亦是 不滿스러워.」

료헤이(良平)는 손을 뻗어, 머리를 기우리고, 다헤꼬(妙子)의 아랫 腹部를 드려다 본다.

검은 풀숲이다. 허벅지를 쓰다듬으면서, 그 풀숲으로 다가간다.

다헤꼬(妙子)는 避하지도 않고, 가만히 있다. 그 가슴이 크게 搖動치고 있는 것을 료헤이(良平)는 알 수가 있다.

다헤꼬(妙子)로서는, 온 힘을 쏟는 한판의 게임을 하고 있는 것처럼 느껴졌다.

處女와의 情事

秘毛地帶의 불룩 튀어 오른 곳을, 료헤이(良平)는 살짝 눌러준다. 그러나, 그곳은 宮殿이 아니다. 사타구니를 꼭 닫고 있기 때문에 더 以上은 들어 갈 수가 없다. 그대로, 료헤이(良平)는 後頭部를 베개위로 가져왔다. 이번에는, 왼손을 미찌에(道江)에게로 뻗었다.
이미 미찌에(道江)의 그곳은 아까 愛撫해 주었었다. 그러니까, 辭讓할 必要가 없는 것이다.
허벅지를 쓸어 주면서 들어가니까, 미찌에(道江)는 몸의 位置를 살짝 움직여 준다. 가까이 다가 와서는 兩쪽 허벅다리를 살그머니 열어준다.
다헤꼬(妙子)의 눈앞에서, 료헤이(良平)의 손은 미찌에(道江)의 꽃잎을 만져주고 있다. 손바닥 全體로 눌러 준다. 아까보다도 더 젖어있다.
따스함도 손바닥에 傳해져 온다.
(난 只今, 두 사람의 女子의 秘境에 손을 올려놓고 있

다. 그러나, 結局은 이것은 게임만으로서 그 속에다 집어넣을 수는 없게 될 거다.)

그렇게 생각했다. 그렇더라도 좋다. 只今 이 狀態로서도, 료헤이(良平)는 미찌에(道江)와도 다헤꼬(妙子)와도 特別한 親舊사이가 되는 것이다.

勿論 료헤이(良平)는, 그런 것 때문에, 『街』에서의 會合에서 自身의 勢力範圍를 넓혔다고는 생각하지 않는다. 그런 마음은 조금도 들지 않는다. 純粹한 놀이에 不過한 것이다.

미찌에(道江)가 다헤꼬(妙子)에게 속삭인다.

「이것 좀 봐 봐요. 透明한 것이 흘러나오고 있죠.?」

「眞짜. 벌써 나와 버렸나요.?」

「아니야, 이건 精液과는 다른 거야. 男子의 欲望이 높아지면 나오는 거지. 요거, 너무너무 하고 싶어 해. 자꾸자꾸 흘러나오고 있죠.」

「깨끗하네요.」

「그렇게 생각 해? 當身, 슬슬 體驗해 보는 게 좋겠어요. 이미 當身도 그런 季節에 와 있는 거 에요.」

「只今까지, 어쩐지 두려워하기만 했어요. 그런데. 只今은, 現實的으로 두려워요, 이렇게 큰 것이……..」

「나보다 훨씬 큰 덩치를 하고 있는 주제에, 두려워하

긴요. 이봐요, 이거, 핥아 봐요 어떤 맛이 나는지.」
료헤이(良平)는 눈을 떴다. 두 사람의 女子는 료헤이(良平)의 몸의 中心部위에서 얼굴을 맞대고 이야기를 하고 있다. 아마도 다헤꼬(妙子)도 이런 狀況에 익숙해져 가는 것 같다.

「맛이 있어요.?」

「글쎄요, 眞짜로 말하자면, 나도 實은 맛본 적이 없어요.」

「그럼 맛 봐 보면 어때요.?」

「當身이 하는 게 이 사람을 즐겁게 할 거에요.」

「그런 게 어디 있어요.」

「아 아니, 그렇다니까. 男子는 어떻든 간에 處女를 重要視하니까요.」

료헤이(良平)는 只今, 오른손으로는 다헤꼬(妙子)의 불룩한 곳을 만져 주고 있고, 왼손으로는 미찌에(道江)의 꽃눈을 매만지고 있다.

미찌에(道江)의 이곳은 아까부터 단단해지면서 불쑥 솟아올라 있고, 連續的인 反應을 나타내고 있다. 넘쳐 흐르는 사랑의 샘물은 시트를 축축하게 적시고 있음에 틀림없을 것이다.

(다헤꼬(妙子)氏는 어떻게 하고 있을까.?)

허벅지 사이로 손가락을 넣어본다. 억지로 밀어 넣어본다. 그러나, 그럴수록, 다헤꼬(妙子)는 더 세게 사타구니를 오므려버린다.

미찌에(道江)가 자꾸 勸하니까, 다헤꼬(妙子)도 드디어는 그렇게 해보려는 氣色이다.

「그럼, 쬐끔만.」

얼굴을 숙여 온다. 그리고, 혀끝으로 그곳을 핥아 본다. 그리고 사알짝 혀를 돌린다.

期待도 하지 못했던 다헤꼬(妙子)의 行爲인 것이다. 處女들도 이런 行爲를 할 때가 있는 걸까.

미찌에(道江)가,

「亦是나, 當身, 이 사람을 좋아하고 있군요. 分明히 알았어요. 普通으로 좋아하는 게 아니면, 이런 거 하지 못해요.」

다헤꼬(妙子)는 혀를 떼었다.

「어딘가, 달보드레한 것 같아. 그렇지만, 眞짜 맛은 없어요.」

「달다 고.?」

「그런 氣分이 드는 것 같아요. 미찌에(道江)氏도 맛봐요.」

「그럴까.」

이번에는 미찌에(道江)가 얼굴을 가까이 하고선, 혀로 만져준다.

미찌에(道江)는 다헤꼬(妙子)와는 달리, 테두리 둘레를 빙글빙글 핥아준다.

「으-음.」

료헤이(良平)는 呻吟을 吐하면서 엉덩이를 들썩거린다. 이것은 이미 게임에서 울어 나오는 行爲인 것이다.

미찌에(道江)는 료헤이(良平)의 先端을 입술로 감싸고, 혀의 中心을 律動 시킨다.

다헤꼬(妙子)가 료헤이(良平)의 얼굴을 내려다보고 있다. 눈길이 마주친다.

「미찌에(道江)氏와 眞짜로, 只今까지 아무 일도 없었나요.?」

료헤이(良平)는 고개를 끄덕인다.

「없었지. 어디까지나, 이 사람은 先輩이고 난 禮儀 바른 後輩 였단다. 오늘밤, 이 사람은 네게 나를 敎材로 利用하여, 性敎育을 시키고 있는 거란다.」

조금씩 조금씩, 미찌에(道江)의 입은 료헤이(良平)를 깊숙이 넣고 있다.

아마도, 最初에 다헤꼬(妙子)가 맛보게 讓步한 것은, 自身이 거리낌 없이 進行시키기 爲해서 인지도 모른다.

료헤이(良平)가 말한다.

「이 사람, 나를 먹기 始作 했단다. 봐 봐.」

다헤꼬(妙子)는 머리의 位置를 바꾸고 고개를 옆으로 눕히고는, 그곳을 보았다. 이미 료헤이(良平)의 둥그런 部分은 미찌에(道江)의 입속으로 들어가 보이지 않았다.

「眞짜 그렇네.」

다헤꼬(妙子)의 목소리에는 놀라움과 함께, 어슴푸레나마 非難의 意味가 包含되어 있다.

입속에서, 미찌에(道江)의 혀가 크게 回轉한다. 제법 많이 알고 있다.

료헤이(良平)는 呻吟소리를 크게 흘렸다.

조금 後에, 다헤꼬(妙子)가 료헤이(良平)에게,

「氣分 좋아요.?」

잠기어 들어가는 소리로 말한다.

「너무 좋아. 아-아-.」

「그렇담, 當身도 미찌에(道江)氏에게 해 줘야지요. 서로 그렇게 하는 거 아닌가요? 그 程度는 알고 있어요. 난, 그만 잘래요.」

그러나, 다헤꼬(妙子)의 손은 료헤이(良平)로부터 떨어지지 않았다. 꼭 붙잡고 있는 그대로다.

미찌에(道江) 쪽에서 입을 떼었다. 따스한 입속에서 나오니까, 료헤이(良平)는 선선함을 느꼈다. 침이 蒸發하기 때문이기도 하다.

「자-아-, 다헤꼬(妙子)氏, 이번에는 當身 차례에요. 맛있어요, 眞짜로. 무어라 말할 수가 없는 맛이라니까요.」

다헤꼬(妙子)는 고개를 젓는다.

「난 그만 빠질래요. 이젠 그만. 이바요, 이제부턴 두 分이서 즐기세요. 나를 자게 내버려 둬요.」

그러면서도 여전히, 다헤꼬(妙子)는 료헤이(良平)를 꼭 붙잡고 있다. 本心이 아니다. 조심 많은 료헤이(良平)에게도 그것을 確實하게 알 수가 있었다.

「그런 말 하지 말아요. 이 사람, 當身이 있기 때문에, 즐거워하고 있는 거 에요. 내게는 그렇게 興味를 느끼지 않고 있어요. 나를 女子로 생각하지 않는 部分이 있으니까요.」

「……………」

「자, 먹어요.」

「……………」

「說明할께요. 여기, 이렇게 되어있죠? 어느 程度 될까 나. 한 5미리 程度. 若干 더 되겠네. 여기는 일

센치쯤 되겠구요.」

(이 子息, 調査하고 난리야. 果然 들은 대로 冷情하구나.)

「여기, 敏感한 곳이에요. 이렇게 만져주면, 氣分 좋아해요. 이봐요, 그렇죠?」

료헤이(良平)에게 確認을 求한다.

「그래요. 손가락으로도 좋지만, 혀로 해 주는 게 더 좋아요.」

「그래요, 그런 거 에요. 그리고, 여기. 이봐요, 이쪽. 異常한 模樣을 하고 있죠? 여기가 氣分 좋은 곳이래요.」

「정말로 미찌에(道江)氏, 잘 알고 있네요.」

「하는 수 없지 뭐. 가르쳐 주기로 했으니까요. 事實로 말하자면 아무것도 모르는 것이 귀엽게 느껴지겠지만. 자아, 辭讓하지 말아요.」

結局, 다헤꼬(妙子)는 미찌에(道江)가 勸하는 대로, 다시 료헤이(良平)에게 입을 갖다 대고서. 조금씩 넣기 始作했다.

료헤이(良平)는 그러는 옆얼굴을 지켜보고 있다.

뺨이 발갛게 달아오르고 있다. 감고 있는 눈에는 눈썹이 느려 뜨려져 있다.

(大概, 이러한 境遇를 男子가 要請하는 것은, 한번쯤 맺어지고 난 後에나 있을 수 있는 일이다. 그러한 것은 未經驗인 女子에게는 要求하지 않는다. 이건 흔치 않는 케이스에 틀림없다.
自身의 몸의 安全性을 保證받고 있기 때문에, 이애도 大膽해고 있는 것이다.)
途中에서 다헤꼬(妙子)는 입을 밀어 가는 것을 멈추고, 혀가 움직이기 始作 했다. 어색하다. 딱딱한 行動으로 부드럽지 가 않다. 혀가 부딪치는 感覺 이다. 그러나 新鮮하게 느껴졌다.
(그렇구나. 처음이로군. 익숙해 있는 미찌에(道江)와는 이렇게 다르구나.)
미찌에(道江)가 다헤꼬(妙子)의 어깨를 껴안는다.
「이봐요, 繼續 해 줘요. 이 사람, 頂上으로 치 달을 거 에요. 나오게 돼요. 그것을 마셔버려요.」
唐慌스런 動作으로 다헤꼬는 얼굴을 당긴다.
「숨쉬기가 어려워요. 더는 못하겠어.」
「숨은 코로 쉬어야지.」
「그래도, 괴로워.」
어깨로 숨을 쉬고 있다. 그 모습이 너무도 어린애 같고,
(나와 미찌에(道江)는 共謀해서 이 애에게 殘酷한 짓을

시키고 있구나.)

료헤이(良平)는 그렇게 생각해 본다.

미찌에(道江)가 료헤이(良平)쪽을 바라본다.

「놀이는 이程度로 끝내요. 다헤꼬(妙子)氏도 너무 힘들어 해요. 이 다음은 내가 손으로 해 줄게요.」

그 말을 기다리기라도 한듯, 겨우 다헤꼬(妙子)의 손이 료헤이(良平)의 몸에서 떨어졌다. 미찌에(道江)가 고쳐 잡는다.

「始作하겠어요.」

천천히 손으로 上下運動을 始作했다.

「좀 기다려요.」

「왜 그래요.? 우리들을 갖고 싶다 해도 안 돼요. 다헤꼬(妙子)氏는 所重하게 다뤄야 할 몸이고, 나 亦是 當身과는 只今까지처럼 親舊로 지내고 싶으니까요.」

「그런 게 아니라니깐. 키스를 받은 以上, 그 報答을 하지 않으면 안 되죠. 키스만이라면 괜찮겠죠.?」

「다헤꼬(妙子)氏에게.?」

「두 分 다.」

「다헤꼬(妙子)氏, 어때요.?」

손놀림을 멈춘 채, 미찌에(道江)는 다헤꼬(妙子)를 바라본다.

「키스 받고 싶어요.?」
다헤꼬(妙子)는 고개를 젓는다.
「이젠, 난 좋아요.」
「當身, 어디에다 키스하겠다고 이 사람이 말하는지 알기나 하는 거 에요.?」
「에에. 大略 想像이 가요.」
「싫어.?」
「모르겠어요. 허지만, 부끄러운 걸. 미찌에(道江)氏만 하세요.」
미찌에(道江)는 료헤이(良平)쪽으로 고개를 되돌렸다.
「事實로 말해서 나에게는 하고 싶지 않죠.?」
「그렇지가 않아요.」
「異常한데요. 끌어안고 밀어 넣고선 欲望을 滿足시키는 것은 알겠어요. 男子는, 보지도 알지도 못하는 娼婦에게도 그렇게 하는걸요.」
「그래서.?」
「허지만, 키스를 한다는 거, 欲望의 遂行과는 다른 行爲가 아니던가요.? 좋아하지 않는다면 할 수가 없는 일이지요. 當身, 나를 좋아하지도 않으면서, 어째서 그렇게 하려 하나요.? 하고 싶지 않을 거 에요. 義理로 해 준다는 거 싫어요.」

「기다려요. 두 사람 다 누워 봐요. 놀이는 잠깐 休息이다. 나도 좀 쉬고 싶구요.」

「그렇네요. 다헤꼬(妙子)氏, 누웁시다.」

미찌에(道江)와 다헤꼬(妙子)는 자리에 눕고, 미찌에(道江)가 세 사람 위에 이불을 덮었다.

료헤이(良平)는 배를 엎드리고 담배를 피워 물었다.

「이봐요.」

나헤꼬(妙子)가 옆쪽에서 료헤이(良平)의 어깨를 껴안아왔다.

乳房이 등 쪽을 누르고 있다. 이젠 그 程度는, 다헤꼬(妙子)도 아무렇지도 않게 여긴다.

「어떻게 해서, 엎드릴 수가 있나요? 허리를 들어 올리고 있나요? 부러지지 않아요?」

「아무렇지도 않는 걸. 强制로, 腹部쪽으로 눕혀 놓고 있지.」

「그렇게 할 수 있나요?」

「어느 親舊는 말이지, 너무 땅땅해져서 넘어뜨릴 수가 없다고 하던걸. 充血性이 너무 强한거야. 난 그 程度는 못 돼. 反撥하려 하고는 있지만, 몸의 무게로 누르고 있는 거란다.」

미찌에(道江)도 이쪽으로 돌아 누우면 서, 다리를 휘

감아온다.

上半身은 다헤꼬(妙子)에게 密着되어 있고, 下半身은 미찌에(道江)가 휘감고 있다. 깨끗하게 二等分한 狀態로 료헤이(良平)는 담배를 피우기 始作 했다.

미찌에(道江)가 말한다.

「이봐요, 그렇죠? 좋아하지 않는 女子와는 그곳에 키스한다는 거, 不潔스럽게 느껴져, 키스 같은 거 될 理가 없어요.」

「그렇담, 아까, 當身은 어째서 내게.?」

「어머, 나요, 當身을 좋아하고 있어요. 몰랐었나요?」

「처음 듣는 말인데. 그런 거, 생각해 보지도 않았어요.」

「어이가 없군. 樂天家로군요. 좋아하지 않는다면 假令 놀이라 할지라도 그런 짓거리 하지 않아요. 나요, 淫亂하지 않아요.」

「헤헤, 좋아한단 말이지.」

「그럼요, 다헤꼬(妙子)氏도 마찬가지에요. 그렇죠, 다헤꼬(妙子)氏.」

「事實로 말해서 그래요. 첫째, 좋아하지 않았다면, 여기까지 왜 따라 왔겠어요?」

「놀라 자빠지겠군. 음.」

료헤이(良平)는 고개를 절레절레 흔든다.
「이건 대단한 光榮이로군.」
「그렇지만,」
미찌에(道江)는 다리를 더 세게 휘감아 왔다.
「우쭐대지는 말아요.」
「응.」
미찌에(道江)의 秘毛가 엉덩이를 간질거린다.
「우쭐낼 程度는 아니니까요. 但只 좋아하는 섯 밖에요.」
「그렇겠지.」
「그러니까 當身의 女子가 되려는 마음은 쬐끔도 없구요, 獨占하고 싶은 마음도 없어요.」
「말하자면, 親舊로서 좋아하고 있다는 뜻인가.」
「그렇네요. 그렇게 말해도 되겠네요. 허지만, 親舊로서보다는 좀 强해요. 그러니까, 그곳이 若干 微妙하군요.」
「나도 마찬가지죠. 반해있는 女子는 큐우슈(九州)에도 있구요, 도쿄에도 있어요. 그와는 別途로, 미찌에(道江)氏를 좋아해요. 오늘밤에는, 다헤꼬(妙子)氏도 좋아져요, 같은 거 아닌 가요.?」
「나의 어디가 좋은데요.?」

「全部 다. 아니야, 정말이라니까.」

「아니라는 氣分이 드는데요. 글쎄, 좋아요. 이봐요, 다헤꼬(妙子)氏. 當身은 이 사람을 어느 程度로 좋아하나요.?」

「미찌에(道江)氏와 똑 같애. 友情과 戀心과 情事와의 中間쯤 되는 곳.」

未經驗인 다헤꼬(妙子)가 情事라는 單語를 使用한데 對하여, 료헤이(良平)는 놀라고 말았다.

「情事.?」

「그래요. 나요, 當分間은 戀愛는 될것 같지도 않아요. 와까스기(若杉)氏에게는 많은 女子들이 있으니까요. 그래서, 情事를 憧憬하고 있어요. 情事라면, 나 自身의 마음에 傷處를 줄 일이 없지 않겠어요.?」

「處女와의 情事란 말이지. 손 들었다.」

「어째서요.? 쬐끔도 異常한 것 없네요. 事實을 말하자면요, 이렇게 하고 있는 것도, 그 工夫를 爲해서에요.」

「그렇담.」

료헤이(良平)는 다헤꼬(妙子)의 뺨에다 입을 맞추었다.

「나와 한 몸이 되어 볼래.? 그렇지 않고서는, 情事는 完成되지 못해.」

「……………..」

「그것 봐. 그건 싫은 거지.?」

「싫은 건 아니에요. 나도 말이에요, 이젠 어린애가 아니잖아요.」

局面은 以外로 異常한 方向으로 發展 되어 가고 있다. 이것은 료헤이(良平)가 至極히 바라고 있는 길이기도 하다.

願 望

그러나, 다헤꼬(妙子)의 말에, 료헤이(良平)는 놀라지 않는다.

處女란 普通, 어느 男子를 좋아하게 되고, 보다 더 親密하게 되기 爲해서 그 男子의 欲望에 應해서 모든 것을 許諾하게 마련이다 고 말들 하고 있다.

그렇지 않는 境遇도 많다는 것은, 이제까지의 體驗으로 알고 있다. 너무 어린 女子애가 好奇心으로 첫 經驗을 하는 境遇도 있고, 그女 自身의 本能的인 欲求에 따라 積極的으로 體驗하는 境遇도 있다.

얌전한 얼굴을 하고 있으면서도, 다헤꼬(妙子)는 亦是 男子를 異性으로 意識하고 있는 女子로서, 性의 世界에의 憧憬을 품고 있는 것이다.

그렇지 않고서야, 오늘밤 여기까지 따라 올 理가 없다.

「그럼, 나와 하자 구, 妊娠 豫防品은 準備하고 있으니까, 그点에 對해서는 걱정 안 해도 돼.」

「眞心으로 誘惑하고 있는 건가요.?」

「勿論, 眞心이지.」

「미찌에(道江)氏.」

다헤꼬(妙子)는 미찌에(道江)를 부른다.

「이사람, 眞心이래요.」

「그야, 眞心이겠지. 그렇지만, 그만 두는 게 좋을 것 같애. 亦是, 戀愛할때에 體驗하는 게 좋아요. 이 사람, 當身에 對해시 全的으로 그런 氣分은 아니야. 當身만 損害 보는 거야.」

只今까지 協力的이었는데, 瞥眼間에 생각을 飜覆해 버리는 것은 왜? 일까.

(제러시(Jealousy=嫉妬)란 건가.)

(아니라면 다헤꼬(妙子)를 爲한 생각에서 인가.)

료헤이(良平)는 미찌에(道江)의 말을 途中에서 끊었다.

「損害같은 거 끼치지 않아요. 半半인걸.」

「아니요.」

미찌에(道江)는 고개를 젓는다.

「어찌됐던 女子가 損害 보게 마련이에요. 只今까지가 限界. 다헤꼬(妙子)氏는 숫 處女의 純情이니까 안돼요.」

「困難해요. 그렇게 말한다면야.」

「그렇지 않아요?. 事實 인걸요. 자아, 담뱃불을 끄고 반듯하게 누워요.

내가 손으로 慰勞해 줄 테니까요. 그렇게 되면 마음이 가라앉아서 잘 수 있을 거 에요. 우리들도 安心하고 잘 수 있걸랑요.」

료헤이(良平)는 그대로 했다.

미찌에(道江)는 얼른 쥐어왔다. 다헤꼬(妙子)의 몸이 한 발짝 물러난다.

「다헤꼬(妙子)氏가 좋다고 하잖아요. 이봐요, 미찌에(道江)氏, 妨害놓지 말아요.」

「다헤꼬(妙子)氏.」

미찌에(道江)가 다헤꼬(妙子)쪽으로 바라본다.

「眞짜 좋다는 거 에요.?」

「글쎄요. 새삼스레 그렇게 듣고 보니, 어떻게 對答하면 좋을지 모르겠네요.」

「그만 두세요.」

「그렇네요. 그만두죠.」

「그럼.」

료헤이(良平)는, 다헤꼬(妙子)의 表情이나 말씨에서 미찌에(道江)에게의 不滿이 스며있다는 것을 느낄 수 있었다. 그래서, 먼저 다헤꼬(妙子)의 손을 주무르면서,

이불속에서 꼭 쥐고서, 얼굴을 미찌에(道江)쪽으로 向했다.

「當身은 어때요? 當身이라면 이미 免疫性이 있으니 괜찮겠죠?」

「나도 안 돼요. 只今처럼 繼續 親舊로 지내는 게 좋아요.」

「親舊로서 놀면 되잖아요.」

「나도, 그렇게까지 막 놀지는 않아요.」

「이렇게 하고 있는데 똑 같지 뭐요.」

「같지 않아요. 이렇게 하고 있는 것과 맺어지는 것과는 天地差異에요.」

「그런 건가.」

「그럼요. 男子가 女子몸을 매만지는 것은 장난. 强制로 집어넣으면 强姦이겠죠? 質이 完全히 달라요. 그것과 같은 意味라구요.」

「그럼, 眞짜로 내가 只今 强制로 덮쳐누른다면, 拒否하겠어요?」

「勿論.」

「그렇다면, 나와 다헤꼬(妙子)氏와의 일에 끼어 들지 말아요.」

「아니요.」

미찌에(道江)는 强하게 쥐어왔다.
「끼어 들 구 말구요. 내가 불러서 다헤꼬(妙子)氏가 여기로 온 거에요. 내게도 責任이 있어요.」
「너무하군요.」
「그러니까 내가 손으로 해줄게요.」
미찌에(道江)는 손의 動作을 始作했다.
「이렇게 하면 좋잖아요.?」
「좋기는 좋지만, 그러나 이렇듯 機械처럼 해서야, 虛無한 느낌이 들어서……」
료헤이(良平)는 오른손으로 다헤꼬(妙子)의 손을 꼭 쥔채, 미찌에(道江)의 손을 沮止했다.
「이제 그만. 이대로 잘래요. 一方的으로 서-비스를 받는 거, 亦是 싫어요.」
「그럼, 자요.」
미찌에(道江)는 손을 놓고, 료헤이(良平)로부터 若干 떨어져서 반듯하게 누웠다.
「나도 잘래요. 다헤꼬(妙子)氏, 잡시다.」
「에에, 자요.」
다헤꼬(妙子)는 電燈을 껐다.
「잡시다. 나 오늘밤, 대단한 工夫를 한 것 같애.」
료헤이(良平)의 몸은 興奮狀態 그대로다. 그러나,

그것은 그것으로서 쉽게 잘 自信이 있다. 미찌에(道江)도 꿀물범벅이 되어 있다.

다헤꼬(妙子)도 亦是, 사랑의 샘은 넘치고 있음에 틀림없겠다.

이런 女子들이 未練없이 자겠다고 말하고 있다.

男子인 료헤이(良平)가 未練에 휘말려 接觸을 要求하는 것은 좋지 않은 것이다.

「좋아, 나도 이대로 잘래.」

료헤이(良平)도 그렇게 宣言했다.

그러나, 다헤꼬(妙子)의 손은 잡고 있는 그대로 이고, 다헤꼬(妙子)도 그것을 꺼리지 않고 있다.

료헤이(良平)는 자는 姿勢를 取하고서,

(이렇게 해서 두 女人의 裸體를 左右에두고, 그 어느 쪽도, 내가 끈덕지게 要求만 한다면 아마도 拒否하지는 않을 텐데도, 그만 자버린다는 것은 不合理 한 거다. 그러나 좋아, 人生 旅程에는 이런 일도 있겠지.)

그렇게 생각하면서, 드디어 잠으로 빠져 들었다.

어느만큼 잤는지, 눈을 뜬 료헤이(良平)는 목이 마름을 느꼈다.

그래서, 머리맡의 주전자꼭지에 입을 대고 물을 마셨다. 먼저 미찌에(道江)쪽을 보았다. 미찌에(道江)는 저쪽으로 돌아누워 몸을 웅크리고 자고 있다. 발가벗은 등이 보인다.

다음으로 다헤꼬(妙子)를 바라본다. 다헤꼬(妙子)는 가슴언저리까지 이불을 덥고 반듯하게 누워 자고 있다.

(그렇지. 세 사람 모두 발가벗었었지. 그러고서도 許諾은 하지 않았다.

말해서 奇妙한 하루 밤이다. 아니, 奇妙한 하루 밤은 如前히 繼續 되고 있는 것이다.)

그런데,

「操心하란 말이야.」

瞥眼間 큰 목소리가 집안의 다른 房에서 들려왔다.

그 말 한마디뿐이다. 다시 조용해졌다.

곤도·도시히로(近藤俊弘)의 여느 때처럼의 잠꼬대였다. 模範的인 軍國靑年이었던 곤도(近藤)는 잠꼬대로 가끔 號令을 한다. 흔히 있는 일이다. 옆에서 자고 있는 同僚는 깜짝 놀라겠지만, 本人은 콧노래도 드높게 잘도 자고 있다.

(또다시, 잠꼬대로 號令하는구나.)

쓴웃음을 짓고 있는데, 다헤꼬(妙子)가 움직이는 氣色이 엿보였다.

료헤이(良平)쪽으로 얼굴을 돌린다.

「只今, 무슨 소리에요.?」
「깨어 있었니.?」
서로가 낮은 목소리다.
「응, 只今.」
료헤이(良平)가 說明을 해주자, 미찌에(道江)의 容態를 살펴본다.
미찌에(道江)는 숨소리만 들릴 뿐 動搖도 없다. 깊은 잠에 빠져있는 듯이 보였다.
(그렇지, 밤은 如前히 繼續되고 있는 것이다.)
료헤이(良平)는 다헤꼬(妙子) 쪽으로 돌아 누워, 그 가슴을 안고, 다리를 휘감았다.
다헤꼬(妙子)는 아무런 抵抗도 없이, 몸마저 료헤이(良平) 쪽으로 向했다
「只今, 몇 時.?」
「모르겠는데.」
「미찌에(道江)氏는?」
「자고 있어.」
료헤이(良平)는 입술을 要求하자, 다헤꼬(妙子)는 拒否하지를 않는다.
길고 긴 입맞춤이 끝나고, 료헤이(良平)는 그 귀에 속삭인다.

「요다음, 단 둘이서 만나지 않을래.?」

그러니까 이번에는 다헤꼬(妙子)가 료헤이(良平)의 귀에다 입을 가져간다.

「내게 興味가 있으신가요.?」

「너무도 많지.」

아까부터 료헤이(良平)의 몸은 興奮狀態로 되어 있고, 다헤꼬(妙子)의 사타구니를 찌르고 있다. 다헤꼬(妙子)는 료헤이(良平)의 귓불을 가볍게 깨문다.

「내게 있어서 當身은 最初의 男子인 셈이에요.」

「아 아니.」

이번에는 료헤이(良平)가 다헤꼬(妙子)의 귓불을 깨문다.

「아직은 아니야.」

「같아요, 이젠.」

「그럼, 모두를 許諾해 줘.」

「只今.?」

「응, 싫어.?」

「……………」

「응, 괜찮겠지.?」

「미찌에(道江)氏, 틀림없이 잠에서 깰 거 에요.」

「알려져도 相關없어. 미찌에(道江)氏는 妨害할 資格

이 없으니까.」

「眞짜, 미찌에(道江)氏와는 아무 일 없었나요.? 내게 그렇게 생각 하겠끔 하고 있는 거 아닌가요? 漸漸 그런 생각이 들어요.」

미찌에(道江)의 大膽한 行動을 본다면, 다헤꼬(妙子)가 그렇게 생각하는 것도 無理가 아니다.

「眞짜 아무 일 없다니까. 쥐거나 입으로 愛撫하거나 한 것은 오늘 밤이 처음이다.」

「眞짜로 이 사람, 틀림없이 當身에게 안기고 싶은 거에요. 그렇지 않다면, 說明이 되지 않거든요.」

「글쎄, 그 点은 나도 몰라.」

료헤이(良平)는 왼손으로 다헤꼬(妙子)의 오른쪽 허벅지를 들어 올렸다. 몸을 앞으로 밀면서 사타구니 사이로 自身을 밀어 넣었다.

다헤꼬(妙子)의 오른쪽 허벅다리가 오므려지지 않게 하면서 손을 빼고서, 自身을 붙잡았다. 오른손은 다헤꼬(妙子)의 어깨를 세게 끄러 안았다. 허리를 앞으로 밀고서, 왼손을 操作한다. 다헤꼬(妙子)의 秘境은 期待한 그대로 꿀물로 넘쳐 있다. 료헤이(良平)의 몸은 금방 따스한 꿀물에 휩싸였다.

그 끝을 中央으로 밀면서 속삭인다.

「只今, 人事를 하고 있단다. 알겠니.?」
다헤꼬(妙子)가 끄덕인다. 그리고 아무 말이 없다
「어때.?」
「…………..」
「여기를 이렇게 하니까………..」
료헤이(良平)는 천천히 自身의 몸으로 다헤꼬(妙子)의 花園을 愛撫하기 始作 했다.
다헤꼬(妙子)는 낮은 목소리로,
「氣分이 너무 좋아요.」
하고 말한다.
그러나, 이런 姿勢로서는 處女인 다헤꼬(妙子)에로 들어가는 것은 어려운 일이다. 그리고, 그 自體 움직이지도 않는 性器로 하는 愛撫는 너무 短調롭기 때문에, 다헤꼬(妙子)의 感覺을 즐겁게 해 주지를 못 할 것 같다.
(서두를 必要가 없다. 이애는 이미 그런 氣分을 갖고 있다.)
료헤이(良平)는 허리를 끄러 들이고, 다헤꼬(妙子)의 허벅지를 正常으로 놓은 다음, 그곳에 왼손을 가져갔다. 다헤꼬(妙子)는 이젠 아무런 抵抗도 하지 않고 료헤이(良平)의 손가락을 받아 드렸다.

이렇게 해서 료헤이(良平)의 本格的인 愛撫가 始作되었다.
(미찌에(道江)氏 것과는 제법 틀리는구나.)
想像 그대로, 오동통한 느낌 이었다. 꽃잎은 그렇게 크지도 않고, 꽃눈도 작아 보였다.
反應을 지켜보면서 료헤이(良平)의 손가락은 천천히 움직이고 있다.
「어떻니.?」
「무어라 말 할 수없는 느낌.」
「좋아.?」
「응.」
亦是, 꽃잎의 안쪽이나 꽃눈을 부드럽게 만져주는 것이 보다 더 氣分 좋게 느끼는 것 같다.
「나를.」
드디어 呻吟을 吐하면서 다헤꼬(妙子)는 띄엄띄엄 속삭인다.
「그렇게 좋아하지도 않으면서, 어째서 이런 걸 하려 하나요.?」
純眞한 質問이고 어린애 같은 모습이다.
「女子 이니까.」
分明히 료헤이(良平)는 그렇게 말했다. "좋아하기 때

문에"라고 對答하는 것이 이런 狀況에서는 正答인지는 모르겠으나, 다헤꼬(妙子)의 反應을 알고 싶었기 때문이다.

「亦是나.」

「그러고, 좋아하는 것도 틀림이 없고.」

「親舊로서, 이겠죠.?」

「너도 그렇지 않니.?」

「그래요. 그게 좋아요. 그렇죠.? 그게 좋겠죠.?」

「그럼, 그게 좋아.」

다헤꼬(妙子)의 팔이 움직이더니, 료헤이(良平)의 巨創한 돌기를 건드리다가, 꼭 쥐어온다.

「아까 미찌에(道江)氏에게서 배웠지만, 서툴러요.」

「서투른 게 좋은 거야. 漸漸 알게 돼. 네가 하고 싶은대로 하면 되는 거야.」

료헤이(良平)는 愛撫를 繼續한다. 處女의 境遇, 感覺的으로는 愛撫가 快樂의 中心인 것이다.

「아-아-.」

다헤꼬(妙子)는 여러 가지 反應을 나타내고 있다가, 드디어,

「이봐요, 나를 가져요.」

그렇게 속삭인다.

「그래도 괜찮겠어.?」
「에에.」
다헤꼬(妙子)가 고개를 끄덕이었다. 아마도, 心理的으로 빨리 體驗을 하고 싶었는지도 모른다.
「그렇담, 좋아.」
료헤이(良平)는 몸을 일으켰다. 다헤꼬(妙子)를 위에서 덮쳐 안는다.
그 兩다리사이로 허리를 들이밀었다.
미찌에(道江)쪽을 바라보았다.
(앗)
가슴속으로 두려움이 펴져갔고, 躊躇스러움이 일어났다. 미찌에(道江)의 얼굴은 이쪽으로 돌려져 있고, 눈을 동그랗게 뜨고 있는 것이다.
「亦是 참지를 못하는군요.」
조용한 語調로 미찌에(道江)는 그렇게 말한다.
다헤꼬(妙子)의 몸이 갑자기 굳어져 오고, 사타구니를 오므리려한다. 그러나 료헤이(良平)의 兩다리가 그것을 가로막고 있어, 오므라뜨릴 수 가 없다.
「음, 그렇게 돼 버렸어요.」
료헤이(良平)는 그렇게 首肯할 수밖에 없었고, 다헤꼬(妙子)의 얼굴이 료헤이(良平)의 가슴아래에서 미찌에(道江)를 바라보고 있다.
「그렇지가 않아요. 오히려 내가 付託 한 거 에요.」
「그렇다면 좋아요. 나도 여기서 見學해도 좋겠죠.」
그러나 료헤이(良平)는, 일이 原点으로 되돌아 가 버렸다는 것을 알 수 있었다.
(무엇보다, 다헤꼬(妙子)에 있어서는 첫 經驗 이다. 親舊가 보고 있는 곳에서 첫 經驗 이라니, 苦痛스런 記憶으로서 두고두고 남을게 뻔하다.)
료헤이(良平)는 다헤꼬(妙子)의 입술에 입술을 덮었다. 짧게 빨아주고서는, 이번엔 귓불에 입을 대고서,
「亦是, 요다음에 하는 게 어때.?」
다헤꼬(妙子)는 고개를 젓는다.
「그럼, 괜찮겠어.?」
首肯한다.
(좋아. 本人이 좋다는 데야, 이쪽에서 이러쿵저러쿵 마음 쓸 必要가 없는 거다.)
료헤이(良平)는,
(그렇게 하자꾸나.)
다헤꼬(妙子)의 大膽함은 亦是나 醉해있기 때문에 나온 건지도 모른다. 그렇게 생각하면서, 다시 미찌에(道江)쪽으로 고개를 돌렸다.

「그럼, 失禮 좀 할게요.」

어두컴컴한 속에서, 미찌에(道江)의 表情을 읽을 수가 없다.

료헤이(良平)는 上體를 일으켜, 自身을 쥐고, 다헤꼬(妙子)의 사타구니를 다시 벌리면서 허리를 들이 밀고서 갖다 대었다.

目標를 겨냥한다. 꽃잎을 좌우로 벌린다.

꽃잎은 료헤이(良平)를 감싸는 形態가 되었다. 그곳은 이미 뜨거운 바다였다. 儀式을 치룰 準備는 모두 갖추어져 있다.

體驗이 있는 女子라면, 그냥 그대로 넣는데 아무런 支障이 없다. 그러나, 未經驗인 다헤꼬(妙子)에 있어서는 이렇게 하면 逃亡 갈 可能性이 강하다. 男子에게는 冷情한 正確度가 必要한 것이다.

료헤이(良平)는 位置가 빗나가지 않도록 操心하면서, 서서히 上體를 기우리면서 다헤꼬(妙子)의 가슴에 가슴을 포개었다.

【第五部 上卷 終】

【第五部 下卷으로 繼續】

附 錄

즐거운 【漢 字 工 夫】

이 附錄에는 이 册에 使用된 漢子를 項目別로 分類해서 收錄해 놓았다. 그러므로 册을 읽다가 모르는 漢子가 나오면 玉篇이 必要없이 附錄을 보면 項目別로 漢子를 찾을 수가 있다.
漢子를 익히면서 讀書를 즐길 수 있도록 이册 을 編纂했다.

◆ 相互愛撫
　　　【搾】짤 착(日)

◆ 팡 짱(賣春婦)
　　　【痕】흔적 흔　　　【迹】발자국 적

◆ MP 와 보리밭
　　　【闊】넓을 활

◆ 신쥬꾸(新宿)二町目.
　　　【賤】천할 천

◆ 女子가 많은 거리
　　　【壻】사위 서　　　【漏】샐 누

【第五部 上卷 終】

【第五部 下卷으로 繼續】

靑春의 野望·V·上

發行日	:	2024年 6月 1日
著者	:	토미시마 다케오
譯者	:	曺　信　鎬
發行者	:	曺　信　鎬
發行所	:	德逸 미디어
住所	:	서울시 영등포구　63로 40, 라이프오피스텔 1410호
電話	:	(02) 786-4787/8
FAX	:	(02) 786-4786
登錄	:	제 134-2033호(2005.2.15)
ISBN	:	978-89-89266-20-4(전2권)(04830)
ISBN	:	978-89-89266-21-1(04830)

값 : 18,000.원

* 著者와 相議하여 印紙를 省略하였습니다.
* 이 출판물은 저작권법에 해당됨으로 허가없이 모방할 수가 없습니다.
* 잘못된 책은 卽時 바꿔 드립니다.